BEPPO BEYERL

Mord im Lainzer Tiergarten

EINE LEICHE UND KEIN MÖRDER! Im Jahr 1928 fallen im Lainzer Tiergarten zu Wien mehrere Schüsse, unter einer Eiche steigt Rauch auf. Kurz darauf wird eine Frauenleiche entdeckt. Wer ist die Tote? Lange tappt die Polizei im Dunkeln. Erst als eine Moulage, ein Wachsmodell, des Gesichts angefertigt und veröffentlicht wird, kann die Tote identifiziert werden. Es handelt sich um Luzzy Pelzer, eine aus ärmlichen Verhältnissen stammende Frau, die es durch Liaisonen mit adeligen Männern zu einem ansehnlichen Vermögen gebracht hat. Bald darauf nimmt die Polizei ihren in dubiose Geschäfte verwickelten Noch-Ehemann Emmerich Pelzer in Triest fest. Dieser kontert jedoch mit einem lupenreinen Alibi und verweist auf den Geliebten seiner Frau: Franzl Berger, einen als Schmuggler und Schieber bekannten Kaufmann, der kurz vor dem Mord verschiedene Pelze und Juwelen von Luzzy versetzt hat. Doch er bestreitet vehement, den Mord an seiner Geliebten begangen zu haben …

Beppo Beyerl wurde 1955 in Wien geboren. Er schreibt Reportagen und Bücher über die Insassen Wiens und die Bewohner der restlichen Welt. Er hat drei Heimaten: Wien, Südböhmen und den istrischen Karst. Er ist Mitglied des Österreichischen Schriftstellerverbandes und der Grazer Autorenversammlung. »Mord im Lainzer Tiergarten« ist sein erster Kriminalroman im Gmeiner-Verlag.

BEPPO BEYERL

Mord im Lainzer Tiergarten

KRIMINALROMAN
AUS DEM WIEN DER 1920ER-JAHRE

GMEINER

Immer informiert

Spannung pur – mit unserem Newsletter informieren wir Sie regelmäßig über Wissenswertes aus unserer Bücherwelt.

Gefällt mir!

Facebook: @Gmeiner.Verlag
Instagram: @gmeinerverlag
Twitter: @GmeinerVerlag

MIX
Papier aus verantwortungsvollen Quellen
FSC® C014496

Besuchen Sie uns im Internet:
www.gmeiner-verlag.de

Im Ehnried 5, 88605 Meßkirch
Telefon 07575/2095-0
info@gmeiner-verlag.de

1. Auflage 2022

Herstellung: Mirjam Hecht
Umschlaggestaltung: U.O.R.G. Lutz Eberle, Stuttgart
unter Verwendung eines Bildes von: © https://commons.wikimedia.org/wiki/File:Art - Goût - Beauté, Feuillets de l‹ élégance féminine, Février 1926, No. 66, 6e Année, p. 20 Création Jean Patou Création Doeuillet, RP-P-2009-4182-20A.jpg
Druck: GGP Media GmbH, Pößneck
Printed in Germany
ISBN 978-3-8392-0176-3

Personen und Handlung sind frei erfunden.
Ähnlichkeiten mit lebenden oder toten Personen
sind rein zufällig und nicht beabsichtigt.

1. KAPITEL
DIENSTAG, 17. JULI 1928

*Die Fahrt im Leihwagen * Im Weinhaus Doll * Hinter der Tiergartenmauer*

»Auje!«, murmelte Franzl Berger vor sich hin, als er in den Mietwagen des Herrn Singer stieg. »Bei der Hitze werden wir nicht viel weiterkommen!«

Der Schofför Sebastian Singer öffnete die hintere Tür für Alice Becker, die sich trotz der hohen Temperaturen schnell hineinsetzte, ohne Berger eines Blickes zu würdigen. Dann hievte sich der Besitzer der Mietwagenfirma hinter sein Lenkrad und musterte fragend den Mann auf dem rechten Rücksitz. »Denselben Weg wie immer?«

Franzl Berger nickte.

Am 17. Juli 1928 war es außerordentlich heiß in Wien, die Hitze fiel unbarmherzig in die engen Gassen der Innenstadt und drohte das spärliche Leben mit schwülen Fingern abzuwürgen. Kein Wunder, dass der fesche Franzl in den Lainzer Tiergarten am Stadtrand flüchten wollte. Auf den Hügeln des Wienerwaldes, umgeben von einer kilometerlangen Mauer, linderte der dichte Baumbestand die flirrende Hitze. Bei 25 Grad im Schatten kann man durchaus Geschäfte machen. Franzl Berger wusste außerdem, dass vor allem feine Damen extrem unter den Temperaturen litten und ihr Verhalten unberechenbar wurde. Oder sollen wir von »amourösen Tätigkeiten« sprechen?

Der fesche Franzl hatte beim Weinhaus vom Doll einen Tisch bestellt. Sebastian Singer kannte die Route, denn der »Kaufmann« – so nannte ihn der Schofför – forderte ihn in der schönen Jahreszeit einmal in der Woche für diese Fahrt an, und er wollte partout nicht mit einem seiner Angestellten, sondern unbedingt vom Chef selber gefahren werden. Mit einer satten Portion Trinkgeld wurde er zu äußerster Diskretion verpflichtet, denn niemand in der Wienerstadt sollte erfahren, was der fesche Kaufmann mit Alice Decker, einer verheirateten Dame der feinen Gesellschaft, am Rande des Tiergartens … Wie gesagt, die Worte mögen schweigen.

Das Trinkgeld war gut angelegt, denn Alice Decker war nicht die einzige Dame, mit der Herr Franzl Berger eine Zuflucht, ja Zuflucht, am Wiener Stadtrand suchte.

Also fuhr Herr Singer, ohne weitere Worte zu wechseln, mit dem trauten Paar von der Wohnung des Kaufmanns in der Spiegelgasse im 1. Wiener Gemeindebezirk über die Mariahilfer Straße und die Hietzinger Hauptstraße in die Ghelengasse. Nach der Überquerung des Lackenbaches, der jetzt im Juli vollkommen ausgetrocknet war, führte ein nicht asphaltierter Weg steil bergauf bis fast zur Mauer des Tiergartens. Dann bog er scharf nach rechts ab. Auf einer kleinen Wiese hielt Herr Singer, er sprang auf und öffnete die Tür für Alice Decker.

Franzl Berger war selbst hinausgeklettert, rempelte den Schofför kurz mit dem Ellenbogen an und warf ihm einen vielsagenden Blick zu.

Während Franzl Berger und Alice Decker die 20 oder 30 Meter zum Garten des Weinhauses Doll vor der Mauer des Tiergartens gingen, holte Herr Singer die Zeitungen aus dem Wagen, die er in der Früh gekauft hatte, setzte sich auf einen Baumstumpf im Schatten einer hohen Fichte und begann die erste Zeitung durchzublättern. Zwischendurch blickte er auf seine Uhr. Sie zeigte 14.30 Uhr.

Der fesche Franzl hatte seine Alice zu dem von ihm bestellten Tisch geführt. Im Garten des Weinhauses standen im Schatten der zahlreichen Fichten etwa 15 Holztische, zwischen den Tischen blieb ausreichend Platz für mehrere Laternen sowie Tröge und Vasen mit Geranien. Eine kühle Brise strich über die Wangen der süßen Alice, auf der ein paar Schweißtropfen klebten.

»Wir Frauen leiden mehr unter der Hitze als ihr Männer«, unterbrach sie ihr minutenlanges Schweigen und legte ihren Strohhut auf die Tischplatte.

»Na geh, hier oben ist es doch kühl, kühl genug für uns beide.« Franzl strich sich seine braune Mähne nach hinten, die ihm während des Fußwegs zum Weinhaus ins Gesicht gerutscht war.

»Du kennst nicht die Seele einer Frau!« Alice wischte sich mit der auf dem gedeckten Tisch liegenden Serviette den Schweiß vom Gesicht. »Aber dafür ihr Bedürfnis nach Geld!«

Der fesche Franzl grinste sie an.

Alice legte die lederne Handtasche auf den Tisch, in der sie einen Chinchillakragen und eine Hermelinstola versteckt hatte. Eigentlich brauchte sie das Geld gar nicht, aber der fesche Franzl hatte sie inständig gebeten, sogar darum gebettelt, dass sie Stola und Kragen an ihn verkaufe. Oder wollte er doch etwas anderes von ihr?

Franzl kehrte öfters im Weinhaus des Herrn Doll ein. Er hatte bereits zweimal hier am Rande des Wienerwaldes Silvester gefeiert und dabei mit Wonne die Blicke auf die Wienerstadt hinuntergerichtet. Im Sommer musterte er ein wenig abschätzig die schnaufenden Wanderer, die im Weinhaus ein Schmalzbrot und eine Flasche Bier orderten. Mehr war für sie im Jahr 1928 nicht drin. Manchmal weilten hier auch Ehepaare mit ihren Kindern, die in der schrägen Wiese herumtollten und auf den drei Rutschen brüllend und quietschend ihr Können testeten. Aber bei dieser Hitze blieben zu Franzls Zufriedenheit selbst die laut herumtollenden Kinder zu Hause.

Franzl hängte seinen Rock mit fallendem Revers über die Sessellehne und lockerte den Knoten der Krawatte. An seinem weißen Hemd sammelte sich der Schweiß unter den Achseln. Dann orderte er bei dem wartenden Herrn des Hauses zwei Sodawasser und etwas »Einfaches« zum Speisen. »Ja, Rinderzunge in Madeirasoße, das wird schon passen.«

Ohne die Karte zu verlangen, bestellte Alice dasselbe. Sie wusste, in solchen Angelegenheiten konnte sie dem feschen Franzl durchaus vertrauen.

Der kam überhaupt nicht zur Sache. Beim zweiten Soda erzählte er von einem Friedhof auf einem Hügel namens Gemeindeberg, den man in zehn Minuten zu Fuß von hier aus erreichen könnte. »Den Friedhof musst du dir einmal anschaun, das sag ich dir.«

»Seit wann interessiert sich ein Wiener Jude für einen christlichen Friedhof?«

»Was heißt ›Jude‹? Meine Konfession ist Kaufmann! Auf dem Friedhof liegt Egon Schiele begraben.«

Alice schaute vollkommen ahnungslos. »Aha. Wer soll des sein?«

»Ach du meine Güte! Der Schiele war ein Maler, der an der Spanischen Grippe im 18er-Jahr gestorben ist. Genauso wie der Herr Klimt. Was glaubst, was ein Bild von ihm jetzt kostet?«

Alice hob gelangweilt die Schultern.

Franzl Berger ahnte, dass er das Gespräch in falsche Bahnen gelenkt hatte. »Gut, kommen wir zum Geschäftlichen. Was hast du mitgebracht?«

Alice Decker war Prokuristin eines Wiener Modehauses. Der Name tut nichts zur Sache – unter uns: Er lautete Decker & Kudelnich. Seit 13 Jahren war sie selbstverständlich glücklich mit Herrn Decker verheiratet. Doch vor zwei Jahren war sie in einem Wiener Nachtclub auf einen ausgesprochenen Feschak getroffen, mit einem dichten und kantigen Oberlippenbart, braunen Haaren, die von einem Mittelscheitel geteilt wurden, und treu blickenden Augen in einem nach vorne gekrümmtem Gesicht, das unter Umständen wie ein gefährliches Raubtier zustoßen konnte. Es war besagter Kaufmann Franzl Berger, der ihr angeboten hatte, gewisse Pelze über dem Ladenpreis zu verkaufen, nach Italien, in die Tschechoslowakei oder sonst wohin. Seither war sie mit dem feschen Franzl in Garmisch-Partenkirchen beim Schifahren, in Karlsbad im böhmischen Bäderdreieck beim Kuren und im italienischen Pirano beim Fischessen gewesen. Nur in Wien, da war es schicklich, sich nicht mit ihm in aller Öffentlichkeit zu zeigen.

Bevor Alice auf Franzls Frage, was sie mitgebracht habe, antworten konnte, brachte Herr Doll die beiden Teller mit Rinderzunge in Madeirasoße.

»Die Zunge muss mindestens drei Stunden köcheln, bevor sie gar wird, nicht wahr, Herr Doll?«, schlaumeierte Franzl.

Herrn Doll blieb nichts anderes übrig, als zu nicken.

Franzl Berger stach mit der Gabel zur Kontrolle in eine der drei Zungenstücke. Dann nickte er zurück zum Wirten und fragte manierlich: »Und was trinkt man zu dem Zeug?«

»Weißwein, wie immer, Herr Berger. Bin schon auf dem Weg.«

Nach dem Mahle, das wir der Leichtigkeit halber überspringen wollen, räumte Herr Doll auf einen

Wink von Franzl Berger den Tisch. Jetzt erst fischte die Frau Alice den Chinchillakragen aus ihrer Ledertasche, danach die Hermelinstola. Franzl griff nach dem Kragen, musterte ihn genau, dann wiederholte sich das Spiel mit der Hermelinstola. Schlussendlich fächerte er mit seiner Rechten dreimal durch die Luft, als müsste er nicht vorhandene Fliegen vertreiben.

»Was ist los? Beide sind echt«, entrüstete sich Alice.

»Kein Zweifel. Das Problem liegt woanders.« Franzl fächerte mit der Linken.

Alice blickte auf den Schweißrand, der sich auf seinem weißen Hemd gebildet hatte. »Bist du am Ende wieder pleite?«

»Ich habe gestern auf eine Lieferung gewartet, die aber nicht eingetroffen ist.«

Stille. Sachte vernahm man den Flügelschlag einer Krähe, die im Wipfel einer Fichte Schutz suchte. Irgendwo auf einem Nebentisch surrten zwei Insekten.

Auf der glatten und trefflich eingecremten Stirn der Alice Decker zeigten sich mehrere Falten. »Und wieso sind wir dann da heraufgefahren?«

»Wie oft soll ich dir noch sagen, dass du die Frau meines Lebens bist«, flüsterte der fesche Franzl, der die Schweißränder auf seinem Hemd für drei Sekunden vergaß und der wunderhübschen Alice tief in die Augen blickte.

Es kam, wie es kommen musste, zum Geschäft, zumindest wenn man das Begehren des feschen Franzl in Rechnung stellt. Es war gerade drei Uhr am Nachmittag, da zahlte er beim Herrn Doll, nahm die hübsche Alice an die Hand und schleppte sie über ein kurzes Wiesenstück an die Mauer des Tiergartens. Etwa 50 Meter nördlich des Weinhauses war der obere Mauerteil abgebrochen, vielleicht durch einen geborstenen Stamm. Franzl sprang mit einem Satz hinüber. Alice zog ihre Schuhe aus, reichte dem Franzl die Tasche und kletterte über die abgebröckelte Mauer. Dann streiften die beiden zu einer ihnen vertrauten kleinen Wiese im Schatten von mächtigen Eichen, in der Nähe der »Saulackenmais« genannten Waldlichtung. Franzl hängte Rock und Hemd über einen sich in die Breite ziehenden Stamm. Alice blickte ein wenig bekümmert auf das satte Gräsermeer, in das sie bald eintauchen sollte.

Ehe er die Knöpfe seiner Hose durch die Löcher fingerte, flüsterte der fesche Franzl: »Komm schon, wir wollen den Schofför nicht zu lange warten lassen.«

2. KAPITEL
DIENSTAG, 17. JULI 1928

*Der Mord im Saulackenmais * Die Gendarmen in der Hermesvilla * Gewitter im Lainzer Tiergarten*

Am selben Tag ereignete sich eine fürchterliche Tat oder Tätlichkeit.

Der Lainzer Tiergarten wurde bis zum Ende der Monarchie als privates Jagdgebiet des Kaisers genutzt und war in der Ersten Republik nichts anderes als eine Waldlandschaft, gelichtet von mehreren Wiesen, auf denen Hirsche und Rehe in entsprechender Scheue herumzogen. Immer wieder kam es zu Wilderei und Holzdiebstahl, vor allem aufgrund fehlender Kohle nach dem Krieg. Schließlich wurde die über 2.000 Hektar große Anlage aber doch der Öffentlichkeit zugänglich gemacht. Am Wochenende durfte die sich nach ein paar Mußestunden sehnende Bevölkerung – gegen Eintrittsgeld beim Pförtner – auf ein paar Forstwegen durch den geräumigen Tiergarten schlendern. Ansonsten war die exklusive Waldung eher den betuchten Kreisen vorbehalten, die mehr erleben wollten als die Betrachtung von Bäumen und Tieren.

In der Hermesvilla beispielsweise, die Kaiser Franz Joseph I. vom bekannten Ringstraßenarchitekten Carl von Hasenauer für seine die Haupt- und Residenzstadt meidende Kaiserin Sisi errichten ließ – selbstverständlich wurden alle die kaiserlichen Wege störenden Maulwurfshügel entfernt –, war ein Casino untergebracht. Gleich neben der Hermesvilla und den Ställen befand sich seit 1927 ein Golfplatz. Und ein Polizeiposten durfte in der Hermesvilla nicht fehlen – der Pöbel hatte schließlich 1927 den Justizpalast angezündet. Die Damen und Herren Casinöre und Golfler sollten doch ungestört und unbelästigt ihren wichtigen Tätigkeiten nachgehen können.

Neben Polizisten, Casinören, Golflern, Lustwandlern und Jägern gab es die land- und forstwirtschaftlichen Arbeiter, die den großen Lainzer Tiergarten in Schuss hielten.

Am 17. Juli 1928 waren zwei dieser Arbeiter damit beschäftigt, mit Heugabeln das auf der Wachstöckelwiese liegende Heu zu wenden. Da hörten sie einen Schuss, dann noch einen, und schon wieder einen – insgesamt zählten sie fünf Schüsse. Sie stützten sich auf die Stiele ihrer Gabeln und wischten sich den Schweiß von der Stirn.

»Wird wohl eine Jagdgesellschaft sein«, meinte der eine. Schüsse waren schließlich nichts Ungewöhnliches in diesem großen Wald- und Jagdgebiet.

Da die Schüsse sie zum Einstellen ihrer Tätigkeit, dem Wenden des Heus, verleitet hatten, beschlossen sie spontan, diese kleine Pause in Anbetracht der Hitze ein wenig zu verlängern. Gerade wollte sich einer der beiden eine Zigarette anzünden, hielt jedoch mitten in der Bewegung inne. Im Norden stieg über den Bäumen Rauch auf. Erst ein dürrer Strich, dessen Schlieren sich jedoch bald in die Breite zogen. Kurz darauf schien es, als würden hinter den Bäumen mehrere kleine Wölkchen schweben, und immer neue Wölkchen tauchten auf, die einen seltsamen Geruch mit sich führten. Dieser Geruch stieg den zwei Hilfsarbeitern in die Nase.

Sie schulterten die Gabeln und marschierten mit schnellen Schritten zum vermeintlichen Brandherd: dem Saulackenmais, kurz: dem Saumais. Der Name der kleinen unzugänglichen Lichtung erinnerte an die frühere Fütterung der Wildschweine an dieser Stelle.

Tatsache, am Waldesrand waren die dürren Grasbüschel entflammt, das Feuer knisterte und der Rauch wuselte in die Wipfel der angrenzenden Eichen. Die zwei Arbeiter brachen größere Äste der Eichen ab, um damit in die Brandherde zu stoßen. Ohne Erfolg. Sie versuchten es mit den umgedrehten Heugabeln. Dumpf klang der knisternde Wiesengrund.

Am Fuße einer knorrigen Eiche sahen sie aus einiger Entfernung ein weiteres glosenden Brandnest. Sie gingen hin und wiederholten ihre Prozedur, hielten dann aber erschrocken inne. An ihren Gabeln hingen verbrannte Stoffreste. Stoffreste? – Kein Zweifel, da lag eine Leiche. Eine Frauenleiche, wie die beiden sofort feststellten. An den nackten ausgestreckten Beinen erblickten sie moderne Damenschuhe. Aus dem Schädel starrten zwei glasige Augen teilnahmslos in den Rauch.

»Das gibt's doch nicht«, murmelte der eine.

»Doch, du siehst es ja!«, erwiderte der andere lakonisch.

Der Erste blickte jedoch nicht zur Leiche, sondern zum anderen Rand der Lichtung. Dort nahm er einen nackten braungebrannter Mann wahr, nur mit einer Badehose, vielleicht war es eine Unterhose, bekleidet, der mit einer Hand seine Brust, mit der anderen sein Genital bedeckte, auch wenn es in der Unterhose steckte. Trotz der Entfernung erkannte er einen dunklen Schnauzer und braunes, nach hinten gekämmtes Haupthaar.

»Was ist schon wieder?«, fragte der andere ein wenig ungehalten.

»Nicht die Frau hier. Schau, dort drüben!« Er zeigte auf den Rand der Lichtung.

Als der andere aufsah und die gegenüberliegende Seite des Saulackenmaises musterte, war niemand mehr da. Die knorrigen Eichen streckten ihre strammen Äste in den Himmel. An dem dunkle Wolkenbänke sich dem Tiergarten näherten. Sonst nichts Auffallendes.

Punkt 16.30 Uhr meldeten die beiden Hilfsarbeiter beim Kommissariat in der Hermesvilla ihren Leichenfund. Dräuende und ihre Konturen schnell verändernde Wolkenkugeln deckten im Westen den Himmel ab, das würde über kurz oder lang zu einem massiven Gewitter führen. Langsam und mit Bedacht nahmen die Polizisten ein Protokoll auf. Das hatte ihnen gerade noch gefehlt in ihrem ruhigen Dienst in der Hermesvilla. Außer den Besuchern des Casinos und der Golfanlage kam niemand in die Gegend um die Villa. Und jetzt, um kurz vor fünf, eine Leiche.

Die ersten Regentropfen patzten auf den ausgedörrten Waldboden neben dem Posten, und als nach umständlicher Konversation das Protokoll aufgesetzt war, öffnete, wie man so sagt, der Himmel seine Schleusen und die Tropfen prasselten kräftig zur Erd.

»Jetzt haben wir den Scherben auf!«, seufzte der Revierinspektor.

»Von wo. Nicht einmal einen Regenschirm haben wir«, antwortete der Postenkommandant.

Sie warteten noch bis 17 Uhr, dann war es klar, dass das Unwetter sich keineswegs beruhigen würde. Zu viert spannten sie ihre Röcke über den Kopf und stapften los, hin zum Saulackenmais.

Dort hatte der prasselnde Regen in der Zwischenzeit das Feuer gelöscht. Die auf den ersten Blick junge Frau lag halb nackt mit dem Rücken am Boden. Die Polizisten zählten vier oder fünf Einschüsse, zwei davon im angesengten Gesicht. Gleich daneben fanden sie ein leeres Flascherl, das der Postenkommandant zu seiner Nase führte und das nach seiner ersten Einschätzung nach Benzin roch. Offenbar hatte der Mörder versucht, die Leiche durch einen gelegten Brand unkenntlich zu machen, doch der starke Regenguss hatte sein Vorhaben vereitelt.

»Nichts anrühren!«, rief der Postenkommandant und wandte sich zu seinem Kollegen. »Pass auf. Du bleibst da, ich laufe zurück und telefoniere nach der Kommission!«

Der Kollege ergab sich willig seinem Schicksal, sein Haupthaar war schon vollkommen durchnässt. Bei dem strömenden Regen konnte er sich nicht einmal eine Zigarette anzünden.

Stunden später, es war bereits Nacht, traf die Kommission ein, also der Kriminalbeamte und der Amtsarzt. Mit ihnen ein Reporter der Kronenzeitung, dessen ausführlicher Bericht am Folgetag unter dem Titel »Mit der Mordkommission am Tatort« erschien.

Der Tatort, wo die Leiche aufgefunden wurde, liegt auf einem kleinen Hügel. Von der Hermes-Villa kommt man in südlicher Richtung ungefähr in zehn Minuten zum Lainzer Versorgungshaus und von dort aus führt ein wenig ausgetretener »Holzweg« über die sogenannte Badewiese auf den Schanzenhügel. So heißt die Bodenerhebung am Rande des Lainzer Tiergartens. Oben am Hügel befindet sich zwischen Jungmais und Dickicht eine Lichtung, wo alle drei bis vier Schritte uralte Eichen und Buchen stehen. Unter einer sicherlich mehrere Hundert Jahre alten Eiche liegt die Leiche. Auf dem Rücken, den Kopf nach Süden gerichtet, der rechte Fuß ist nach rechts ausgestreckt, der Unterschenkel nach der Mittellinie stark eingebogen.

Sie verrät auf den ersten Blick die blutigen Spuren der an ihr verübten schrecklichen Tat, denn das Gesicht ist von Schüssen durchbohrt. Sie ist fast elegant gekleidet, trug ein bräunlich-rotes, dünnes Ripskleid, das an den Ärmeln und an der Brust ein braun-kariertes, in der Mitte mit Blumenmuster versehenes Design aufweist. Das Kleid ist bis zur Mitte der Oberschenkel aufgeschürzt und weist unterhalb des Halses und der oberen Brustseite verkohlte Brandränder auf. Knapp unterhalb des Kehlkopfes sieht man die Reste von in Paketform in Zeitungspapier eingewickeltem Trockenspiritus mit der eingeprägten Aufschrift »Meta«. Der Täter hat offenbar, nachdem er die Frau durch Revolverschüsse getötet hatte, das Bündel Trockenspiritus, das er wahrscheinlich schon bei sich vorbereitet gehalten hatte, dorthin gelegt und angezündet. Die Wäsche der ermordeten Frau besteht aus einem Trikotleibchen, darüber eine gelbfarbene Batistkombination mit Spitze, einen Busenhalter aus gelber Seide und beigefarbene Seidenstrümpfe. Sie hatte auch spitze gelbe Halbschuhe mit Spangen, die ihr von den Organen der Polizei abgenommen wurden. Wir schauen die Schuhe an und entdecken im Innern des Schuhs die deut-

lich lesbare goldene Firmenaufschrift: »L. Montana Milano–Trieste–Roma.«

Nicht berichtet wurde vom Herrn Reporter, dass die unbekannte Frau – oder sollten wir sie als Dame bezeichnen – von insgesamt fünf Schüssen getroffen worden war. Zwei Schüsse hatten ihre Hände durchlöchert. Vermutlich hatte sie versucht, mit den Händen ihr Gesicht zu schützen. Die Tat war also nicht hinterrücks passiert, möglicherweise hatten sich Täter und Opfer gekannt.

Außerdem war die Leiche zugedeckt mit einem angesengten Exemplar der »Neuen Freien Presse« vom 9. März 1928. Die noch leserlichen Stellen verwiesen auf einen Text von Stefan Zweig über »Das Lebensbildnis Stendhals« sowie einen Bericht über die Umbenennung des Wiener Favoritenplatzes in Südtiroler Platz. Worauf der faschistische Parteisekretär von Bozen der Stadt Wien das neben dem Bozener Bahnhof stehende Denkmal von Walther von der Vogelweide als Geschenk angeboten hatte. Das Angebot wurde von der Stadt Wien jedoch nicht angenommen.

Nicht aufgefallen war dem Reporter der Kronenzeitung zudem, dass das Gebiss der Toten eigenartige Verformungen aufwies, die nicht auf einen gezielten Schlag, sondern eher auf eine Spezialbehandlung durch einen Zahnarzt schließen ließen. Dieses Gebiss sollte für die weiteren Ermittlungen im Gegensatz zum Exemplar der »Neuen Freien Presse« eine aufschließende Rolle spielen. Denn: Dokumente, Ausweise, selbst Geldscheine oder Belege von Geldsendungen, die Hinweise auf die Identität der Leiche hätten geben können, wurden trotz bemühter und andauernder Suche nicht gefunden.

3. KAPITEL
FREITAG, 20. JULI 1928

*Aufmarsch der Sänger auf dem Ring * Keine Erkenntnis im Café Museum * Der italienische Wein aus der Spezerei*

Der Gruppenleiter Max Mitschek, Polizeioberinspektor im Wiener Sicherheitsbüro, stand an der Kreuzung der Ringstraße/Operngasse und schüttelte den Kopf. Seit fünf Minuten verharrte er im Schatten eines Götterbaumes, den man zur Zeit der Errichtung der Wiener Prachtstraße – des Rings – an den Straßenrändern gepflanzt hatte. Fälschlicherweise, wie es der übergescheite Naturwissenschaftler Doktor Madrowetz vom Erkennungsdienst mehrfach erklärt hatte. Da den Götterbäumen an diesen Standorten kein langes Leben beschieden sei. Das Kopfschütteln des Oberinspektors galt jedoch nicht dem Götterbaum, sondern dem Treiben auf der Ringstraße. Heute, am 20. Juli, war sie bis in die Abendstunden für Automobile und Fuhrwerke gesperrt. Auch die Straßenbahnen waren heute vom Ring verbannt, also kein A und kein AK, kein B und kein BK.

Gruppenleiter Max Mitschek stellte seine Aktentasche auf der Rückseite der Haltestelle der verschiedenen 60er-Linien ab und wischte sich den Schweiß von der Stirn. Die Mitglieder von vorwiegend deutschen Gesangsgruppen defilierten über die Wiener Prachtstraße. Wie bei den Maiaufmärschen der Sozis waren auch die Piefkes in Gruppen oder Sektionen aufgeteilt. Vor ihm marschierten gerade die Zehnerreihen der Gruppe aus Erfurt vorbei, wie er an mehreren Schildern, die die Sangesbrüder eifrig mitschleppten, lesen konnte. Den Text des von ihnen gebrüllten Liedes kannte er schon auswendig: »Heil dir im Siegerkranz, Herrscher des Vaterlands! … Heilige Flamme, glüh, glüh, und erlösche nie fürs Vaterland!«

Der Krimineser hatte genug gehört, griff nach seiner Aktentasche und richtete seine Schritte zum nahen Karlsplatz. Heute Abend sollte im Wiener Prater das Deutsche Sängerbundfest stattfinden. Schon in den letzten zwei Tagen hatten die Gäste aus dem Nachbarland alle Plätze lautstark okkupiert, sie überschwemmten die Heurigenlokale in den kühleren Vororten, sie grölten ihre Lieder auf den Wegen bei den Getreidespeichern an der Donau. Oberinspektor Max Mitschek hoffte, dass die Wiener Sozis sich nicht zu Raufhändel und Massenprügel verleiten ließen. Die rote Stadtverwaltung hatte bereits Gelassenheit und Beschwichtigung signalisiert, sie wollte den Besuchern aus dem Norden demonstrieren, wie gut die aus Sozis gebildete Stadtverwaltung einen Ansturm mit 40.000 Sängern und 100.000 vorwiegend deutschnationalen Gästen organisieren konnte. Gut, etwaige Folgen von Raufereien gehörten nicht in sein Ressort, er hatte Wichtigeres zu tun.

Nach dem tosenden Gebrülle der marschierenden Horden benötigte er eine sogenannte »stille Reflexionsspanne«. In den Wegen am Karlsplatz war jedes Bankerl besetzt. Er schlenderte zum »Ersten Wiener Stadtheurigen«, der direkt neben der Karlskirche seit dem Vorjahr die durstenden Gäste mit dem »Heurigen« und mit dem »Alten« versorgte. Bis letztes Jahr stand hier ein stadtbekanntes einstöckiges Luxusgeschäft, das Leder und Pelze an die betuchte Kundschaft verkaufte. Gruppenleiter Mitschek ahnte noch nicht, dass er bei der Bearbeitung seines derzeitigen Falles, des Mordes im Lainzer Tiergarten, in Bälde mit dem Wert und der Verzollung von Pelzen und Schmuckgegenständen zu tun haben würde.

Auch im Stadtheurigen war nichts mehr frei, auch hier hockten schon Gäste aus dem nördlichen Nachbarland und brüllten ihre Lieder. Also musste Oberinspektor Max Mitschek sein letztes Atout aus dem Ärmel seines Konfektionsüberrockes ziehen: ab ins Café Museum.

Er stapfte über die groben Pflastersteine am Karlsplatz, überquerte die Gleise der Zweierlinie mit den Straßenbahnen E2 nach Gersthof, G2 auf die Hohe Warte und H2 nach Hernals, die heute Abend die plärrenden Massen in den Prater zum Sängerfest fahren würden, eilte über die Friedrichstraße und betrat ein wenig außer Atem das Café Museum. Längst war ihm der Trubel zu viel geworden.

»Herr Franz«, rief er schon bei der Tür nach dem Oberkellner, bevor er ihn sichtete.

Der eilte schnell herbei.

»Herr Franz, ein Tischerl, aber in aller Ruhe bitte schön!«

»Wird gemacht, Herr Hofrat*.«

Ein paar Minuten später trank der Mitarbeiter des Sicherheitsbüros mit kleinen Schlucken von seiner Melange, dazwischen kramte er bedächtig in seinen Notizen und legte sorgfältig ein paar Fotos sowie mehrere Unterlagen zu seinem aktuellen Fall auf den Tisch: dem Mord im Lainzer Tiergarten. Er selbst war noch in der Nacht am Tatort gewesen. Zu seiner Überraschung war sogar der Vorstand des Sicherheitsbüros aufgetaucht, Herr Hofrat Paul Petzig, und hatte sich äußerst wichtig gemacht. Demnach musste die Angelegenheit einigermaßen brisant sein.

Bei der Toten waren weder Ausweise noch Schmuck oder Bargeld gefunden worden. Ein Raubmord? Der Täter wollte offenbar eine Agnoszierung, eine Identifizierung, verhindern und durch Feuer das Gesicht der Leiche unkenntlich machen. War ihm nur teilweise gelungen, da das Gewitter die Flammen bald gelöscht hatte. Einzig ein abseits liegender Strohhut war vom Brand unversehrt geblieben. Auch der Abgleich mit

* In Wien wird man in gehobenen Kaffeehäusern schnell zum Rat. Als Beispiele gelten Hofrat, Oberkriminalrat oder Ähnliches. Gäste ungeklärter Provenienz werden bei halbwegs passender Kleidung automatisch zum »Herrn Doktor« beziehungsweise zur »Frau Doktor«. Die Anrede »Herr Ingenieur« ist in der Zwischenzeit eher verpönt, die deutet auf einen suboptimalen Ruf.

Abgängigkeitsanzeigen hatte bis jetzt keine Übereinstimmung ergeben, und von den Teilnehmern des Sängerfestes war niemand als vermisst gemeldet worden.

Die Kleidung und vor allem die Spangenschuhe der Toten wiesen darauf hin, dass sie der begüterten Schicht entstammte. Die Schuhe der Marke Montana waren in Wien nicht bekannt, also würde Mitschek seine Kollegen von der Polizei in Mailand kontaktieren müssen. Sein Assistent, der Schimany, hatte telefonisch eruiert, dass ein Schuster in der norditalienischen Stadt Schuhe mit dieser Markenbezeichnung herstellte. Mit den Kollegen aus Italien würde es keine Probleme geben. Die Zusammenarbeit verlief reibungslos, seit die österreichische Regierung und die faschistische Verwaltung im Stiefelstaat recht gute Kontakte pflegten.

Fünf Schüsse waren gefallen, aus einer Pistole des Kalibers 6,35. Zwei hatten ihre Hände getroffen. Auch Mitschek folgerte daraus, dass sie die Hände vermutlich schützend vor ihr Gesicht gehalten hatte, der Täter also aus nicht allzu großer Entfernung von vorne auf sein Opfer gezielt hatte. Woraus er den Schluss zog, dass die Frau ihren Mörder gekannt, vielleicht mit ihm eine Partie in den Tiergarten unternommen hatte.

Nach einem kurzen Gespräch mit dem Leiter des Sicherheitsbüros, besagtem Hofrat Petzig, am Tag nach der Tat hatte Max Mitschek in behender Eile zwei Moulagen anfertigen lassen, zwei Abformungen des Kopfes der Leiche aus Wachs. Das eine Modell bildete das Gesicht der Toten, das durch das Feuer in Mitleidenschaft gezogen war, inklusive der Zähne ab, da der Mund geöffnet war. Das zweite die Rekonstruktion, die zeigte, wie die Frau lebend ausgesehen hatte.

Der Erkennungsdienst unter diesem Doktor Madrowetz war mit dieser Technik sehr vertraut und galt sogar als führend im deutschen Sprachraum. Seit dem Wiener Ringtheaterbrand im Jahr 1881 hatte die Wiener Polizei mit der Rekonstruktion des Zahnbildes von Verstorbenen wertvolle Erfahrungen gesammelt.

Fotos der beiden Moulagen waren am Vortag in den Wiener Zeitungen erschienen. Ebenso ein Foto des Strohhuts, den man ein paar Meter neben der Leiche gefunden hatte. Wie wohl die Reaktionen darauf waren?

Mitschek ließ sich vom Oberkellner die heutigen Tageszeitungen bringen und blätterte darin. In der Kronenzeitung las er, dass es sich bei der Toten höchstwahrscheinlich um eine Kellnerin oder ein Stubenmädchen aus dem böhmischen Aussig handeln müsse, die nach Wien gereist sei, um sich beim Sängerfest einen Job oder einen reichen Mann unter die Nägel zu reißen. Zudem meldete ein anderer Leser, dass nach einer Schubertfeier im nahe gelegenen Wirtshaus sein geliebtes Eheweib mit einem unbekannten Mann verschwunden sei und er sie auf dem abgebildeten Foto sofort erkannt habe. Undsoweiterundsofort.

Auch in seinem Büro waren kuriose Meldungen eingetroffen. Zum Beispiel folgende:

Geschätzte Sittenpolizei! Mache die Anzeige, dass mir, einem Deutschen, Frl. Paula Maly im Hotel Apollo bei einem Schäferstündchen, für welches sie 20 Mark gefordert hat, 100 Mark gestohlen hat. Bitte um die Verhaftung, da die Maly auch einen Freund von mir in einem anderen Hotel bestohlen hat. Bin verheiratet, kann meinen Namen deshalb nicht nennen. Bitte jedoch, dies zur strengen Kontrolle zu ziehen, da wir arme Teufel sind.
Mit Gruß, ein Deutscher.

Natürlich würde der Oberinspektor seine Beamten anweisen, jedem dieser Fälle nachzugehen. Aber er wusste jetzt schon über die Aussichtslosigkeit Bescheid. Und den Schimany, den würde er noch einmal zum Tatort schicken, um jeden Quadratzentimeter des Bodens umzuackern, auch wenn ihn sein böhmischer Assistent dafür hinterrücks als gottverdammten Sklavenschinder bezeichnete.

Mitschek legte die Kronenzeitung auf den leeren Sessel vis-à-vis und schlürfte am Bodensatz seinen Kaffees. Zwei Trümpfe hatte er noch in der Hand. Zum einen war ihm beim Gebiss der Leiche eine eigenartige Anordnung der Zähne aufgefallen. Er nahm sich erneut das Protokoll der Gerichtsmedizin vor. Darin stand, dass oben beidseits und im linken Unterkiefer eine Goldbrücke mit je einem Ersatzzahn vorgefunden worden sei.

Heute oder morgen würde er von seinem Büro in der Rossauer Lände am Donaukanal diese Mitteilung an alle

Zahnärzte in Wien und in der Wiener Umgebung schicken lassen. Und dazu das Foto beziehungsweise die Moulage der Ermordeten. Da sollte sich doch irgendein Pappenschlosser melden.

Der zweite Trumpf bezog sich auf die neuen und kaum getragenen Schuhe der Marke Montana, die darauf hinwiesen, dass die Tote entweder eine Reise nach Mailand gemacht hatte oder eine Italienerin war. Ihre helle Haarfarbe – der Erkennungsdienst war sich da trotz der Verbrennungen ziemlich sicher – sprach allerdings eher dagegen. Er musste den Schimany anweisen, den Schaffnern der aus Italien eintreffenden Züge die Fotos der Toten zu zeigen.

Ihr Alter schätzte Oberinspektor Max Mitschek auf etwa 25 Jahre. Ein Fehler. Die Tote hatte zum Zeitpunkt ihrer Ermordung bereits über 40 Jahre auf ihrem gar nicht mehr so jugendlichen Buckel.

»Zahlen, Herr Franz«, rief er dem vorbeihuschenden Kellner nach. Reflexartig beglich er die Rechnung.

Er werkelte konzentriert im Kontinuum des Grübelns. Hatte er etwas vergessen? Als ehemaliger k. k. Beamter war er stolz auf sein korrektes und nahezu fehlerfrei funktionierendes Gedächtnis. Alle Spuren rund um den Tatort waren gesichtet worden, durch das Gewitter waren das nicht viele.

Da fiel es ihm ein. Dieser Halbnackte mit dem Schnurrbart, den einer der beiden Hilfsarbeiter gesehen hatte. Ein Tatzeuge? Vielleicht sogar der Täter? Der zweite Hilfsarbeiter hatte die Aussagen seines Kollegen nicht bestätigt, er hatte niemanden gesehen. Auch der Pförtner des Tiergartens hatte zu dieser Gestalt keine Angaben machen können. War dieser obskure Mann eine durch die Hitze hervorgerufene Verfälschung der Erinnerung? Eine Art Fata Morgana im Lainzer Tiergarten? Oder gab es ihn wirklich?

In Gedanken versunken verließ der Mitarbeiter des Sicherheitsbüros das Café Museum. Er verzichtete darauf, ein Taxi rufen zu lassen, das ihn in sein Büro in die Rossauer Lände brachte. Die Straßen waren durch die Sängerhorden so verstopft, dass er zu Fuß schneller wäre. Doch als er die ersten Schritte gemacht hatte, kam ihm eine bessere Idee, die ihn auch von seinen Grübeleien abbringen könnte. Seit Langem träumte er von einem Besuch seines geliebten Bella Italia oder zumindest jener Teile Italiens, die bis vor Kurzem noch zur Monarchie gehört hatten. Vielleicht wäre beim vorliegenden Fall eine Dienstreise möglich? Darauf wollte er sich angemessen einstimmen, in der Spezerei in der unteren Weinbergstraße 63. Er stieg am Karlsplatz in eine Garnitur der H2 – wie soll man einem Deutschen beibringen, dass in Wien so elegante Tramways fahren wie der H2 oder der AK von der Reichsbrücke zum Elderschplatz – und stieg vor der Brücke über den Donaukanal aus. Dann besuchte er die Spezerei. Der Greißler hatte nicht nur einen lufttrockneten Schinken aus dem italienischen Karst im Angebot, sondern auch einen istrischen Refosco.

»Alstern, eine Flasche Refosco, zum Hausgebrauch«, bestellte Max Mitschek.

Sorgsam und andächtig steckte er die in die heutige Kronenzeitung eingewickelte Flasche in seine Aktentasche.

»Vielleicht muss ich demnächst dienstlich nach Italien fahren«, sagte er und verabschiedete sich vom Inhaber der Spezerei.

Der Weg ins Büro lohnte sich nicht mehr, also ab nach Hause. Dort – er bewohnte mit seinen 50 Jahren eine respektable Junggesellenwohnung im stattlichen Margaretenhof – wickelte er den Refosco aus der Kronenzeitung. Als er die Zeitung glätten wollte, um sie später im Coloniakübel* zu versenken, fiel sein Blick auf einen satirischen Kommentar eines nicht mit Namen genannten Mitarbeiters:

> *Was ein richtiger deutscher Sänger alles haben muss: Einen Regenschirm. Einen gesunden Magen. Eine gutgefüllte Brieftasche. Eine durstige Kehle. Eine kräftige Stimme. Eine Sängerbundkappe. Ein Vereinsabzeichen. Ein großes Herz. Einen Plan von Wien und Umgebung. Ein paar kräftige Beine, um den Festzug durchzustehen.*

Den Refosco stellte er für spätere Verwendung in seine Kommode im Wohnzimmer.

---

* In Wien wurden 1923 flächendeckend Coloniakübel aufgestellt, die nach dem in der Stadt Köln erprobten System »Colonia« ein- oder zweimal pro Woche in Müllzüge entleert wurden, deren Behälter in Maß und Form auf die Kübel abgestimmt waren.

4. KAPITEL
MONTAG, 20. AUGUST 1928

*Im Wiener Margaretenhof * Im Terrassencafé * Beim Zahnarzt Doktor Reisberg*

Ein Monat war vergangen. Der Gruppenleiter im Sicherheitsbüro, Oberinspektor Max Mitschek, verspeiste sein morgendliches Butterbrot und trank dazu in kleinen angemessenen Schlucken seinen Milchkaffee. Kurz betrachtete er sein stockdüsteres kahles Haupt und sein tadellos rasiertes Kinn im Spiegel des Badezimmers. Hatte er doch heute um 10 Uhr einen Termin bei seinem Zahnarzt, bei Doktor Reisberg.

Der Zahnarztbesuch war aber keineswegs der Grund für die kriminalpolizeilichen Kummerfalten. Die Leiche vom Lainzer Tiergarten hatte bleibende Spuren hinterlassen. Offenbar war die Leiche kontaminiert mit irgendeinem entsetzlichen Fluch. Der Wiener Polizeipräsident Doktor Johannes Schober hatte sich bereits von ihm über den Fortgang der Ermittlungen berichten lassen und verwies mit lauten eindringlichen Worten, wie sehr er an der Klärung des Falles interessiert sei.

Zumal gerade im Lainzer Tiergarten, also beim Casino und beim Golfclub, eine Frauenleiche nicht besonders appetitlich sei.

Oberinspektor Max Mitschek kehrte zum Tisch im Speisezimmer zurück und leerte sein Kaffeehäferl. Hoffentlich bewirkte der starke Kaffee, dass die letzten strapazierten Fasern in seinem Hirn sich nicht auflösten in einem dumpfen formlosen Nebel ohne klare Gewissheiten und fixe Prinzipien.

Aus Mailand war von seinen dort agierenden Kollegen die enttäuschende Nachricht gekommen, dass sie die Fotos der Leiche allen Mitarbeitern der Schuhfirma »Montana« vorgelegt hätten, kein einziger die Frau jedoch erkannt oder sich an etwas erinnert habe. Schade. Also keine Dienstreise in den sonnigen Süden nach Mailand. Den Refosco hatte er vor zwei Tagen in seiner Junggesellenwohnung im Margaretenhof mit seinem Kollegen Doktor Madrowetz geleert, der im Großen Krieg vor zehn Jahren noch gegen die Italiener gekämpft hatte und sie als Verräter und Bastarde bezeichnete. Doch Max Mitschek hielt ihm entgegen, dass nach der Machtübernahme durch diesen groben, stiernackigen Brüllaffen Mussolini, der sich sogar mit nacktem Oberkörper hoch zu Rosse ablichten ließ, die Zusammenarbeit mit den Polizeibehörden in Italien ganz gut klappe. Und dass eine neue Ordnung auch im klein gewordenen Österreich so manche Missstände wegkehren würde.

Max Mitschek stellte das Häferl in die Abwasch und griff nach dem Rock. Es war zum Verzweifeln. Mitschek hatte große Hoffnungen auf die Mitarbeiter der Schuhfirma »Montana« gesetzt. Denn nach der Veröffentlichung der Fotos in den geläufigen österreichischen Zeitungen war kein einziger brauchbarer Hinweis eingegangen. Allerdings tausend unbrauchbare, deren Bearbeitung die Mitarbeiter des Sicherheitsbüros und den Ermittlungsleiter des Falles die letzten drei Wochen auf Trab gehalten hatte. Weil alle Mitteilungen, auch die blödeste, mit der gebührenden Achtung bearbeitet werden mussten.

Niemand kannte die tote Frau, das Phantom aus dem Lainzer Tiergarten. Wie sollte er, der Gruppenleiter im Wiener Sicherheitsbüro, den Mörder einer Frau finden, die keinen Namen, keinen Aufenthaltsort und keine Identität hatte?

So. Die Frau Klara, seine Zugehfrau, würde wie jeden Montag demnächst in seiner Junggesellenwohnung auftauchen, das Geschirr abwaschen, die Wohnung putzen und den Mist zum Coloniakübel tragen. Er hatte keine Lust, mit der neugierigen Frau Klara über den letzten Stand der Dinge oder gar das Wetter vom Wochenende zu tratschen, und verließ seine Wohnung im zweiten Stock des Margaretenhofes, querte den eigentlichen Hof des riesigen Gebäudekomplexes und betrat das formidable Terrassencafé. Der Termin beim Zahnarzt war erst um zehn, er hatte also noch etwas Zeit. Und eine flüchtige Lektüre der Montagszeitungen würde ihn von seinem Fall ohne Mörder etwas ablenken. Denn: Wozu wohnte er in so einem stattlichen Bauwerk, dem architektonischen Zentrum des Bezirkes Margareten mit Kaffeehaus im ersten Stock? 1884/85 war es von Amalia von Mack bei den famosen Theaterarchitekten Ferdinand Fellner und Hermann Helmer in Auftrag gegeben worden. Zuvor stand an dieser Stelle das Brauhaus von Margareten, das Amalias Vater Ignaz von Mack gehört hatte. Doch die jungen Bewohner des Hofes hatten von diesen Zusammenhängen keine Ahnung.

Der Kriminalbeamte setzte sich an ein Marmortischerl mit Blick auf die »Schauer«-Würfeluhr am Margaretenplatz, die mit ihren eigentlich vier Uhren an den vier Würfelfronten signifikant war für die Gestaltung der Plätze in Wien, und auf das Denkmal der heiligen Margarete mit dem Drachen, das als Mittelpunkt des Platzes fungierte. Er bestellte einen Großen Braunen. Der Marqueur hatte ihm schon die Zeitungen auf den Tisch gelegt.

Aha, gestern, am Sonntag, hatte es wieder die üblichen Tumulte zwischen dem Schutzbund und der Heimwehr gegeben. Im Schutzbund waren die Sozis zusammengeschlossen, in der Heimwehr die Vaterländischen, sprich die Konservativ-Nationalen. Wo war tumultiert worden? In Sankt Lorenzen, irgendwo bei Kapfenberg. Natürlich in der steirischen Industriezone, wo die Roten sich fast wöchentlich zu Aufmärschen zusammenrotteten. 62 Verletzte hatte es gegeben und einen Toten. Kein Wunder, die Veranstaltung mit dem Hetzredner Koloman Wallisch, dem Bürgermeister des roten Bruck an der Mur, war behördlich untersagt gewesen, also hatten die Behörden einschreiten müssen, wenn der Wallisch trotz des Verbotes zu hetzen anfing. Solche Zustände gab es in Italien nicht mehr! Da konnten die Roten nicht mehr hetzen und wüten und drohen! Seit dieser grobschlächtige Mussolini mit dem vorgestreckten Kinn an der Macht war!

Max Mitschek blickte auf die Uhr, zahlte, ging federnden Schrittes die 100 Meter hinunter zur Schönbrunner Straße und steuerte zur Haltestelle des 63er. Dessen Trasse war eigentlich errichtet worden, damit die das Vergnügen suchenden Wiener von der Staatsoper zum »Tivoli« fahren konnten, einem ausgedehnten Vergnügungsetablissement mit mehreren Veranstaltungshallen. In seiner Jugend hatte der junge Polizeibeamte mit seinen Kollegen hier ab und zu ein paar »Schwechater« getrunken. Doch das Tivoli gab es nicht mehr in dieser, Mitscheks Ansicht nach, schmählichen Republik. In den noch vorhandenen Sälen fanden Boxkämpfe statt, zur Hetz der hier wohnenden Proletarier, und der Nordteil gehörte zu einem Fußballplatz. »Wacker Wien« hieß der ominöse Verein. Vieles funktionierte nicht mehr in der jungen Republik, auch die Südbahn fuhr nicht mehr in gerader Linie von Wien nach Triest, weil das Territorium der Strecke auf einmal zu drei Staaten gehörte: zu Italien, zu dem in Mitscheks Augen kuriosen südslawischen Staat mit dem noch kurioseren König und zu dem spärlichen Rest, der Österreich hieß.

Endlich, jetzt erblickte der Kriminalbeamte die Garnitur des 63ers, gleich würde er sich in einen hoffentlich freien hölzernen Sitzplatz verkrümeln können.

Eine halbe Stunde später saß er im Behandlungsstuhl in der Orschi des Zahnarztes Doktor Reisberg in der Schönbrunner Straße 257. Die Bezeichnung »Orschi« war keineswegs auf seinem Mist gewachsen, die hatte er vom leichtlebigen und quickfidelen Zahnarzt übernommen. Der war bekannt dafür, dass er die zur Stummheit neigende Notlage seiner Patienten während der Behandlung ausnutzte und dabei über Gott und die Welt und vor allem über die Patienten räsonierte.

So auch jetzt. Während er den linken Vierer des Hofrates mit Amalgam füllte, erschallte sein lautes Organ. »No, da ist der Polizei aber wieder ein Schlag gelungen!«

»Au!«, wimmerte Max Mitschek.

»Was sagen Sie zu dieser Rauferei in Meidling?«

»Au!!«, setzte er sein Gewimmer fort.

»Da haben die Polizisten mit einem Schlagstock ordentlich ausgeteilt, oder?«

»Auu!«

»Wie schaut so ein Schlagstock eigentlich aus? Was passiert da, wenn der auf einem Schädel landet?«

»Auauau!« Das Wimmern wimmerte lauter.

»Das erste Mal in Wien überhaupt in der Geschichte des Schlagstocks, und das mitten auf den Schädel eines zufällig vorbeikommenden Passanten. No, was sagen Sie jetzt?«

Gruppenleiter Max Mitschek sagte gar nichts, er neigte sich zum Becken und spülte die Gurgel mit Wasser aus, da Doktor Reisberg den Zahn mit der Krone soeben verschlossen hatte.

»Und vergessen Sie nicht, werter Herr Oberkriminalpolizeirat, Sie dürfen zwei Stunden nichts essen und auch keinen Kaffee trinken!«

So leicht gab sich unser »Oberkriminalpolizeirat« – er wusste, dass sein Zahnarzt leichtfertig kakanische Titel vergab – nicht geschlagen. Er hielt mit der Linken noch seine Backe, dann fragte er schnell, ohne seinen Behandlungshocker zu verlassen: »Herr Doktor, lesen Sie keine Zeitungen?«

»Herr Hofkriminalrat, was soll diese Insultierung?«

»Ich meine eigentlich die Zahnärztliche Rundschau vom August, also die aktuelle Nummer!«

»Herr Zentralkriminalrat, Sie wissen, meine vielfältigen Beziehungen, wie sollt ich da die Zahnärztliche Rundschau …«

»Da steht nämlich ein Artikel von mir drinnen.«

»Was? Sie schreiben in der Zahnärztlichen Rundschau? Sind Sie unter die Dichter gegangen? Kaum zu glauben!«

»Es geht um einen Mord. Haben Sie die Rundschau nicht im Wartezimmer Ihrer Orschi liegen?«

Doktor Reisberg ließ sich von der Assistentin der Orschi die Rundschau aus dem Wartezimmer holen. Max Mitschek war vom Behandlungshocker heruntergeklettert, griff nach der Zeitung der Wiener Zahnärzte und schlug sofort die richtige Seite auf. Dort war unter dem Titel »Wer kennt dieses Gebiss?« sein Text abgedruckt, dazu ein Foto vom Gesicht der getöteten Frau und eines vom Zahnersatz, sowohl oben als auch links unten.

Der Zahnarzt blickte auf die Fotos, und Max Mitschek entging nicht, dass seine bislang fröhliche Miene auf einmal erstarrte.

»Wer ist diese Frau?«

»Die Leiche im Lainzer Tiergarten, mehr wissen wir nicht, hoffen aber, das über das Gebiss herauszufinden. Haben Sie nichts in den Zeitungen gelesen?«

Doktor Reisberg seufzte, und der mit Verhörmethoden erprobte Oberkrimineser ahnte blitzschnell, dass er jetzt nachsetzen musste.

»Sie kennen also das Gebiss?«, fragte er, ohne zu zögern.

Der Zahnarzt schaute noch einmal auf die Fotos in der Zeitung und begann, in aller Ruhe den Artikel zu lesen.

Das dauerte dem Kriminalbeamten zu lange. Er wollte seine Spur schnell weiter verfolgen. »War drei Wochen lang das Stadtgespräch in Wien. Selbst über die fürchterliche Prügelei in Meidling, bei der zum ersten Mal ein Schlagstock eingesetzt worden ist, hat niemand mehr geredet. Die Leiche im Lainzer Tiergarten wurde von jedem kommentiert! Und Sie wissen von nichts!«

»Warten Sie noch kurz«, nuschelte er in den Artikel vertieft vor sich hin und wischte sich mit seinem weißen Arztkittel den Schweiß von der Stirn, der sich entweder vor Aufregung oder vor Angst dort gebildet hatte. Noch ein Seufzer, dann schritt er zu seinem Karteikartenschrank, öffnete eine Lade und griff nach kurzer Suche nach einer der Karten mit dem Folio 121. »Da ist sie.«

»Wer ist da?« Der Oberinspektor stellte sich hinter den Zahnarzt und schaute ihm über die Schulter.

»Die Karteikarte Ihrer Leiche. Sie heißt Luzzy Lechner und war 1925 und 1926 bei mir in Behandlung. Zahnersatz links oben, links unten. Mit auffälligen Konstellationen.«

Schnell riss ihm der Kriminalbeamte die Karteikarte aus der Hand. Tatsächlich, Luzzy Lechner. Geboren 1887. »Das gibt es doch nicht! Dann wäre sie 40 Jahre, sogar 41 Jahre alt!«

»Ich versteh Sie nicht, Herr Oberkriminalrat.«

»Ich hab ihr Alter – wenn sie es denn ist – mit 25 Jahren angegeben!«

»Erstens, sie ist es, ich erkenne sie auch auf dem Foto in der Zeitung. Und zweitens, sie hat sich mit viel Geld sehr jung gehalten. Wissen Sie, bei manchen Damen soll das funktionieren.«

Max Mitschek las weiter auf der Karteikarte 121. »Wohnort: Hotel ›Erzherzog Carl‹. Wieso ›Erzherzog Carl‹?«

Doktor Reisberg seufzte lange, dann hob er an: »Gut, ich werde es Ihnen erklären. In Wirklichkeit wohnte sie in Triest. Wo, das weiß ich allerdings nicht. Und bei ihren Wien-Aufenthalten logierte sie in besagtem Hotel.«

Aha. Also gleich das »Erzherzog Carl«, eines der feinsten Hotels der Stadt. Richard Wagner war hier abgestiegen, als er in Geld geschwommen war und nicht mehr vor seinen Gläubigern hatte flüchten müssen. Stand auf der Kärntner Straße 31 gleich neben dem Feinkostgeschäft »Köberl & Pietok«.

Der Oberinspektor notierte sich die Daten. Freilich ahnte er, dass er aus dem Gesprächssubstrat – wir wollen es keineswegs als Verhör bezeichnen, es fand ja in der Orschi des Zahnarztes statt – noch ein paar verwertbare Fakten herausklauben musste. Er hatte Lunte gerochen. Also verschärfte er seinen Ton. »Herr Doktor! Wieso haben Sie das mir nicht gleich gesagt? Sie kennen mich seit Jahren! Dann hätten wir nicht einen Monat mit sinnloser Warterei verloren. Und wären dem Täter vielleicht schon auf der Spur!«

»Sie haben recht«, murmelte der Zahnarzt verlegen. »Aber wissen Sie, meine Frau, wenn die das erfährt, und wenn das die anderen Patienten mitbekommen und überhaupt!«

Aha, so war das also! Dieser kakanische Schwerenöter mit seinem durchtriebenen Charme! »Sie kennen das Hotel in der Kärntner Straße demnach recht gut?«

»Ja, ich hab die Luzzy dort öfter besucht, wenn sie in Wien war. Und ich hab sie auch zum Essen ausgeführt. Nur die besten Lokale waren ihr fein genug. ›Meissl & Schadn‹ auf dem Neuen Markt. Und dann sind wir in ihr Zimmer im Hotel ›Erzherzog Carl‹ übersiedelt. Aber Herr Mitschek, mein lieber Mitschek! Seit zwei

Jahren hab ich sie nicht mehr getroffen! Weder in der Orschi noch im Hotel! Ich schwöre, seit zwei Jahren! Sie können ja nachschau'n im Karteiblatt!«

Oberinspektor Max Mitschek verzichtete großzügig auf das Angebot, die Folio 121 noch einmal zu begutachten. Dafür konterte er: »Dann können Sie mir sicher etwas über die Luzzy erzählen!«

»Nur wenn Sie mich aus der Sache raushalten.«

»Sie kennen doch meine Diskretion, gerade gegenüber meinem Zahnarzt.«

»Also gut. Die Luzzy war in Triest mit einem Bankdirektor liiert. Der muss schon älter gewesen sein. Jedenfalls verwöhnte er sie mit Schmuck, mit Pelzen und wahrscheinlich auch mit Bargeld. Außerdem hatte sie, oder besser er, der Bankdirektor, da unten eine oder zwei Villen.«

Mitschek schrieb fleißig in seinen Notizblock. »Und was hat sie dann in Wien gemacht?«, wollte er wissen.

»Ich glaube, sie ist ins Casino gegangen. Deswegen ist sie immer im ›Erzherzog Carl‹ abgestiegen. Da konnte sie vom Casino zu Fuß nach Hause gehen. Und natürlich hat sie ihren Zahnarzt besucht.«

»Ja, natürlich, Herr Doktor Reisberg. Sagen Sie, gibt es diesen Kavalier in Triest noch?«

»Das weiß ich wirklich nicht, wie gesagt, seit zwei Jahren …«

Der Kriminalbeamte war einigermaßen zufrieden, er steckte seinen Notizzettel in seine Rocktasche. »Na gut. Sie haben mir sehr geholfen. Nicht nur bei meinem unteren Vierer. Ich wünsche Ihnen noch einen angenehmen Tag.«

Max Mitschek hatte es auf einmal eilig.

Er hielt bei der Stadtbahnstation Meidlinger Hauptstraße einen Mietwagen an, obwohl er auf direktem Wege auch die Stadtbahn hätte nutzen können, und ließ sich zur Rossauer Lände bringen. Dort hetzte er, schneller, als man es ihm mit seinen 50 Jahren zutrauen würde, in den zweiten Stock. Im Vorzimmer befahl er barsch seinem Assistenten, dem Schimany, er solle alle Mitarbeiter vom Mordreferat in sein Büro schicken. Und zwar sofort. Und basta. Und ohne Ausnahme.

Drei Minuten später hielt er eine seiner kurzen und präzisen Reden. »Meine Herren. Wir haben den Namen, die Tote im Lainzer Tiergarten heißt Luzzy Lechner.« Er schrieb den Namen mit Kreide auf die Tafel. »Die Fotos der Leiche haben Sie ja. Und jetzt suchen Sie in allen Karteien, Registern und Zeitungen. Heute um 16 Uhr warte ich auf die ersten Berichte. Und auf die ersten Ergebnisse. Alles klar?«

»Gibt es ein paar Daten über sie?«, fragte einer seiner Mitarbeiter. »Ja. Sie ist am 7. Feber 1887 geboren, war also zum Zeitpunkt des Mordes bereits 41 Jahre alt. Und offenbar gibt es tatsächlich Verbindungen zu Italien, genauer: zu Triest. So, an die Arbeit!«

Die Männer huschten schnell aus dem Büro des Chefs. Dieser zog eine Lade aus seinem breiten Schreibtisch und entnahm ihr das Kursbuch der Österreichischen

Bundesbahnen, das er vor drei Wochen um sieben Schillinge erworben hatte. Mit drei Griffen fand er die Verbindung vom Wiener Südbahnhof nach Triest.

»Herr Chef, wozu Sie blättern im Kursbuch?«, böhmakelte sein Assistent, der Schimany.

»Erstens geht Sie das einen feuchten Dreck an. Und zweitens werde ich in ein paar Tagen nach Triest reisen«, grantelte sein Chef zurück.

5. KAPITEL
MONTAG, 12. APRIL 1926

*Die kleine Wohnung neben dem Pfarrhaus * Am Tartini-Platz in Piran * Der Flirt im Palace-Hotel in Portorose*

Seit dem Ende des Großen Krieges gehörte Piran wie die gesamte Halbinsel Istrien nicht mehr zu Österreich, sondern zu Italien, und hieß offiziell Pirano. Wer auf der Piazza Tartini anlässlich des Einkaufes bei den vielen Marktstandeln mit den Bauern aus dem Landesinneren Slowenisch sprach, wurde von den »Sondergerichten zum Schutze des Staates« auf unbestimmte Zeit in die Gefängnisse des faschistischen Regimes geschickt. Selbst in den Schulen durften die slowenischen Zöglinge nach Schulschluss nicht einmal mehr »srečno« sagen, eine Dispensierung wäre ihnen sicher gewesen.

Frau Luzzy Lechner beschäftigte sich jedoch nicht mit den nationalen Konflikten, sie hatte offensichtlich größere Sorgen.

Sie bewohnte den ersten Stock eines Hauses direkt neben dem Pfarrhaus. Von ihrer Haustür gelangte man in gerader Linie über 80 oder 100 Stufen auf jenes ebene

Plateau, auf dem die mächtige und weit sichtbare Kirche San Giorgio samt ihrem berühmten Campanile errichtet worden war. Auf der Turmspitze thronte jedoch nicht der heilige Georg, der Drachentöter, sondern der heilige Michael. Mit seinen weit ausholenden Armen glich er einer extraterrestrischen Flügelgestalt, die soeben zur Landung auf diesem Planeten angesetzt hatte. Von der das Plateau gegen das Meer abgrenzenden Steinmauer konnte Luzzy sowohl auf die Stadt Triest als auch auf die schneebedeckten Alpen blicken. Mit der Ursache für diese spezielle Blickrichtung beziehungsweise mit der geografischen Ausformung der istrischen Halbinsel hatte sich Luzzy jedoch nie beschäftigt, weil, wie bereits erwähnt: Sie hatte gravierendere Probleme.

Heute Morgen schlüpfte sie nach einer halbstündigen Gesichtspflege in bequeme Sandalen – mit Stöckelschuhen wäre sie in Piran auf den gepflasterten Wegen nicht weit gekommen. Beim Oberteil hatte sie sich für eine einfache Variante entschieden, mit einer dekorativen Garnierung für Jabot und Ärmel. Dazu trug sie ein weites und glockiges Nachmittagskleid.

Nein, sie stieg nicht zur Chiesa San Giorgio hinauf. Welche Wünsche sollte sie auch mit der Bitte um Erfüllung an ein höheres Wesen schicken? Für welche ihr überreichten Geschenke sollte sie sich in einem Gebet bedanken? Zudem beteten die in der Mehrheit weiblichen Kirchenbesucher auf Slowenisch, weil es selbst für die faschistische Polizei kompliziert war, slowenische Gebete zu verbieten. Sie hatschte vorsichtig über die vielen Treppen und die nicht gerade ebenmäßig behauenen Steine hinunter zur Piazza Tartini. Wie immer blickte sie auf das Denkmal des Teufelsgeigers Giuseppe Tartini, der in seiner Linken die Violine und in seiner Rechten den Bogen hielt. Diesmal thronte keine Seemöwe auf des Meisters Schädel.

Auf der Piazza Tartini stieg ihr die salzige Brise vom nahen Meer in die Nase, schlich um ihren Körper herum und tauchte dann tief in ihre Seele – unter der Annahme, dass Luzzy dieses im menschlichen Körper schwer zu eruierende Organ überhaupt besaß. Diese Brise reichte jedoch, um ihr schweres Gemüt innerhalb von fünf Minuten etwas zu erleichtern und ihre Seele von den Spannungen der letzten Zeit zu lösen. Denn in den letzten Tagen hatte sie sich von der mit vielen Erinnerungen an ihren verstorbenen Liebhaber verbundenen Villa Berander trennen müssen.

Kurz entschlossen schritt sie über die Umkehrschleife der Tramway, die von der Piazza Tartini nach Portorose fuhr, setzte sich im Geburtshaus des Musikers ins Caffè Venezia und bestellte einen Cappuccino.

Luzzys eigentliche Beschäftigung, der sie hier in Piran geflissentlich nachging, war die Suche nach einem neuen Mann. Und zwar nicht nach irgendeinem Mann, um sich nur schnöde zu vergnügen. Nein, sie suchte einen reichen, einen vermögenden, einen ihr ein angemessenes Leben bietenden Mann. Sie hatte nämlich in den letzten Monaten so ziemlich alle Habseligkeiten verspielt in den Casinos zwischen San Remo und Portorose. Übrig geblieben war ihr nur die Wohnung in Piran gleich gegenüber dem Pfarrhaus, ein Packerl Geld sowie mehrere Pelze und Nerzmäntel, die sie aus der Villa Berander hatte retten können. Freilich, hier in Piran, das auf Luzzy trotz seiner venezianischen Paläste wie ein zwar hübsches, aber ansonsten trostloses Fischerdorf wirkte, würde sie kaum einen generösen Galan angeln können.

Sie zahlte mit einem Lireschein, blickte kurz auf die Casa Tartini, in der der Teufelsgeiger geboren war, stieg in die Tramway und fuhr von der Piazza Tartini entlang des Meeres über das Fischerdorf San Bernadino, vorbei an den beiden Salzspeichern, nach Portorose, in die »Rosenbucht«, wie die Österreicher den Kurort nannten. Hier stieg sie aus und ging die paar Schritte zur Veranda des imperialen Palace-Hotels. An vorderer Front war noch ein Tisch frei. Luzzy bestellte ein Glas Refosco und ließ ihren Blick Richtung Meer schweifen.

Vom ehemaligen k. u. k. Hotel aus konnte man diskret und auf direktem Wege zum Meer wandeln. Innerhalb einer hufeisenförmigen Steganlage mit anschließenden etwa 200 Strandkabinen blieb die Exklusivität der Badegäste bewahrt, man blieb sozusagen unter sich. Und wenn abends das hoteleigene Orchester zum Tanze spielte, da …

»Was schauen Sie so traurig? Sind Sie eine verlorene Prinzessin?«, sprach sie der Herr vom Nebentisch an.

Erschreckt drehte sich Luzzy um. »Jetzt bin ich aber erschrocken!«

»Untröstlich, untröstlich. Wie kann ich diesen Schrecken verjagen?«

»Lassen Sie sich etwas einfallen!«

Luzzy blickte noch immer auf den Mann am Nebentisch. Er sprach ein ungarisch gefärbtes Deutsch, doch sein Aussehen erinnerte sie an Rudolph Valentino, diesen schönen Schauspieler aus den fernen amerikanischen Staaten, der jedoch weder mit Frauen noch mit Geld einigermaßen klug umgehen konnte.

»Darf ich mich vorstellen? Graf Emmerich Pelzer von Feldegg, Ihnen zu Diensten!« Das zierliche Gesicht schimmerte bleich unter den schwarzen Haaren, die glatt nach hinten gekämmt waren. Der Kontrast brachte die düsteren Augen noch mehr zum Glühen.

Luzzy blieb strategisch ein wenig zurückhaltend: »Was Sie nicht sagen! Damit ist mein Schrecken noch nicht verschwunden!«

»Darf ich Sie auf eine Flasche Champagner einladen?«

»Angenommen.«

Zehn Minuten später saß Rudolph Valentino alias Graf Emmerich Pelzer von Feldegg bereits an Luzzys Tisch und erzählte rasant über seine Zukunftspläne. »Wissen Sie, ich schreib an einem Hotelführer, einem Hotelalmanach, in dem nur die besten Hotels in Europa vorgestellt werden. Karlsbad, Berlin und natürlich die Badeorte an der Riviera. So etwas gibt es nicht auf dem Markt. Deshalb wird mein Almanach gleich in fünf Sprachen übersetzt. Dass ich es nicht vergesse, wir müssen noch anstoßen.«

Beide tranken aus den Tulpengläsern, die der Kellner inzwischen samt der Flasche aus dem Hause Charles Lafitte dezent serviert hatte.

»Deswegen hat es mich in das Palace-Hotel verschlagen. Wussten Sie, dass schon der österreichische Thronfolger hier logiert hat? Und im Kristallsaal, da hat er getanzt. Franz Ferdinand von Österreich-Este mit seiner Frau Gemahlin. Im Jahre 1910 wurde das Hotel eröffnet und durch das k. k. Innenministerium zum Kur- und Seebad erklärt. Erbauer war ein Grazer, Hans Reininghaus, enterbter Sprössling der Reininghaus-Brauerei in Graz. Errichtet wurde es vom Architekten Johann Eustacchio, der drüben in Buje 1869 zur Welt kam. Die von Triest kommende elektrische Schmalspurbahn führt sogar nach Buje hinauf.«

Für Luzzy war das alles neu, doch es war ihr im Augenblick auch ziemlich egal. Sie spitzte mit aufgerütteltem Interesse ihre Ohren – sollte man die Ohren überhaupt spitzen können, so wie man Stifte spitzte. Beim Ohrenspitzen dürfte es sich um eine geläufige Metapher aus dem Tierreich handeln. »Und davon können Sie leben, Herr Graf?«

»Aber Gnädigste!« Der Graf nippte am Tulpenglas und Luzzy blickte auf die Perlage, die sich in seinem Glas gebildet hatte.

»Gnädigste, das Buch wird in den großen Reisebüros und touristischen Zentren in Europa verkauft. Und jetzt kommt es. Soll ein Hotel in meinen Almanach aufgenommen werden, bleibt dem Hotelier nichts anderes übrig, als sich mir ein bisschen erkenntlich zu zeigen. ›Inseratengebühr‹ nennt man das.«

Luzzy wollte ihr augenblicklich entflammtes Begehren für diesen ungarischen Grafen sicherheitshalber noch verstecken. Aber wie sollte sie Contenance bewahren und weiterhin nur das Sektglas betrachten, wenn der Zufall oder der Augenblick oder die göttliche Fügung ihr diesen ungarischen Rudolph Valentino nach Portorose geschickt hatte? »Das gibt es doch nicht«, flüsterte sie ein wenig kläglich, da ihr der Inhalt des Almanachs total egal war.

»Aber ja! Man lernt auch allerhand! Wussten Sie, dass besagter Johann Eustacchio dieses Hotel 1910 im Stil des Historismus mit ein paar Stilelementen der Secession … Gnädigste, Sie hören mir ja gar nicht zu!«

»Aber doch«, stammelte sie wiederholend. »Ihr Dialekt!«

»Was gefällt Ihnen nicht an meinem Dialekt?«

»Ach, Ihr Dialekt ist so entzückend!« Ihre Zurückhaltung begann vollends zu schwinden. Sie verspürte den Drang, seine Hände zu streicheln, seine Finger zu kosen.

»Wissen Sie, ich komme aus Ungarn, aus Stuhlweißenburg, auf Ungarisch: Székesfehérvár. Meine Familie hat dort einen – no, wie sagt man – also einen größeren Familienbesitz.« Er nippte an seinem Sektglas und blickte zu Luzzy. »Aber jetzt hab ich genug erzählt. Nun zu Ihnen, Gnädigste. Was treiben Sie hier in Portorose?«

Welches Organ ist für die Gier zuständig? Was tun, wenn die Gier auflodert und die Flammen kaum mehr zu löschen sind? Gibt es ein dafür zuständiges menschliches Organ? Die Seele war das sicher nicht.

Doch noch war aus taktischen Gründen vornehme Zurückhaltung angesagt. Luzzy konterte mit der Antwort der Erfolgreichen und Verwöhnten: »Man gönnt sich ja sonst nichts!« Und glättete ihr Nachmittagskleidchen.

»Aber Sie wohnen nicht hier im Palace-Hotel, sonst würde ich Sie kennen!«, erkundigte sich der Graf.

Luzzy seufzte. Die letzten zwei Jahre hatte sie tatsächlich in Palästen gewohnt, in Triest und in Piran in der Villa Berander. »Ich wohne gegenüber dem Pfarrhaus in Piran. Und der Rest ist Geheimnis. Absolutes Staatsgeheimnis.«

»Also sind Sie im Handel tätig?«, fragte der Graf und hustete drei- oder viermal.

»Handel? Vielleicht kann man das so nennen.« Sie setzte wieder ihr sinnliches Lächeln auf und blickte kokett – kein anderes Wort träfe es besser – in die glühenden Augen von Graf Emmerich Pelzer.

Pelzer war in Wahrheit ebenso wenig ein Graf wie Rudolph Valentino. Und dazu gleichfalls vollkommen pleite. Im Gegensatz zu dem berühmten Filmstar dieses Jahrzehnts hatte er jedoch einen großen Vorteil: Er kannte sich aus im Umgang mit Frauen. Möglicherweise hatte er sich nicht getäuscht in dieser drahtigen, zierlichen Blondine. Freilich war sie ihm bereits aufgefallen, als sie wie eine von Gelassenheit gezeichnete Fee vor einer halben Stunde auf die Terrasse des Hotels geschwebt war und die zarten Glieder ihrer Feenschaft in den Stuhl auf der Veranda geschmiegt hatte. War sie eine potenzielle Handelspartnerin? Könnte diese Frau eine Wende in sein nicht mehr so ganz erfolgreiches Geschäftsleben bringen? Dann hätte sich die Reise in dieses noch nicht richtig florierende Hotel im faschistischen Italien schlussendlich doch gelohnt.

»Also dann, auf die Zukunft!« Emmerich Pelzer hob sein Sektglas.

»Gut, auf die Zukunft!«, flötete Luzzy zurück.

Als sie lächelte, fielen dem Herrn Pelzer mehrere Goldzähne auf, dazwischen ein normaler Zahn. Ob der ein Imitat oder am Ende sogar echt war, darüber zu sinnieren war für Herrn Pelzer jetzt nicht der geeignete Augenblick. Die Zähne konnte er schließlich nicht verkaufen.

6. KAPITEL
DONNERSTAG, 15. APRIL 1926

*Auf der Terrasse im Palace-Hotel * Auf dem Bankerl am Meer * Auf der Mole in Piran*

Luzzy verbrachte die weiteren drei Nächte im Palace-Hotel, in denen sie der bleichen Düsternis ihres Emmo, wie man so schön sagt, mit Haut und Haar verfallen war. Sie hatte gestöhnt, geschwitzt, genossen …

Am Donnerstag, den 15. April, nach drei Tagen, hatte sich das holde Paar ausgetobt und konnte mit etwas Abgeklärtheit über das Geschäftliche sprechen. Um 9 Uhr morgens saß Luzzy zusammen mit Emmerich Pelzer beim Frühstück auf der Terrasse des Palace-Hotels. Zwischen den Steinsäulen konnten sie auf das Meer blicken, zwei Segelboote dockten gerade an, mehrere Seemöwen zogen kreischend ihre Kreise. Luzzy rührte im Kaffee, nahm ein Kipferl – das Frühstück im ehemaligen k. k. Hotel hatte seine kakanische Ausrichtung auch im italienischen Königreich nicht verloren – und überlegte. Die Sache war diffiziler als angenommen. Freilich suchte sie nicht nach einem ungarischen Feschak für eine Nacht. Obwohl es ihrer bald 40-jährigen Weiblichkeit immens frommte, dass sie einem hageren schwarzhaarigen Jüngling mit fahlen Augen und möglicherweise adeliger Abstammung so viel Lust bereitete. Also schnell ein einladendes Kusshändchen an den Graf. Luzzy suchte nach einer lebenserhaltenden und andauernden Geschäftsbeziehung, nicht nach einem kurzfristigen Abenteuer. Ob da dieser gelegentlich hustende ungarische Graf der richtige Treffer war?

»Willst du mir nach diesen drei wundervollen Tagen und Nächten nicht dein Geheimnis offenbaren? Du sagtest, du wohnst gegenüber dem Pfarrhaus, der Rest sei Staatsgeheimnis.« Emmerich Pelzer riss sie aus ihren strategischen Überlegungen. Er wischte sich mit der Stoffserviette ein paar Brösel von seinen schmalen Lippen.

Luzzy blickte zerstreut auf die Rosensträucher in der großen Parkanlage. Eigentlich war sie es gewohnt, sich mit Lügen und Halbwahrheiten einen geraden Weg durch das Leben zu bahnen. Könnte dieser ungarische Schnösel ihr neuer Gönner werden? Dann sollte sie sich ihm anvertrauen und müsste im Dunstkreis der sogenannten Wahrheit bleiben. Welche Lügen könnte sie dem Herrn Graf servieren? Am Ende gar keine? »Ach, ich kannte einen italienischen Bankdirektor, aber das ist lange her. Nach seinem Tod – Gott hab ihn selig – erbte ich ein paar Kleinigkeiten. Eine Villa in Piran, die Villa Berander. Und noch dies und das.«

»Das gibt es doch nicht! Eine Villa an der Riviera!« Der Herr Graf strahlte über das ganze Gesicht. »Jetzt interessiert mich nur mehr eines. Wieso hast du mich in den letzten drei Tagen nicht in deine Villa geführt?«

»Darüber spricht man nicht auf der Terrasse des Palace-Hotels. Da kann jeder mithören, die Tische rundherum sind alle besetzt. Ich hab einen Vorschlag: Machen wir einen kleinen Spaziergang!«

Gedacht, gesagt, getan. Sie ließen das Frühstück anschreiben und stiegen von der Terrasse in den Park hinunter. Wie ein altes vertrautes Liebespaar wandelten sie auf den verschlungenen Wegen im Park des Hotels. Die Badesaison hatte noch nicht begonnen, niemand buddelte im Sand oder spritzte mit dem Wasser, die Kinder der Hotelgäste schupften nicht den Inhalt ihrer Sandkübel über den Sonnenhut ihrer Gouvernante. Dennoch war das Hotel wegen des milden Klimas auch außerhalb der Sommermonate im Winter und im Frühling gern besucht, wobei die Gäste in den letzten Jahren eher aus Italien denn aus Österreich kamen.

Im Moment hatten beide keine Lust, für ein paar Minuten das von den Ärzten empfohlene »Wassergehen« im seichten Meereswasser zu absolvieren. Vor den unzähligen Villen, die an reiche Italiener vermietet waren, führte ein Weg am Strand entlang. Hinter den Villen begannen bereits ausgedehnte Wein- und Olivenfelder. Sie hielten bei einem ruhigen Bankerl fern der stark frequentierten Hotelumgebung. Endlich war sie da, dachte Emmerich Pelzer, die günstige Gelegenheit, um über das Geschäftliche zu sprechen.

Da Luzzy schwieg und auf das Kreischen der Seemöwen achtete, legte Emmerich Pelzer vor und erwähnte erneut seine aufwendigen Recherchen, die in seinen Hotelalmanach einfließen sollten. Wie vor drei Tagen sprach er von einem Almanach, nie von einem Führer, obwohl er für den Duce Mussolini … Na, das wird später kommen. »Auf der östlichen Seite der istrischen Halbinsel, in Abbazia beispielsweise, wird es um fünf am Nachmittag finster, weil der Schatten des Monte Maggiore, der Učka, wie die Slawen den Berg nennen, auf die Hotels fällt. Unterhalb des Gipfels steht ein Schutzhaus, das bis vor zehn Jahren ›Schutzhaus Kronprinzessin Stephanie‹ hieß, benannt nach der Gemahlin unseres Kronprinzen Rudolf. Wusstest du, dass es gefährlich ist, auf der Ostseite im Meer herumzuschwimmen? Immer wieder hört man von Haien. Hier auf der Westseite in Portorose hingegen haben die Gäste Sonne bis in den späten Abend, und sie können zu Fuß weit ins Wasser hineinwaten. In der gesamten Bucht hat sich noch nie ein Hai sehen lassen. Also werden die Touristen bald hier einkehren, die Bucht wird einen wirtschaftlichen Aufschwung …«

»Aha, das Hotel hat dir wohl – wie hast du gesagt – eine ›Inseratengebühr‹ gezahlt, wenn du Portorose in so ausführlichen Worten lobst.«

Da seufzte der vermeintliche Graf. Ja, wenn er von den Brüdern Cosulich, den jetzigen Besitzern, ein paar

Lirescheine erhalten hätte, dann müsste er nicht mit dieser älteren Blondine mit dem falschen Gebiss am Meere herumscharwenzeln! Doch die Brüder interessierten sich nur für die Wasserflugzeuge und den neuen Flugplatz neben dem Hotel.

Luzzy zeigte tatsächlich Interesse an dem Almanach. »Wo man hier Schmuck, Kleider und edle Weine einkaufen kann, solltest du auch schreiben. Der Almanach richtet sich schließlich an die gehobene Gesellschaft!« Diese Anmerkung war sie ihrem Stil und ihrem pompösen Auftreten schuldig.

Emmerich Pelzer zog eine Hotelbroschüre hervor, die er in seinem Zimmer vorgefunden hatte. »Fünf Kaffeehäuser, drei Konditoreien, Buchhandlung, Wäschegeschäft, Tabaktrafik. Das ist doch schon was. Außerdem wird sich alles noch entwickeln. Die neuen Behörden und ihr strammer Duce sorgen für Sicherheit und Ordnung. Gerade die Deutschen und die Österreicher werden sich hier wohlfühlen. Vor zehn Jahren hat hier noch alles zu unserer Monarchie gehört! Auch wenn die Gäste mittlerweile zu 90 Prozent Italiener sind – die Verbindungen zu Wien sind noch nicht eingeschlafen.« Der Graf hatte sich etwas alteriert und wurde nun durch einen Hustenanfall eingebremst. Ein längerer Aufenthalt in der salzigen Bucht von Portorose würde seinem Asthmaleiden guttun.

Luzzy starrte mit einem Seufzer ins Meer, das Welle um Welle heranspülte, bis sie am Ufer zerbrach, die Gischtkräusel flatterten ein paar Sekunden richtungslos weiter, bis auch sie sich auflösten. Von ihrem Bankerl aus konnten sie die schon in der Monarchie bekannten Salinen mit den langen Dämmen und den kleinen Hütten, in denen in der warmen Jahreszeit die Salinenarbeiter mit ihren Familien wohnten, nur riechen, nicht aber sehen. Hinter ihnen bimmelte die elektrische Straßenbahn vorbei, die ihre Passagiere ins südlich von Portorose gelegene Lucia brachte. Dort hielt jene bereits erwähnte elektrische Schmalspurbahn, die den istrischen Badeort Parenzo via Portorose mit Triest verband.

Um die schon einige Minuten anhaltende Stille zu durchbrechen, wagte der ungarische Graf einen erneuten Versuch: »Jetzt bist du dran. Was ist mit deiner Villa an der Riviera?«

Luzzy wandte sich zu ihm, umarmte ihn, seufzte zweimal und setzte einen möglichst erbärmlichen Blick auf. »Also gut, du sollst es wissen. Dreh dich bitte nicht um. Hinter dir steht das Casino San Lorenzo, gehört auch den Brüdern Cosulich. Dort hab ich in letzter Zeit viel Geld verspielt.« Luzzy löste die Umklammerung mit dem Grafen und schluckte.

»Hm, das ist natürlich ein Problem«, konstatierte der angebliche Graf, der sofort einen asthmatischen Hustenanfall erlitt und kurz an seiner bisherigen Strategie zweifelte. War sie doch die falsche Frau?

»Eigentlich hab ich kein Geld, sondern eine Villa verspielt«, präzisierte sie, »die Villa Berander in Piran. Oder Pirano, wie die Italiener sagen. Mitsamt einem herrlichen Garten mit Kapern an den Steinmauern und vielen

Feigenbäumen. Die Villa musste ich verkaufen, um die Spielschulden begleichen zu können. Dabei hab ich nur auf die Geburtstagszahlen meines verstorbenen Partners gesetzt. Der Direktor einer Bank in Triest, ich erwähnte ihn bereits. Aber das ist jetzt auch egal.«

Der vermeintliche Graf zog die Stirn in Falten, die Husterei war ein willkommener Vorwand. »Und wo wohnst du jetzt?«, fragte er mit teilnahmsloser Stimme.

»Ach, ich hab noch eine Wohnung in Piran, wie gesagt, gegenüber dem Pfarrhaus. Die Villa Berander hab ich einer Schuldirektorin aus Görz verkauft. Oder ist sie Italienisch-Lehrerin? Ich weiß es nicht mehr. Die Verhandlungen mit ihr haben drei Wochen gedauert, und ich habe eine Stange Geld dafür bekommen. Davon konnte ich meine Schulden bezahlen. Es sind sogar noch Lirascheine übergeblieben. So viele!« Sie deutete die Größe der Package an – ein Babyelefant war nichts dagegen.

»Was? Willst du das Geld nicht anlegen?« Herr Emmo war nun mit Feuer bei der Sache.

»Ich will schon, aber kennst du günstige Anlegeformen?«

»Wer, wenn nicht ich, Graf Emmerich Pelzer? Du kannst das Geld doch nicht in der Wohnung liegen lassen, das Geld muss arbeiten!«

»Nicht nur das Geld liegt in der Wohnung. Ich hab aus der Villa Berander mein Inventar gerettet, auch das ist jetzt in der Wohnung deponiert«, sagte Luzzy schmunzelnd zu Graf Emmerich Pelzer.

»Inventar? Was meinst du mit Inventar?«, erwiderte dieser mit einsetzender Neugierde.

»Pelze. Astrachan, Nerz, Hermelin, Chinchilla – wie es dir beliebt. Und alles, was schön glitzert. Hast du da etwa Empfehlungen?«

»Empfehlungen?« Der Graf war auf einmal außer Rand und Band. »Da könnte mir schon etwas einfallen. Allerdings müsst ich mir die Sachen vorher mal anschaun. Erst dann kann ich sie richtig einschätzen.« Vielleicht bluffte diese zierliche mondäne Figur, dachte er.

Also gut. Luzzy hatte diesen Weg eingeschlagen, nun musste sie ihn auch weitergehen.

Kurz darauf saßen sie im Caffè Venezia im Geburtshaus des Geigers Giuseppe Tartini, das ob seiner Gestaltung auch als venezianisches Haus bezeichnet wurde. Luzzy rührte in ihrem Cappuccino. Wegen der Vermischung von emotionalen und geschäftlichen Verwicklungen musste sie einen klaren Kopf behalten. War der angebliche Graf tatsächlich der Mann, auf den sie inbrünstig hoffte? Als Liebes- und Geschäftspartner? Wurde das Spiel nun bitterer Ernst?

Luzzy trank in Ruhe ihren Kaffee aus. Dann sagte sie: »Ich gebe dir zwei oder drei Pelze, die du probehalber für mich verkaufen kannst.«

Der Graf grübelte. »Ich müsste damit nach Wien fahren. Aber das könnte zu Problemen führen beim Zoll. Besser wäre Bargeld, das ich in Wien für dich anlegen könnte.«

Nein, dachte Luzzy, da kommt er mir zu leicht davon. »Das brauch ich im Moment selber. Was ist mit Schmuck? Mit Goldketten?«

Der Graf grübelte erneut und setzte seinen verdüsterten fahlen Valentino-Blick auf. »Klingt nicht schlecht. Kannst du sie mir zeigen?«

Luzzy wollte ihn partout nicht in die geräumige Wohnung neben dem Pfarrhaus mitnehmen. Dann hätte er gesehen, was sie dort für allfällige Notfälle hortete. Ein ganzes Zimmer voll! »Wenn du hier wartest, bin ich in einer Viertelstunde mit den Ketten zurück.«

»Hier im Kaffeehaus?«, hüstelte der angebliche Graf asthmatisch und zündete sich eine Zigarette an. »Da sieht uns jeder über die Schulter. Schau, wie viele neugierige Italiener hier herumsitzen.«

»Gut. Ich hole dich ab und wir gehen dort auf die Mole. Um diese Zeit ist sie fast menschenleer.«

20 Minuten später marschierten die beiden am Denkmal des Geigers vorbei, auf dessen Kopf wie auf dessen Violine jeweils eine Möwe ruhte. Dieser Tartini hatte angeblich Stücke komponiert, die kein Geiger außer ihm spielen konnte. Und das nur, wenn der Teufel ihm einen Rotwein spendiert hatte. Daher der Name Teufelsgeiger. Der Platz war bis vor 33 Jahren Teil des Hafens von Pirano gewesen. Da er jedoch von Jahr zu Jahr mehr versandet war, war er zugeschüttet worden und fungierte seither als Hauptplatz der von steilen Hügeln abgeschirmten Hafenstadt.

Das Paar schlenderte am Theater vorbei, bog danach jedoch nicht Richtung Uferweg, sondern Richtung Meer auf die Mole ab. Ein paar wenige Fischerboote waren unterwegs, von denen sie sich jedoch nicht gestört fühlten. Ebenso wenig von den herumschleichenden Katzen. Beim Leuchtturm an der Spitze der Mole setzten sie sich auf ein Bankerl. Beide waren tief in berechnende Gedanken versunken und blickten deshalb versonnen auf die im Meer schaukelnden Fischerboote.

»Also gut«, beendete dieses Mal Luzzy das Schweigen. »Schau da hinein.« Sie überreichte ihm eine Schatulle aus Bernstein.

Er öffnete den Deckel, nahm die Ketten heraus, drehte sie um, hielt sie gegen das Sonnenlicht, glitt mit den Fingerkuppen über sie. Mehrere Goldketten, manche über zehn Millimeter breit. Eine diamentiert. Eine mit Figarokettengliederung. Mehrere Anhänger, einer mit einem doppelten Delfin, einer mit einem ihm unbekannten Amulett. Sehr gut. »Ich kann gerne nach Wien fahren und den Schmuck dort für dich verkaufen.«

»Nein«, entgegnete Luzzy, die seine Antwort erwartet hatte. »Wir fahren gemeinsam hin. Glaubst du, ich bin so blöd und lass dich mit meinem Schmuck alleine?«

»Du traust mir nicht?«

»Viel mehr als das. Ich liebe dich.« Luzzy setzte alles auf eine Karte.

Emmerich Pelzer musste die Situation neu bewerten. Er wusste, dass für eine Entscheidung nicht viel Zeit blieb. Geschäft und dazu Liebe. Oder keine Liebe, dann aber auch kein Geschäft. »Gut«, murmelte er und retournierte seiner Luzzy die Kassette. »Da gibt es nur ein Problem.«

»Aber geh, mein Graferl«, konterte Luzzy kokett.

»Ich hab in Wien keine Wohnung. Wir können nirgends absteigen.«

Luzzy schüttelte den Kopf. »Das ist kein Problem. Ich hab in Wien in einem Café als Sitzkassierin gearbeitet. Das Kaffeehaus vermietet auch Zimmer. Übrigens völlig diskret.«

Das Graferl atmete schwer durch. »Aber ich bin im Moment … Wie soll ich sagen. Ich erwarte eine Lieferung, die längst da sein sollte. Bis die Lieferung kommt, kann ich nichts zahlen.«

Luzzy hatte Ähnliches erwartet. Sie schaute sich um, ob sich etwaige Zuhörer näherten. Dann blickte sie in die düsteren Augen ihres Grafen. »Pass auf, wir vereinbaren Folgendes: Ich zahle die Reise, deine Ausgaben auf der Reise, das Hotelzimmer im Kaffeehaus. Du verkaufst meinen Schmuck und bekommst zehn Prozent.«

Beinahe wäre das Graferl von der Bank ins Wasser gefallen. Jedenfalls überkam ihn ein ausgewachsener Hustenanfall. Er musste sich wieder eine Zigarette anzünden. Dann säuberte er sich aus unerklärlichen Gründen seine makellosen Lederschuhe. »Hast du gesagt: ›zehn Prozent‹?«, flüsterte er.

Luzzy musste lachen. »Was erwartest du, das ist in der Branche üblich, ich kenne die Preise. Pass auf, weil du gar so fesch bist, mein Graferl, will ich nicht so sein. Machen wir 20 Prozent. Was sagst du jetzt?«

Nichts sagte er, der Graf Emmerich Pelzer. Er zog an seiner Zigarette und hustete erneut.

»Aber einen Käufer hast du?«, fragte Luzzy.

»No, freilich! So wahr ich der Emmerich Pelzer bin! Das gehört ja zu meinem Geschäft! Er ist Jude, ein angenehmer Mensch. Franzl Berger heißt er und betreibt in Wien einen Großwarengroßhandel, ähm, Goldwarengroßhandel, mein ich.«

»Glaubst du, du kannst die Ketten an ihn günstig, also ich mein, teuer verkaufen?«

»Sehr günstig, oder wie du sagst: teuer. Dein Bankdirektor hat dir nicht die schlechteste Ware überlassen.«

Luzzy überfiel ihn mit einem spitzen Kuss auf seine Wange. »Das heißt: auf nach Wien!«

Nach dieser einvernehmlichen und unumstößlichen Entscheidung promenierten sie wieder über die Mole zum Tartini-Platz zurück. Den vermeintlichen Herrn Graf überfielen bereits einige vage Utopien. Schließlich braucht der Mensch Ziele im Leben. So interessierte ihn jene Villa, die seine Luzzy dieser Lehrerin aus Görz verkauft hatte. Die Berander-Villa.

Luzzy hatte dagegen nichts einzuwenden. Beide schlenderten durch eine der engen und von Häuserschluchten eingezwängten Gassen hin zur Busstation. Ehe sie diese erreichten, bogen sie in eine seitlich steil hinaufführende Stiege ab. Am Zugang zur Stiege war ein Wegweiser angebracht, auf dem »croce bianca« stand. Der Weg führte hinauf in die Olivenfelder oberhalb der Stadt zu einem weißen Kreuz, das vor geraumer Zeit an einer Weggabelung aufgestellt worden war. Die Stufen führten zunächst durch die Altstadt, dann oberhalb eines Steilabbruches weiter, wo der Weg durch ein brüchiges Geländer zumindest teilweise gesichert war.

Nach 20 Stufen hustete der Graf, nach 50 Stufen mussten sie eine kleine Rast einlegen, nach 70 Stufen hielten sie vor der verschlossenen Gartentür der Villa Berander.

Emmerich Pelzer schaute durch die Sprossen der Eisentür in den Garten, sah die Feigenbäume, und der herbe Geruch der Kapern, die in der Steinmauer nisteten, drang wohlwollend in seine empfindliche Nase. Er vergaß seine Husterei, deckte mit der rechten Hand die Sonnenstrahlen ab und warf ein paar sehnsuchtsvolle Blicke auf die alte venezianische Villa.

Luzzy hielt sich unterdessen vorsichtig an der Steinmauer fest, ein Geländer gab es hier nicht, und starrte stumm auf das unter ihnen wogende Meer. Beinahe andächtig und ein wenig gerührt vernahm sie das Gekreisch der Seemöwen, die in mehreren Schleifen rund um den Hafen flatterten. Eine der Möwen setzte gerade zu einer Landung an. »An welcher Küste ich auch strand, ich halt sie immer fürs gelobte Land«, sinnierte sie über den Refrain eines alten Gassenhauers. Denn in ihrer Jugend war sie als singendes Revuegirl durch halb Europa getänzelt. Nach einer Weile drehte sie sich um und blickte erwartungsvoll auf den Grafen. Der beobachtete noch immer mit taxierendem Blick die Villa Berander. Sollte er sich tatsächlich für die Villa interessieren?

7. KAPITEL
RETARDIERENDES INTERMEZZO I

*Luzzy als vazierende Tänzerin * Luzzy als Geliebte des Bankiers aus Triest * Luzzy als trauernde Witwe*

Geboren ward ich, Luzzy Lechner, am kalten 7. Februar 1887 in Schleinbach im Weinviertel. Stimmt nicht ganz, geboren ward ich im Wiener Zentralkinderheim, das von ledigen Müttern zur Entbindung aufgesucht wurde, die sich einen normalen Spitalsaufenthalt nicht leisten konnten. Meine Mutter, eine arme Magd, stand in besagtem Schleinbach an der Nordwestbahn auf einem Hof im Dienst. Einen Vater hatte ich nicht, zumindest erfuhr ich nichts von seiner unbekümmerten Existenz. Froh und dankbar war meine Mutter, als sie den kleinen Pamperletsch – also mich – bald nach der Geburt in Kost geben konnte. Die Kostfrau war eine um drei Ecken entfernte Verwandte in der Steiermark.

1897 kehrte ich nach Schleinbach zurück, das ich von Wien aus bequem mit der Nordwestbahn erreichen konnte. Meine Mutter hatte nunmehr geheiratet, einen Knecht auf selbigem Hof, auf dem sie als Magd schuftete. Der hatte sechs uneheliche Kinder in die Ehe mitgebracht. Mir als zehnjährigem Mäderl wurde es auf dem bäuerlichen Anwesen buchstäblich zu eng. So wurde ich auf Anraten des Pfarrers, dem die Anzahl der vielen unehelichen Gschroppen im Hause Sorgen bereitete, auf eine Klosterschule in Wien-Währing geschickt. Dort lernte ich die unerschütterlichen Grundzüge von Moral und Anstand kennen. Warum ich die Klosterschule im Jahr 1903 kurz vor meiner Matura abgebrochen habe, weiß ich nicht mehr. Wahrscheinlich hing es damit zusammen, dass ich einen damals 63-jährigen Geschäftsmann aus der Hinterbrühl kennen- und lieben gelernt hatte. Dieser schickte mich – auch hier weiß ich die Gründe dafür nicht mehr, vielleicht war er von meinen koketten Auftritten und meinen geschmeidigen Bewegungen beeindruckt – auf eine Schauspielschule in der Haupt- und Residenzstadt. Dort wurde ich vor allem in den verschiedenen Tanzformen ausgebildet, da man mein Talent für rhythmische Gymnastik erkannt hatte.

Das Jahr 1906 könnte man als mein Schicksalsjahr bezeichnen. In Schleinbach war mein Stiefvater gestorben, kurz darauf folgte ihm bedauerlicherweise meine arme Mutter. Ich zählte in der Zwischenzeit 19 Jahre und hatte mich zu einer feschen und reizenden jungen Dame entwickelt. Ich wusste, dass ich mit meinen Augen, meiner zarten Figur, meinem blonden Bubikopf und meinem fast knabenhaften Aussehen mehr Eindruck auf die unbedarfte Männerwelt machte als die vollbebusten, überwuzelten Rubens-Gestalten jener Zeit.

Als ebenfalls im Jahr 1906 mein Gönner in der schönen Hinterbrühl starb, schloss ich mich einem ambulanten Wandertheater an, das in den damaligen Tagen kurz vor dem Großen Krieg von vielen Veranstaltern eingeladen wurde, da es als Wanderbordell galt. Leider erhielt ich keine Rolle, sondern wurde dank meiner grazilen Bewegungstechnik als halb nackte Pausentänzerin eingesetzt. So lernte ich – halb nackt – die europäische Welt kennen. Ich tingelte durch die großen Städte der Monarchie. Ich kam nach Budapest, nach Triest und nach Prag, entkleidete mich jedoch auch in mondänen Städten wie Paris und London. Und die Leute erzählten, dass ich mit dem Theaterleiter nicht nur dienstlich verbunden gewesen sein soll. Doch das bleibt mein Geheimnis.

Ab 1914 war infolge des Krieges der Aktionsradius der ambulanten Wandertruppe eingeschränkt. Eine Zeitlang war mein Vorbild die Dichterin Ada Christen, die sich ebenfalls ihren Unterhalt zunächst in einer tingelnden Theatergruppe, später mit reichen Männern verdient hatte. Mir gefiel, dass sie so ergreifende Verse schrieb wie:

Ach nur einmal möcht ich sinken
Noch in deine Arme hin
Und nur einmal noch vergessen
Was ich war und was ich bin.

Ada Christen versank in den Armen des reichen Kriegsgewinnlers Adalmar von Breden und avancierte zu einer berühmten Dichterin. Ich hatte das Glück, dass der Impressario meiner ambulanten Gruppe Leiter eines fixen und ordentlichen Theaters wurde, und zwar des Theaters in der Leopoldstadt im 2. Wiener Gemeindebezirk. Und außerdem lernte ich im vermaledeiten Kriegsjahr 1917 anlässlich eines Gastspiels in Triest den 63-jährigen Bankier Josef Zerrberg kennen. Ob er ein Kriegsgewinnler war, weiß ich nicht mehr. Später nannte er sich Giuseppe Sermonte. Und diese Liaison sollte sich für mein weiteres Fortkommen als äußerst günstig und wertvoll erweisen. Denn mit meinen 30 Jahren war das Ende meiner Karriere als halb nackte Pausendiva absehbar, und ich musste vorsorgen.

Also begann ich in Triest mit dem trotz seines Alters noch immer hochaktiven Bankier ein sinnerfülltes Luxusleben. Der Zerrberg, also der Sermonte, und ich, wir hausten, ach was, wir residierten in einem Stadtpalais an der Piazza di Cavana. Die von meinem Bankier geführte Banca Comerciala trug schon seit ihrer Gründung zu Habsburgs Zeiten ihren italienischen Namen und befand sich nur fünf Minuten zu Fuß entfernt von der Piazza di Cavana an der berühmten Piazza della Borsa, am Börsenplatz.

Klug war er auch, mein Bankdirektor. Zumindest erkannte er bereits im Kriegsjahr 1917 den Zug der Zeit, denn er wollte mit seiner Triestiner Bank nicht auf dem Abstellplatz der Geschichte landen, wie es der

Südbahngesellschaft passieren sollte, die nach dem Krieg aufgelöst und deren Besitztümer auf die drei Nachfolgestaaten Österreich, Italien und das SHS-Königreich aufgeteilt wurden. Jedenfalls erzählte er mir das, als wir eines Abends mit einem Refosco im Palais an der Piazza di Cavana verweilten.

Als am 3. November 1918 das erste Schiff der italienischen Kriegsmarine mit dem Namen »Audace« an der Mole San Carlo in Triest landete, schleppte er mich zur unübersehbaren Menschenmenge auf der Piazza Grande, die wenig später in Piazza dell'Unità, also Einheitsplatz, umbenannt werden sollte, und wir brüllten lauthals »Viva Italia«. Günstige Kredite vergab er vornehmlich an Italienisch sprechende Triestiner. Als am 20. März 1920 die Adriastadt tatsächlich vom Königreich inkorporiert wurde, beherrschte mein Bankier Giuseppe Sermonte, vormals Josef Zerrberg, die italienische Sprache so perfekt, dass er die Zahlen zwischen 1 und 1.000 wie ein Triestiner aussprechen und geschickt seine Prozente ausrechnen konnte.

Kurz und gut, die Geschäfte seiner Banca Comerciala florierten auch nach der Angliederung Triests an den Stiefelstaat. Deshalb konnte er sich an der Jagd nach ein paar Schnäppchen beteiligen. Die Jagd fand statt in den slawisch besiedelten Gebieten, die nach dem Friedensvertrag von Rapallo 1922 an Italien angegliedert wurden, also in Istrien. Er nahm mich mit, als er nach Piran fuhr und dort die Villa Berander kaufte, hoch oben über den Dächern der Altstadt. Und als Draufgabe eine Wohnung neben dem Pfarrhaus des Georg-Domes. Dann fuhren wir weiter nach Portorose, wo er die Villa all'Antico erwarb. Freilich war mir bewusst, welche Motivation er für die Vermehrung seines Imperiums hatte: Er wollte mich bei dauernder Lust und unbekümmerter Laune halten. Schließlich war ich um 30 Jahre jünger als er, und in den mondänen Orten, die wir besuchten, rannten viele italienische Gigolos herum. Er überließ mir eine monatliche Summe von 15.000 Lire und beschenkte mich regelmäßig mit Pelzen, die er von einem Kunden aus Mailand erhielt, der dort eine große Schuhfabrik leitete. Ich möchte auch erwähnen, dass er sich im Privatleben mit keinen anderen Damen neben mir beschäftigte.

Schade, dass er im Feber 1926 einen Gehirnschlag erlitt, an dem er drei Tage später starb. Ab diesem Moment musste ich mir Gedanken über die weitere Ausrichtung meines Lebens machen. Schließlich ist es nicht einfach, ein sorgloses Leben zu führen, wenn man alle Reichtümer dieser Welt hat. Wer das nicht glaubt, kann es ja selber ausprobieren. Da fühlt man sich schnell unausgelastet und von niemandem herausgefordert und langweilt sich zu Tode. Oder wird, wenn die Bora aus dem Karst hinuntertobt, von schlimmen Depressionen umwölkt, von Schädelschmerzen gar nicht zu reden.

Im Palais an der Piazza di Cavana in Triest war es mir eindeutig zu laut. Zwar kannte ich über die Vermittlung meines ehemaligen Gönners einen Deutsch sprechenden Apotheker, der einen Häuserblock weiter seine formidablen Geschäfte erledigte und bei dem ich nicht nur Tabletten gegen Kopfschmerzen, sondern auch so manche andere erlaubte und weniger erlaubte Pillen und Kugerln erwerben konnte. Zwar erreichte ich mit ein paar Schritten jenen Teil der Stadt, in dem man mit angelegten Armen durch die engen und verwinkelten Gasserln und Stiegen flauchen und in der Bar beim Arco di Riccardo mit ein paar Gläsern Refosco in die Vergangenheit sinken konnte. Und in die andere Richtung benötigte ich ebenfalls nur ein paar Minuten, um auf der Piazza dell'Unità mit dem Rathaus und der ehemaligen Zentrale des Österreichischen Lloyd die epische, sich in die Unendlichkeit richtende Weite eines berstenden italienischen Platzes auszukosten, der noch dazu quasi ins Meer hinauslief. Welch spannender Gegensatz, oder soll ich sagen: welche räumliche Gestaltungsmöglichkeiten! Doch alles in allem obsiegte meine immer mehr steigende Aversion gegen die Sitten der Italiener. Die lauten Nächte im rechteckigen Geviert der Piazza di Cavana dauerten regelmäßig bis 2 Uhr in der Früh, in der Bar am Eck zur Via dei Cavazzeni wurden grelle Lieder gefiedelt, in deren Refrains sich »amore« und »mare« häuften, und inmitten der Piazza di Cavana hielten scheinbar grundlos Kleinstgruppen, deren besoffenes Gelächter und Getöse bis in den zweiten Stock des Palais schallten. Trotz der angeblichen neuen Ordnung durch die Faschisten schlichen bis spät in die Nacht Bettler durch das Geviert, die mit lautem Schnattern ihre Klosettbesen und Taschenuhren anpriesen. Kurz gesagt: Leise war hier nichts.

In der Villa in Portorose war es mir zu heiß. Ausgesetzt der stechenden Sonne hämmerte es schon am Vormittag dumpf auf meinen Schädel, und wenn ich die Fensterläden schloss, irrte ich wie eine Erblindete durch die weitläufigen Räume, ehe ich mit einem Ellbogen oder einem Knie an den Türstock krachte.

Am liebsten verweilte ich in der Villa Berander, die auf einem mit Felsen gestützten Hügel hoch über der verwinkelten und beengten Altstadt von Piran thronte. Ja, ich genoss es, in der Laube unter den Weinstöcken zu sitzen und über die Steinmauer über das Meer nach Grado zu blicken. Sachte wehte der Duft der in den Mauerritzen blühenden Kapern in meine Nase, und wenn ich zu den Feigenbäumen im geräumigen Garten wandelte, roch ich den Odeur der Lavendelsträucher, die rings um die im Garten platzierten Karststeine gepflanzt worden waren.

Um mein nunmehr einödig gewordenes Leben besser auszulasten, fuhr ich mit der Straßenbahn oder mit einem Mietwagen des Öfteren nach Portorose, um dort zu meiner Zerstreuung das Casino zu besuchen. Beim Roulette pflegte ich auf die Geburtsdaten meines verstorbenen Gönners zu setzen, obwohl dessen Zahlungen mit seinem Tod erloschen waren. Vielleicht hatte ich mir die Geburtsdaten nicht genau gemerkt, oder die Daten hatten seit seinem Ableben ihre Bedeutung eingebüßt, denn ich verlor binnen kurzer Zeit so viel, dass ich bald die ohnehin ungeliebte Villa all'Antico in Portorose verkaufen musste. Als das blöde Schicksal noch gemeiner in die Speichen meines schlingernden Lebensrades griff, musste ich auch das Stadtpalais an der Piazza di Cavana in Triest und zu meiner größten Not später die Villa Berander in Piran verscherbeln. So schnell ändern sich die Zeiten.

Geblieben ist mir Unglücklicher nur die gar nicht so kleine Wohnung neben dem Pfarrhaus unterhalb der Chiesa San Giorgio. In dieser Wohnung horte ich all jene Pelze, die mein geliebter Direttore mir dereinst zum Geschenke darbot. Sehnsüchtig erinnere ich mich in der Dreizimmerwohnung an den Duft der Kapern in den Mauerritzen des Gartens der Villa Berander. Nicht einmal der Besuch des Domes erleichtert die Schwere meiner Last. Dort beten die Bäuerinnen ungeniert und laut auf Slowenisch, und die gebetsmühlenartig hervorgepressten zischenden Konsonanten stören mich auf meiner Suche nach Ruhe und Geborgenheit.

Ist dieser ungarische Graf etwa die Lösung meiner Probleme?

8. KAPITEL

SAMSTAG, 25. SEPTEMBER 1926

*In der neuen Wiener Wohnung * Im Café Produktenbörse * Im Café Museum*

Luzzy kannte nur wenige Menschen in dieser Stadt. Die alten Kontakte wiederaufzunehmen, würde außerdem gar nicht so leicht werden. Und ihr Emmo war seit der Ankunft am Südbahnhof total verändert. Hatte er vor jemandem Angst? Jedenfalls war sein selbstbewusstes Auftreten einer schlotternden Ungewissheit gewichen.

Das holde Paar war um 9.32 Uhr pünktlich am Wiener Südbahnhof angekommen. Erst hatte Luzzy am Schalter in der Empfangshalle die Lirescheine in die neuen Schillinge gewechselt. Ja, auf einmal gab es in Österreich Schillinge und Groschen. Die Kronenzeitung kostete sieben Groschen, ein Semmerl hingegen konnte man schon um sechs Groschen kaufen: Luzzy musste sich erst an die neuen Preise gewöhnen. In der Kronenzeitung waren oberhalb des Groschenpreises noch die alten Kronenpreise verzeichnet, um die Käufer in der Übergangszeit nicht zu verwirren. 700 Kronen hatte man bis vor ein paar Monaten bezahlt.

Nun deponierten Luzzy und Emmo das Gepäck am Bahnhof, den Wilhelm Flattich für die Südbahngesellschaft als einen monumentalen repräsentativen Palast errichtet hatte, als einen Palast für Abfahrende und für Ankommende, mit den Greifen und dem für Venedig stehenden Markuslöwen. Dabei war die Südbahn als Verbindung zur Hafenstadt Triest errichtet worden, aber welches Wappentier sollte für die Stadt an der Adria schon herhalten? Die zwitschernden Seemöwen?

Schnell bestellten sie – die Uhr zeigte schon 10 Uhr – in einem der Bahnhofsbuffets je einen Kaffee. Schließlich waren sie noch etwas benommen von der Nachtfahrt mit dem Triest-Express. Luzzy blätterte in der Kronenzeitung im Anzeigenteil. Die Auswahl an Wohnungen war sehr beschränkt. Die Zeiten im klein gewordenen Österreich waren schlecht. In der überdimensionierten und als Hauptstadt eines nicht mehr vorhandenen Weltreiches in falscher Größe erstrahlenden Stadt bot kein Hausherr eine günstige Wohnung an. Das Hotel »Erzherzog Carl« in der Kärntner Straße, das sie von früher kannte, konnte sie sich vorerst nicht leisten.

Während ihr Emmo ein wenig hüstelte – er hüstelte immer, wenn er kein Gespür für die augenblickliche Situation aufbringen konnte –, entschied sich Luzzy doch für jenes Kaffeehaus im 9. Wiener Gemeindebezirk in der Hebragasse 4, in dem sie dereinst als Sitzkassierin gearbeitet hatte. Die hatten damals Räumlichkeiten für bestimmte Zwecke angeboten.

Die beiden verzichteten auf einen Mietwagen und stiegen, nachdem der Kaffee getrunken und die Entscheidung getroffen war, am Ghegaplatz vor dem Bahnhof in die Tramway. Erst benutzten sie den D, dann stiegen sie in den 43er um. Jetzt ins Café »Fin de Siècle«, Hebragasse 4. Mitten in der Spitalsgegend, ums Eck das Allgemeine Krankenhaus sowie das Kinderspital.

Dort angekommen, bestellte sie ein Zimmer für sieben Tage gegen Bezahlung im Voraus und hatte Glück.

Der Besitzer gab sich damit zufrieden und fragte nicht nach indiskreten Einzelheiten. »Warten Sie, ich bring Ihnen den Schlüssel, Sie können schon das Geld vorbereiten!«

Kurz darauf bezog das Paar ein Zimmer im dritten Stock. Gott sei Dank war es möbliert. Ein paar Kommoden waren an die Wand gerückt, der parkettierte Zimmerboden wies einen schwarzen unförmigen Fleck auf, der möglicherweise durch einen Zimmerbrand entstanden war. Klosett und Wasser befanden sich am Gang. Der große Schlüssel für das Klosett hing an einem Haken neben der Eingangstür, das Wasser mussten sie wie alle anderen Bewohner des dritten Stockes aus der Bassena, der Wasserentnahmestelle am Gang, holen.

Jetzt waren sie also in der Bundeshauptstadt des neuen, klein gewordenen Österreichs angekommen. Und alles war anders. Während ihres Aufenthalts hier würden sie, oder besser, würde Luzzy selbst einkaufen müssen. Speisen, Getränke, Kaffee und Zigaretten für ihren stets paffenden Emmo. Und sie musste sich um die Zubereitung der Mahlzeiten kümmern. Ob sie das überhaupt schaffte? Dann noch sogenannte Arbeiten wie Kleiderwaschen oder Fußbodenreinigen. In Triest und später in Portorose waren diese Tätigkeiten von einer Bedienerin erledigt worden, die aus einem entlegenen istrischen Bergdorf stammte und die Luzzy auch jetzt noch in der Wohnung die Arbeit abnahm.

Luzzy lief es bei der Vorstellung all dieser Tätigkeiten kalt den Rücken hinunter. Auf keinen Fall wollte sie hier länger als nötig bleiben. Sie öffnete das Fenster und blickte in die Alser Straße.

»Wir sollten uns mit dem Verkauf beeilen«, gab sie die Prioritäten vor.

»Ich weiß«, antwortete ihr Graferl, der die Schmuckstücke in mehreren Schatullen deponiert hatte.

»Warum gehst du nicht gleich zu deinem Käufer?«

»Ich geh ja eh schon«, so der Graf, der sich zum einzigen Spiegel im Zimmer drehte, seine Haare mit Spucke glättete und zweimal hustete.

»Und wo ist dein sagenhafter Käufer?« Die arme Luzzy konnte nicht wissen, dass ihr Graferl deswegen zauderte, weil er nicht genau wusste, ob er, Emmerich Pelzer, in Österreich gerade zur Fahndung ausgeschrieben war.

»Ich versuche es im Kaffeehaus. Im Café Museum.«

»Warum im Kaffeehaus? Wir müssen sparen, bevor du nichts verkauft hast.«

»Dort hält sich der Franzl Berger normalerweise auf, dem ich die Goldketten verkaufen möchte. Oder ich treffe jemanden, der weiß, wo er ist.«

»Also ab mit dir, mein Emmo. Und bring eine Stange Geld mit. Lang möchte ich nicht in diesem Zimmer hausen. Ich will so schnell wie möglich zurück nach Piran. Wir haben Besseres verdient.« Beinahe unwirsch drängte sie ihren noch immer etwas zögerlichen Galan zur Wohnungstür hinaus.

Luzzy hatte ihrem Emmo nicht alles verraten. Geheimnisse sind ja nicht dafür geschaffen, dass man sie herumerzählt. So hatte sie noch einen Haufen an Lirescheinen nebst ein paar exquisiten Schmuckstücken in der Wohnung in Piran versteckt. Eigentlich plante sie, diese zu einem günstigen Zeitpunkt selbst nach Wien zu befördern und auf einer Bank anzulegen, um sie einstweilen vor einem Zugriff durch ihren Grafen zu sichern. Von Pelzen verschiedener Art wollen wir vorderhand schweigen.

Endlich allein. Ihre unermessliche Liebe zu diesem Schlitzohr war selbstverständlich kompatibel mit den eigenen Plänen, mit variablen Gestaltungsmöglichkeiten der eigenen Lebensführung. Kurz entschlossen verließ sie das Zimmer im dritten Stock und musterte die Umgebung ihrer neuen Adresse – als Zuhause wollte sie die Hebragasse 4 und das Café »Fin de Siècle« nicht bezeichnen. Viel hatte sich in den letzten Jahren offenbar nicht verändert. Das Straßenpflaster auf der Alser Straße freilich, auf der jetzt viel mehr Automobile fuhren als anno dazumal. Der scheppernde 43er, der in der

Kurve zur Station der Stadtbahn quietschte, als ob er die Lautstärke der Automobilmotoren markig übertönen wollte. Sie erblickte sogar den Schaffner im 43er mit einer Schirmkappe und einer Zwickzange, wie er sich im Mittelgang des Waggons durch die Masse der Passagiere quetschte. Fast vermeinte sie den ihr noch vertrauten Ruf des Schaffners, »Fohrscheine bideeee!«, zu vernehmen.

Sie betrachtete das im Historismus der Ringstraßenzeit errichtete Café »Fin de Siècle« und erkannte am Sims unter dem Dach eine fortgesetzte Reihe von dekorativen Masken und Larven. Masken und Larven? Luzzy schmunzelte in sich hinein. Auch sie verbarg hin und wieder ihr wahres Gesicht, denn sie verfolgte ihre eigenen Pläne.

Schnell kehrte sie zurück in ihr Zimmer im dritten Stock, entkleidete sich und hängte ihr Reisekostüm in den leeren Kasten. Viel Auswahl gab es nicht, denn das meiste Gepäck hatten sie am Südbahnhof zurückgelassen. Aus ihrem kleinen Koffer holte sie ihren Glockenhut, dazu ein Sommerkleid, einen Doppelrock aus Bordürenseide, mit Gürtel, an der Hüfte leicht blusig angeschoben.

Mit der Tramway Nummero 23 fuhr sie in die Taborstraße in den 2. Bezirk. Dieser Bezirk, Leopoldstadt, war bekannt für sein Theater in der Praterstraße, das Theater in der Leopoldstadt. 1838 hatte der Theaterdirektor Carl Carl das Theater gekauft, weshalb es seither als Carltheater bezeichnet wurde.

Luzzy jedoch betrat das Kaffeehaus in der Produktenbörse. Nein, sie wollte an der Börse nichts verkaufen oder kaufen, sie wollte etwas anderes.

Sie rutschte manierlich und mit zierlichen Bewegungen auf einen freien Sessel an einem kleinen Tisch. Die Blicke der Männer waren auf sie gerichtet, als ehemalige Schauspielerin bemerkte sie dies mit Genugtuung. Beim Kellner bestellte sie eine Melange. Eine Melange! Seit Jahren gab es nur Caffè Latte, wie die Kunden in den Kaffeehäusern in Triest orderten, und Cappuccino in Portorose. Und jetzt endlich eine Melange!

Ihre Bestellung ging beinahe unter in dem Geraune, das massiv in der Luft hing und dessen Herkunft sie nicht einzeln zuordnen konnte. Sie vernahm Fetzen wie »ab 77 runter« oder »Ungargerste ohne Zuschlag« oder ihr unverständliche Zahlenkombinationen.

Auf Luzzys Tisch lag ein grüner Zettel. Luzzy las:

Ungarweizen 78 kg zu Schilling 42,- ab St. Gotthard und 77/78 kg Weizen zu Dollar 6,15 Postumia. 77 kg Jugoweizen zu Kc 2,05 ex Schlepp Wien, Theißweizen 79 kg zu Schilling 44,50 ab Hegyeshalom, Franz-Josephs-Bahn-Weizen zu Schilling 42,50 ab Station. Neuer Weizen ungarischer Provenienz 77/78 kg zu Schilling 37,50 ab Hegyeshalom.

Das interessierte Luzzy wenig. Sie nahm die Kronenzeitung zur Hand. Auch darin ging es um den Handel mit Weizen:

Weizen ist in allen Provenienzen in umfangreichen Mengen ausgeboten. Die Umsätze beschränken sich jedoch infolge Zurückhaltung des Konsums auf geringere Posten, die erheblich billigere Preise erzielen konnten.

War Luzzy am Ende im falschen Theater gelandet? Wollte sie das falsche Geschäft? Hat sie irgendetwas verwechselt?

Luzzy blätterte weiter und suchte die Seiten mit Kultur. Wunderbar, das Carltheater in der Praterstraße gab es noch. Gespielt wurde ein Stück mit dem Titel »Die verbotene Frau«. Luzzy kannte das Stück nicht, es klang aber nach ihrem Geschmack des Tingeltangels. Im Volkstheater gaben sie den »Zigeunerbaron«.

Sie winkte nach dem Kellner und fragte ihn, ob jemand vom nahen Carltheater hier sitze. Dieser wies ob des hohen Geräuschpegels auf einen Tisch mit einer älteren weißhaarigen Dame. Luzzy bedankte sich, begab sich zum Tisch, stellte sich artig mit Luzzy Lechner vor und erkundigte sich, ob die Dame tatsächlich vom Carltheater komme.

Diese nickte.

Luzzy beugte sich zu ihr hinab. »Dann kennen Sie vielleicht einen gewissen Franz Jauner?«

»Ach Kinderl, den Jauner Franzi?« Die Dame seufzte, blickte dem »Kinderl« in die Augen und bestellte einen Cognac. »Du warst wohl schon länger nimmer in Wien.«

»Das stimmt, ich war in Italien und habe nicht mitgekriegt, was in Wien alles passiert ist.«

»Na dann setz dich zu mir her und leiste einer alten Dame Gesellschaft.«

Die Luzzy setzte sich auf den freien Sessel und bestellte ebenfalls einen Cognac. »Also pass auf, Kinderl. Der Jauner Franzerl ist schon längst tot. Umgebracht hat er sich. Und wer ist schuld? Das Theater in der Leopoldstadt. Wegen der Schulden, die es ihm eingebracht hat. Dabei hat er so viel probiert. Erst hat er den vierten Rang entfernen lassen. Warum, weiß ich nicht, aber gebracht hat es nichts. Dann hat er bekannte Sprechstücke als Operetten inszeniert, die Schauspieler haben singen müssen. Warum, weiß ich auch nicht, aber Erfolg hat es nicht gebracht. Zuletzt hat er Operetten als Sprechstücke inszeniert, weil er die Sänger nicht mehr bezahlen konnte. Und schon wieder kein Erfolg. Die Schulden sind immer mehr geworden. Schließlich hat er sich umgebracht. Erschossen, mitten auf der Bühne. Und keiner hat geklatscht bei seiner finalen Aktion. Obwohl diesmal alles funktioniert hat. Aber warum fragen Sie nach ihm, wenn ich das wissen darf?«

Luzzy nippte am Glas mit dem Cognac, dann erzählte sie kurz die Geschichte ihrer vergangenen theatralischen Erfahrungen, sie erwähnte, dass sie durch Europa getingelt sei, durch Prag, Triest und Budapest, und dass sie mit ihrem halb nackten Körper stets die Männerwelt entzückt hätte. Schlussendlich fragte sie ihre Sitznachbarin: »Und wer sind Sie, wenn ich fragen darf?«

»Ach, Kinderl, ich darf doch so sagen. Ich heiße Eibenschütz. Schauspielerin an besagtem Theater. Dora

Eibenschütz. Ich hab die Adele in der ›Fledermaus‹ gespielt. Und die Titelpartie in der ›Kaiserin‹ von Leo Fall. Und was ist jetzt?« Frau Eibenschütz griff nach dem Cognacglas. »Jetzt, wo ich nur mehr die blöde Alte spielen könnte, habe ich die Ehre, das Theater in der Leopoldstadt zu leiten. Hast du vor, bei uns mitzumachen?«

Luzzys Antwort wurde übertönt vom Geplärr der Schieber und Schleicher.

»Da hab ich eine bessere Idee«, winkte Dora Eibenschütz ab.

Zehn Minuten später tranken die beiden das zweite Glas Cognac. Das Stimmengewirr schien sich in der Ferne aufzulösen, die ehedem noch lauten Rufe der Börsenmakler verhallten unter der Decke des Kaffeehauses. Oder war es doch der Cognac, mit dem die beiden unterschiedlichen weiblichen Wesen zu einer gemeinsamen Sprache fanden? Dora Eibenschütz, die seit zwei Jahren das Carltheater leitete, hatte weder Geld noch Ideen, um den Wienern einen Besuch ihres Theaters wieder schmackhaft zu machen. Deshalb bemühte sie sich, auf einem anderen Terrain ihre Zukunft abzusichern.

»Wie war gleich dein Name?«, fragte sie.

»Luzzy Lechner.«

»Luzzy, ach was, ich sag ›Mäderl‹. Schau, du bist jung und fesch, du kannst dich adrett bewegen. Ich führe einen kleinen Salon in der Gonzagagasse im 1. Bezirk. Komm doch dort vorbei.«

»Einen Salon?«

»Ja, einen Salon«, so die Eibenschütz. »Da verkehren die Herren der besseren Gesellschaft. Direktoren von Banken und von Zeitungen. Der Imre Békessy. Ohne den geht in Wien gar nichts, der hat es mit den Zeitungen. Der Camillo Castiglioni,* der hat es mit dem Geld. Kennst du nicht die beiden, Mäderl? No, dann wird es Zeit, dass du vorbeischaust. Und ab und zu brauch ich jemanden, der der Gesellschaft etwas vortanzt. So wie die Baker, die Josephine. Die war erst im Feber in Wien, durfte aber im Wiener Theater nicht auftreten. Erst im März im Johann-Strauß-Theater. Seither ist die Männerwelt wie hingerissen. Schlanke Gestalt, Bubikopf, grazile, sich schlängelnde Bewegungen, ein bisschen freizügig in der Gewandung. No, wäre das nichts für dich?«

»Aber ich bin nicht schwarz wie die Baker«, konterte Luzzy.

»Das ist das geringste Hindernis. Du hast eine ähnliche Ausstrahlung und kannst dich, zumindest deinen Erzählungen nach, tänzerisch bewegen. No, wo liegt das Problem?«

Luzzy kam das Angebot als Nobelmätresse nicht ungelegen. »Wo liegt denn Ihr Salon?«

»Was, hab ich das noch nicht gesagt? In der Gonzagagasse Nummer vier. Jeden Donnerstagabend.«

---

* Camillo Castiglioni, Sohn eines Rabbiners aus Triest, war äußerst trickreich bei Spekulationen aller Art und praktizierte sogenannte Termingeschäfte. Nach dem Zusammenbruch der »Allgemeinen Depositenbank« wurde er wegen Veruntreuung in Österreich angezeigt und setzte sich nach Italien ab. Mit seinem Vermögen finanzierte er jedoch unter anderem das Theater in der Josefstadt sowie die Salzburger Festspiele.

»Frau Eibenschütz, wenn ich es mir recht überlege, werde ich mich noch heute am Boden räkeln, zum Einüben.«

»Und wenn du das gewisse Etwas hast beim Räkeln, dann wird es nicht dein Schaden sein«, bekräftigte Frau Dora Eibenschütz.

Zur selben Zeit saß etwa vier Kilometer entfernt vom Café in der Produktenbörse im Café Museum der Pelzer Emmo zusammen mit dem Berger Franzl an einem der zahlreichen Marmortische in einer Sitzloge an der Wand. Die Sessel natürlich aus Bugholz. Beim Eingang zur Küche stand ein niedriges Buchregal mit dem gesammelten »Brockhaus«. In Wien fallen die meisten Entscheidungen im Kaffeehaus, egal, ob es sich um den Kauf von Wertpapieren oder um das Verkuppeln von Liebespaaren handelt. Da kann ein »Brockhaus« nicht schaden.

Im »Museum«, wie es kurz von seinen Besuchern, manche bevorzugen den Ausdruck »Insassen«, genannt wurde, herrschte im Gegensatz zum hektischen Börsenkaffee eine mit knisternder Spannung geladene Stille. Im Nebenzimmer stapelten sich an den Tischen der Schachspieler die Schillingscheine, und auch auf dem Tisch der Herren Pelzer und Berger war das Geld das alles bestimmende Motiv.

»Und du bist sicher, dass du in Österreich nicht gesucht wirst?«, fragte der flinke und agile Franzl Berger seinen düsteren Tischnachbarn, mit dem er vor Jahren so manches Geschäft getätigt hatte.

»Aber wo, sonst wäre ich nicht mit dem Nachtzug nach Österreich gekommen. An der Grenze haben die meinen ungarischen Pass überprüft. Und da bin ich«, antwortete der Pelzer Emmo.

Doch Franzl Berger neigte zur Vorsicht. Erst vor ein paar Tagen hatte ein bekannter Pelzhändler einer Pfandleihanstalt zehn Stolen und einen Mantel angedreht, alles angeblich Hermelin. Der Pelzhändler hatte dafür 6.350 Schilling kassiert, allein der Mantel wurde vom Schätzmeister mit 1.200 Schilling taxiert. Kurz darauf stellte sich heraus: alles Schwindel, kein Hermelin, sondern eine gute Imitation. Als die Polizei das Geschäft des Pelzhändlers in der Theobaldgasse 5 durchsuchte, fand sie den Versatzzettel, den der gerissene Hund liegen gelassen hatte. Er war freilich längst über alle Berge.

»Gut. Was hast du?«, fragte Franzl Berger und stieß mit seinem kantigen Gesicht nach vorne, als gelte es, die Beute zu mustern.

Der ungarische Graf, der auf einem der Bugholzsessel Platz genommen hatte – auf der Sitzbank würde er versinken und den Überblick über das Geschehen verlieren –, hustete und reichte ihm eine Schatulle.

Franzl öffnete sie vorsichtig, blickte auf zwei Goldketten, taxierte sie, strich vorsichtig mit den Fingerkuppen über sie, hob sie ebenso sorgfältig auf Augenhöhe, legte sie wieder zurück und schloss schnell die Schatulle. »Komm morgen in mein Geschäft.«

»Seit wann betreibst du deinen ›Goldwarengroßhandel‹ in einem Ladenlokal?«

»Seit ich ein seriöser Geschäftsmann geworden bin. ›Juwelen- und Goldwarengroßhandel Doktor Franz Berger‹, Adresse: Rabensteig 1.«

»Du bist doch kein Doktor!«

»No, und du bist kein Graf!«

Emmerich Pelzer steckte die Schatulle in seine Rocktasche. »Ich hab das nur als Beispiel mitgebracht. In Italien hab ich noch mehr Ware.«

»Sehr gut. Bring morgen mit, was du hier in Wien hast. Und jetzt Themenwechsel, der Kellner spitzt schon seine Ohren.«

Damit war das Geschäftliche erledigt. Emmerich Pelzer zündete sich eine Zigarette an. Franzl Berger, der als vorzeigbarer Freizeitsportler, als »sportsman« galt, hustete demonstrativ und fragte seinen alten und wahrscheinlich auch neuen Geschäftspartner nach dessen Zukunftsplänen. Dieser berichtete von seinem Hotelalmanach, den er zu schreiben gedachte.

»Grandios«, urteilte der Juwelenhändler, »ich bestelle gleich ein Exemplar. Oder sagen wir drei.«

Emmo Pelzer erwähnte, dass die Fertigstellung noch dauern könne. »Ich will demnächst nach Karlsbad fahren. Denn ein Hotelalmanach ohne Karlsbad, das geht wirklich nicht.«

»Ist eine gute Idee, dort musst du ins Hotel Pupp, da steige ich immer ab, wenn ich in der Bäderstadt bin. Ich kenne sogar die Frau am Kiosk vor dem Hotel Pupp. Das Café Museum hier in Wien kannst auch hineinnehmen in den Almanach. Es ist zwar kein Hotel, aber die

Innenraumgestaltung stammt vom Adolf Loos. Hätte eigentlich der Max Fabiani machen sollen, der hat es aber seinem jüngeren Kollegen Adolf Loos weitergeleitet.«

Emmo dämpfte seine Zigarette aus und überspielte mit einem mäßig interessierten Blick, dass ihm der Name Adolf Loos nichts sagte.

Doch der Berger Franzl durchschaute ihn. »Sag bloß, du hast noch nie etwas gehört vom Adolf Loos? Ein ganz ein patenter Architekt, der in den letzten Jahren revolutionäre Villen und Geschäftshäuser vor allem hier in Wien baute. Was glaubst du, was der Sessel kostet, auf dem du sitzt? Unbezahlbar.«

Der falsche Graf blickte erstaunt auf den echten Bugholzsessel, auf dem er die letzte halbe Stunde gehockt war. »Und ich hab geglaubt, die stehen deshalb im Kaffeehaus, damit der Gast kaputte Bandscheiben bekommt, wenn er sich längere Zeit drauf herumwälzt«, witzelte der sonst eher trockene Emmerich Pelzer. Er überlegte, ob solche Sessel in die American Bar des Palace-Hotels in Portorose passen würden. Oder gar in die Villa Berander in Piran, die er noch kein einziges Mal von innen gesehen hatte. Die er aber gerne kaufen würde. »In Ordnung, das ›Museum‹ und Herr Loos kommen in den Almanach«, bekräftigte er seinem Geschäftsfreund.

9. KAPITEL
SAMSTAG, 30. OKTOBER 1926 – RETARDIERENDES INTERMEZZO II

*Im Reichtum * In der neuen Wohnung * Vor der Vermählung*

An meine liebe Dora Eibenschütz!

Mir geht es so gut, das kannst du dir gar nicht vorstellen. Unser Geschäft funktioniert watscheneinfach und dabei so erfolgreich! Ich hole aus meiner Wohnung in Piran Pelze und Schmuckstücke, die ich brav mit der Südbahn nach Wien schleppe. Und mein Emmolein verscheppert sie hier. Die besten Schmonzes kriegt der Franzl Berger, von dem ich dir erzählt habe. Ich darf schon Schmonzes sagen, ohne das abwertend zu meinen, denn der Franzl Berger ist ein astreiner Jude. So haben mein Emmolein und ich einen Haufen Geld lukrieren können! Wir planen, das watscheneinfache Grundmodell unserer weiteren geschäftlichen Zusammenarbeit zu festigen und auszubauen! Da frag ich mich, wohin mit dem vielen Geld. Heutzutage muss man aufpassen und vorsichtig sein, die Neider lauern überall, aber darüber später.

Neben dem Geschäftlichen gibt es erfreulicherweise auch so etwas wie Gefühle und Leidenschaften. Stell dir vor – jetzt muss ich dir ein Geständnis machen –, der Emmo und ich werden heiraten! Ja, du hast richtig gelesen. Wir werden heiraten! Weißt du, liebe Dora, das hab ich gespürt, wie wir uns das erste Mal gesehen haben, ich kann mich noch genau erinnern. Mich beschlich die Sehnsucht wie ein hungriges Reptil, und dieses hungrige Reptil ist noch immer nicht satt. Den mit dem fahlen Gesicht und den dunklen, nach hinten gekämmten Haaren, den muss ich unbedingt halten, dachte ich damals, koste es, was es wolle. Und es hat mich viel gekostet, das kann ich dir gleich sagen.

Schau, Dora, ich darf nicht die Augen verschließen, schließlich ist er um 14 Jahre jünger als ich, und ich werde in meinem weiteren Leben nie wieder solch eine Gelegenheit erhalten. Den Häuptling Tattergreis, ja, aber den hab ich schon einmal gehabt in Triest, ein Bankdirektor, der leider inzwischen verstorben ist. Diesen Rudolph Valentino, den muss ich halten, da ist mir nichts zu teuer. Der echte Valentino ist übrigens im August verarmt gestorben, und niemand wollte die hohen Kosten seiner Bestattung übernehmen. Fürchterlich, nicht wahr? Doch ich will das nicht als schlechtes Omen sehen. Mein Valentino ist quicklebendig.

Am 12. April haben wir uns kennengelernt, in der Rosenbucht in Italien. Vor Kurzem bin ich mit dem

Riesenrad im Wiener Prater gefahren, und was glaubst du, mit welchem Wagen? Natürlich mit der Nummer 12. Als der Wagen angehalten hat in luftiger Höhe und ich auf die Wienerstadt hinunterschauen konnte, da habe ich in die Holzbretter des Wagens ein Herzerl mit einem Pfeil hineingeritzt und dazugeschrieben: Luzzy und Emmo. Wenn du es nicht glaubst, dann fahr mit dem Wagen Nummer 12 und schau nach.

Wir wollen unsere Hochzeit aber still und heimlich feiern, das ist vor allem der Wunsch vom Emmo, der meint, man soll nicht unnötig die Leute informieren und aufscheuchen. Ich weiß, dass der Emmo schon einmal Probleme mit den Gesetzen hatte, als er seine Sachen in Österreich verscherbeln wollte. Deswegen hat der Arme sogar Angst gehabt, verhaftet zu werden, wie wir mit der Südbahn das erste Mal nach Wien gefahren sind. Ach, mein trübes asthmatisches Emmolein! Neulich hat er dreimal an einem Tag gelächelt, das ist ein Rekordwert für meinen Rudolph Valentino.

Liebste Dora Eibenschütz, du musst allerdings zur Hochzeit kommen, du bist Ehrengast. Wir überlegen gerade, in welchen repräsentativen Räumlichkeiten wir feiern sollen.

Es ist so jammerschade, dass das mit dem Camillo Castiglioni nicht geklappt hat. Dass er das Theater in der Josefstadt finanziert hat und nicht dein Leopoldstadt-Theater. Jeder in Wien redet vom Theater in der Josefstadt, niemand vom Carltheater. Trotzdem bin ich froh, dass ich den Herrn Camillo kennengelernt habe in deinem Salon. Vielleicht waren die Tänze mit den Bananenhoserln gar nicht so schlecht, die ich ihm vorgeführt habe, und die Josephine Baker ist ja eine große Künstlerin.

Wie die Schicksale ähnlich sind ... Der Herr Camillo ist mit einer Schauspielerin verheiratet, die um 14 Jahre jünger ist als er. Und ich, sozusagen auch eine Schauspielerin, bin bald mit einem Finanzjongleur verheiratet, der wiederum um 14 Jahre jünger ist als ich. Das kann doch kein Zufall sein!

Und, liebste Dora, weißt du, wie der Herr Camillo zu seinem unermesslichen Vermögen, zu seinem riesigen Imperium gekommen ist? Er hat es mir zu trauter Stunde erzählt. Er hat Kredite genommen in Währungen mit starker Inflation, sagen wir, in den alten Kronen, 50 Kredite, 100 Kredite. Das Geld hat er in Dollars und Gold angelegt, und dazu hat er andauernd Beteiligungen an Firmen aufgekauft, bis er ein Imperium geschaffen hat. Jetzt ist er ein König, und seine Frau Schauspielerin ist eine Königin! So einfach kann das Leben sein.

Übrigens hat mir der liebe Herr Camillo den Tipp gegeben, dass ich Aktien der Südbahngesellschaft kaufen soll, weil die in den nächsten Monaten ins Unermessliche steigen werden. Woher er das weiß, das weiß ich nicht, aber er wird es schon wissen. Ich finde das lustig: Ich hole den Schmuck mit der Südbahn aus Italien, gewinne dabei ein kleines Vermögen, und jetzt möchte ich möglichst viele Aktien von der Südbahn kaufen. Vielleicht halte ich am Schluss die Mehrheit, das wäre doch ein gelungener Coup! Siehst du, ich verwende schon die Sprache vom Herrn Camillo. Und mein Emmolein sagt, das Geld müsse arbeiten, dürfe nicht arbeitslos herumliegen. Weil arbeitslos, das wollen wir gar nicht.

Sei nicht traurig, dass der Camillo nicht dein Theater finanziert hat. Du solltest es vermieten. Ich denke, 300.000 wären als Preis angemessen. Die Frau Castiglioni hat mir einen Tipp gegeben, dass der Edmund Eysler* ein Theater sucht, um seine Operette dort aufzuführen, sie soll »Die gold'ne Meisterin« heißen. Das wäre doch was für dich! Vielleicht schaust du, dass du ihn kontaktierst. Aber erwähne nicht, dass du den Hinweis von mir erhalten hast. Das muss geheim bleiben.

Liebe Dora. Ich hab nicht vergessen, dass du gerade in Nöten steckst und sogar Schauspielunterricht geben musst, um über deine seichten Runden zu kommen. Du, die du die Hauptrollen gespielt hast aus dem Effeff! Die viel gefeierte Adele in der »Fledermaus« und die Laura im »Bettelstudent« – du siehst, ich weiß Bescheid!

Ich hab eine Idee, wie ich dir zumindest etwas aus deinen Nöten helfen könnte. Unsere Wohnung in Piran ist zu klein für Hochzeitsfeierlichkeiten, und wir haben keine Zeit, uns um etwas Angemessenes in der Wie-

* Die Operette »Die gold'ne Meisterin« wurde im September 1927 am Theater an der Wien uraufgeführt. Sie war ein sehr großer Erfolg. Adolf Hitler zählte sie zu seiner Lieblingsoperette. Der Komponist musste wegen seiner jüdischen Abstammung untertauchen, blieb jedoch bis zum Ende der Nazi-Herrschaft in Wien.

nerstadt zu kümmern. Da dachte ich an deinen Salon in der Gonzagagasse. Was hältst du davon, wenn wir, mein geliebtes Emmolein und ich, für unsere Hochzeit deinen Salon mieten? Und wer weiß, vielleicht können wir den Salon sogar irgendwann kaufen, um ein eigenes Heim in Wien zu haben? Wie ich das erste Mal deinen wunderbaren Salon gesehen hab, oh Dora, da war ich sehr beeindruckt. Dieser Vorraum! Zum Repräsentieren, versteht sich, nicht zum Kleiderablegen, dafür gibt es die Garderobe etwas abseits. Und dann der ringförmige Schnitt der Wohnung – einfach grandios! Vom Vorraum links in den Salon, dann weiter in die Küche, und von dort wieder in den Vorraum zurück. Ein ganzer Kreis! Was man da gestalterisch alles machen kann! Kennst du einen gewissen Adolf Loos? Vielleicht wird der uns etwas einrichten. Der Franzl Berger – das ist der, dem der Emmo meinen Schmuck verkauft –, der kennt angeblich den Adolf Loos. Die Sessel von ihm im Café Museum sind der letzte Schrei.

Nein, meine Dora, du brauchst keine Angst zu haben, wir wollen mit dir eine Lösung finden. Du könntest im Bedienstetentrakt bleiben, wenn du willst. Selbstverständlich ohne etwas zu zahlen, das werde ich dem Emmolein schon klarmachen. Und du kannst jederzeit nach Piran reisen und dort während deines Aufenthalts in unserer Wohnung unterkommen. Fasse meinen Vorschlag bitte nicht falsch auf, wir wollen dir nur unter die bedauernswerte Achsel greifen. Wenn das alles klappt und wenn du einverstanden bist, werden mein Emmolein und ich uns nicht lumpen lassen und dich ordentlich auszahlen!

Vergiss nicht, ich hab in Wien keine Adresse, wo ich länger bleiben kann, nur eine Absteige im Café »Fin de Siècle« in der Hebragasse 4, von der aus ich dir jetzt schreibe. Ich fahre morgen wieder in die Wohnung nach Piran. Schreib bitte zurück auf die Adresse in Piran, liebste Dora, ob du damit einverstanden bist.

In Piran habe ich noch immer gewisse Sachen versteckt. Du würdest staunen, was da alles herumkugelt, im wahrsten Sinne des Wortes. Hoffentlich ist niemand eingebrochen. Aber ich habe eine resolute Bedienerin, die niemanden hineinlässt, und zudem ist es in Piran recht friedlich, seit der Mussolini die Macht übernommen hat und für Ruhe und Ordnung sorgt.

Schlimm, mit den Sozialisten in Österreich! In Linz wollen sie auf dem Parteitag im November den Marxismus ausrufen, den Reichen das bitter verdiente Geld wegnehmen und die Macht im Land übernehmen. Sagt zumindest mein vielgeliebtes Emmolein, und der kennt sich aus, dem wurde in Ungarn im Jahre 1918 alles genommen, als dort die Republik oder gar die Volksrepublik ausgerufen wurde.

Stell dir vor, in der heutigen Zeitung steht, dass die Gemeinde Wien 800.000 Schilling für neue Mistkübeln ausgeben will. Wer braucht schon Mistkübeln! Und 350.000 für den Umbau der Großmarkthalle! Die schmeißen das Geld hinaus, und unsereiner muss im Schweiße seines Angesichtes arbeiten! Ich meine das nicht ironisch, auch ich komme gehörig ins Schwitzen, wenn ich die Sachen im Zug über die Grenze transportiere.

Außerdem hat die Gemeinde Wien 25.000 Wohnungen für ihre Arbeiter fertiggestellt und eingeweiht. Bittschön, 25.000 Wohnungen! Das ist ja eine ganze Kleinstadt voller Sozis, und die Gemeinde will noch mehr Wohnungen bauen. Ich habe dem Emmo gesagt, jetzt müssen wir doppelt auf die Sicherheit achten. Da ist es schon gut, wenn wir uns rechtzeitig absichern und das Geld anlegen, wie es der Herr Camillo geraten hat.

Liebste Dora Eibenschütz, wenn ich zurückdenke, was vor Kurzem noch gewesen ist ... Da war ich unglücklich und alleine, und ich habe mein Leben in üblen Casinos zugebracht. Beinahe hätte ich es auf den Felsen des Georg-Domes in Piran weggeworfen. Niemand hat mir gesagt, wie es weitergehen soll. Und jetzt hab ich den besten und liebenswertesten und feschesten Mann der Welt, der meine Sehnsüchte zu stillen weiß. In jeder Hinsicht, wenn du verstehst, was ich meine.

Ich muss nur schaun, dass mein Emmo endlich seinen Almanach weiterschreibt. Seit Wochen tut er nichts dafür. Also muss ich ihm in den Hintern treten. Im nächsten Sommer werden wir nach Karlsbad fahren, du weißt schon, in das westböhmische Bäderdreieck. Dorthin verkehrt der Bäderzug, mit dem sind wir in zwölf Stunden in Karlsbad. Wir kommen im Hotel Pupp unter, das zusammen mit der weltbekannten Sprudelkolonnade ebenfalls in Emmos Almanach aufgenommen wird.

Hiermit schließe ich meine Zeilen, liebste Dora. Lass von dir hören, ob du mit meinem Vorschlag einverstanden bist.

Deine in Liebe versunkene und im blubbernden Schaum badende Luzzy.

10. KAPITEL
SAMSTAG, 4. DEZEMBER 1926

*Im Café Museum * Die Vermählung in der Gonzagagasse * Die Südbahn fährt durch den Salon*

Franzl Berger verließ bei winterlichen Temperaturen am frühen Nachmittag die geräumige Wohnung in der Spiegelgasse – er konnte sich das Gekeife seiner Mutter über die Schlampigkeit und die Unzuverlässigkeit der Wiener Dienstboten im Allgemeinen und ihrer eigenen im Besonderen nicht mehr anhören. Heute Morgen konnte sie ihre Brosche vom Onkel Isidor nicht mehr finden, worauf sie zeterte, dass die Putzfrau die Brosche gestohlen habe. Dabei bestand die Haupttätigkeit seiner Mutter an jedem Tag darin, irgendwelche Gegenstände vom Onkel Isidor von Ort A nach Ort B zu transportieren, von Ort B nach Ort C und von Ort C wieder nach Ort A. Was zur Folge hatte, dass die Mutter täglich den Überblick komplett verlor, sich in der Wohnung nicht mehr zurechtfand und zumeist die »törichten Putzfrauen« des infamen Diebstahles bezichtigte.

»Du gehst immer nur in der Wohnung herum. Du musst einmal raus ins Freie. Schau, da unten steht der Donnerbrunnen. Geh doch um den Donnerbrunnen herum bis zu Meissl & Schadn. Da hast du früher immer mit deinen Freundinnen diniert«, versuchte Franzl seine Mutter zu motivieren.

»Ach geh. Meine Freundinnen sind schon längst gestorben. Das, was ich sehe, wenn ich draußen bin, gefällt mir nicht. Blinde Bettler und einbeinige Kriegskrüppel. Die Kriegszitterer nicht zu vergessen. Alle wollen mein Geld. Und das mitten im 1. Bezirk.«

»Mutter, sei doch froh, dass du in Wien bist, im 1. Bezirk. In so einer großen Wohnung. Oder willst du zurück nach Proßnitz? Dort sind seit dem Krieg die Tschechen und der Ort heißt Prostějov!«

»Ja, der Krieg. Der ist an allem schuld. Der Krieg ist längst zu Ende, und jetzt wollen sie eine Kommission zusammenstellen, die nach Kriegsverbrechern sucht. Als ob es bei uns Juden irgendwelche Kriegsverbrecher gegeben hätte!«

Franzl musste seine Mutter trösten. »Bei den Kriegsverbrecherprozessen ist kein einziger Jude verurteilt worden, es gab nur Freisprüche!«

Doch die Mutter zeterte wie üblich weiter: »Von uns Juden sind 40.000 für den Kaiser gefallen, weißt du das überhaupt? 40.000 Juden sind auf dem Schlachtfeld geblieben! Wenn ich daran denke, dass auch dein Vater vom Krieg nicht mehr …«

»Mutter, du musst den Krieg endlich vergessen! Schau,

wir haben eine große Wohnung mit fünf Zimmern in der Innenstadt vom Pelzhändler Steinlechner erhalten. Sonst wären wir noch immer in Proßnitz bei den Tschechen!«

»Dafür hast du seine Tochter aushalten müssen, die dumme Julie! Aber sie war deiner nicht wert. Wie kann man statt der Augenbrauen nur einen gemalten Strich haben! Dein Vater hätte das nicht gern gesehen, so viel modischen Firlefanz. Das macht eine anständige Jüdin nicht! Aber dein Vater ist ja vom Krieg nicht mehr …«

»Mutter! Die Julie ist seit ein paar Monaten fort, weil du sie in deiner Eifersucht vertrieben hast! Ich weiß nicht mal, wo sie sich im Moment aufhält!«

»Jetzt bin ich schuld, dass diese Furie endlich aus deinem Leben verschwunden ist?«

Man kann sich vorstellen, warum Franzl an diesem Tag die Wohnung in der Spiegelgasse verlassen wollte. Franzl wusste, dass er bis zu einem gewissen Grad unter der Fuchtel seiner Frau Mutter stand, und vielleicht hatte gerade diese Unterfuchtelung dazu geführt, dass seine Beziehungen zu Frauen nie zu rissfesten Verbindlichkeiten reichten, um Verbindung oder Verhältnis zu vermeiden. Mehr als dünne, wenn auch schillernde Fäden spannte er nie. Eigentlich waren ihm solche Verbindungen sowieso lieber, er war sogar hocherfreut, wenn seine jeweiligen Partnerinnen fix verheiratet waren. So hatten beide die Gewissheit, dass es sich bei ihren amourösen Treffen um einen intensiv erlebten Augenblick handelte. Schließlich brach der Vesuv auch nicht jeden Tag aus.

So in Gedanken versunken ging Franzl Berger Richtung Rabensteig. Plötzlich blieb er stehen und schüttelte den Kopf. Jetzt war es genug. Er wollte nicht zu tief in die Abgründe seiner Seele blicken, am Ende wühlten ihn die Abgründe noch zu sehr auf und er käme auf die absurde Idee, einen der gerade modernen Psychoanalytiker in der Wiener Berggasse aufzusuchen. Im Leben waren banale Dinge viel wichtiger. Franzl Berger wollte trotz der jede Bewegung lähmenden Kälte in seinen Juwelierladen am Rabensteig eilen, um dort zwei Crayons mitzunehmen. Er benötigte ein Hochzeitsgeschenk. Er öffnete den Rollbalken, trat ein und langte gezielt nach zwei Crayons aus der untersten Lade, da er dort die teuren Stücke aufbewahrte. Er packte sie lose in die Außentasche seines Oberrocks und verließ sein Geschäft wieder.

Vielleicht hätte er ein brauchbareres Geschenk in einem der beiden Großkaufhäuser in der Mariahilfer Straße gefunden, aber er hatte keine Lust, dort eine Stunde lang irgendwelche Waren zu mustern. Zudem waren die Crayons ihr gutes Geld wert. Franzl Berger eilte von seinem Laden zur Station der Stadtbahn am Schwedenplatz, um mit dem WD zum Karlsplatz zu fahren.

Ehe er den guten dalmatinischen Wein abholte, den er im »Dalmatien-Weinhaus« bestellt hatte, wandte er sich vom Karlsplatz ins Café Museum. Heute war Samstag, und er wollte nach dem Gezank mit seiner Mutter in der samstäglichen Nachmittagsruhe die Zeitungen sondieren. Deshalb ging er in den hinteren Trakt, der als hektikfreie Zone galt, und bestellte beim Herrn Franz eine Melange. Schnell lümmelte er sich in eine Lederbank und starrte kurz auf einen der Bugholzsessel, die dieser Adolf Loos entworfen hatte. Franzl Berger überlegte, ob er sich bei seiner nächsten Reise nach Karlsbad mit dem Künstler treffen sollte, da dieser dort gerne zur Kur verweilte. Er könnte sicher mit ihm einen fairen Preis aushandeln für ein paar Möbel für die Wohnung in der Spiegelgasse. Das würde auch seine Mutter goutieren.

In der Zwischenzeit hatte der Herr Franz den Kaffee und die Kronenzeitung gebracht. Die »Wiener Zeitung« war leider besetzt. Also gut, dann blätterte Franzl Berger eben durch die Kronenzeitung. Auf Seite drei hatte eine 58-jährige Hausgehilfin namens Franziska Straßer in der Brigittenau ihre Dienstgeberin, die 55-jährige Oberlehrerwitwe Emilie Anthofer, verbrannt. Bei lebendigem Leibe! Dabei war ihre Dienstgeberin vollständig gelähmt! Im Sicherheitsbüro hat die Hausgehilfin den Mord gestanden. Sie beging die Tat wegen 115 Schillingen! Zeiten waren das! Die Hausgehilfinnen verbrennen ihre Dienstgeberinnen! Hoffentlich erfuhr seine Mutter nichts von der Geschichte. Die würde sonst keiner Putzfrau mehr die Wohnungstür öffnen, und er hätte ein zusätzliches Problem: Wie putzt man fünf Zimmer?

Also schnell weiter mit der Zeitungslektüre. Aha. In Prag wurden wegen der Grippeepidemie in der letzten Woche 21.468 Grippefälle gemeldet. Die Zahl der

Toten überblätterte er schnell. Grippeepidemie? Im Jahr 1926? War die Spanische Grippe nicht längst ausgerottet? Konnte man eine Krankheit überhaupt ausrotten? Oder entwischt die Krankheit oder deren Virus immer wieder den Ausrottern? Müssen wir mit dem Virus für immer leben?

Als Nächstes kam er zu den Börsenberichten. Unter »Effektenmarkt« las er von der böhmischen Stahlfirma »Poldihütte«. Durch geheime Zuraunungen und Tipps hatte er bereits gehört, dass man in »Poldihütte« investieren solle. Und wieder kehrten die Gedanken zu seiner Mutter Leopoldine, kurz: Poldi. Eine Leopoldine war auch Namensgeberin der Stahlfirma, nämlich die Frau des Franzl bekannten Unternehmers Karl Wittgenstein – wie er selbst jüdischer Abstammung. Von deren gemeinsamem Sohn Ludwig wusste er, dass er zusammen mit diesem Adolf Loos zurzeit das Stadtpalais der Wittgensteins im 3. Bezirk errichtete. Zudem soll dieser Ludwig Wittgenstein irgendwelche schwer verdaulichen Traktate geschrieben haben, über die keiner sprechen wollte. Und »worüber man nicht sprechen kann, darüber muss man schweigen«, so hieß es wohl in seinem Traktat.

Also schwieg Franzl verbissen und hartnäckig und studierte wieder voll Eifer den »Effektenmarkt«. Allein aus Sentimentalität wollte er in die »Poldihütte« investieren, obwohl er 99 Prozent seiner Entschlüsse aus rationalen Gründen traf. Das mit der »Poldihütte« jedoch war die berühmte Ausnahme, das Pünktchen auf dem »i«. Vielleicht konnte er die Aktien seiner Mutter zum Geburtstag schenken.

Nachdem er alles bis auf den Sportteil gelesen hatte – Sport interessierte ihn nicht –, zahlte der Kaufmann Franzl Berger seine Melange und schritt zu Fuß die Linke Wienzeile hinauf. Bei der Hausnummer 27 betrat er das »Dalmatien-Weinhaus« und holte die bestellten zwei Flaschen Rotwein ab.

Höchste Zeit, schließlich wollte er vor der Feier heute Abend noch einmal nach Hause, um sich angemessen zu kleiden. Emmerich Pelzer und Luzzy Lechner feierten ihre Hochzeit in der Gonzagagasse 16 im 1. Bezirk und baten um rechtzeitiges Erscheinen. Apropos rechtzeitiges Erscheinen: Besagter Emmerich Pelzer hatte die ihm seit einer Woche versprochene Lieferung nicht gebracht. Nicht fristgemäßes Abliefern goutierte Franzl überhaupt nicht. Da wird er ihm das Messer am Hals wetzen müssen. Denn bedauerlicherweise war das nicht das erste Mal!

40 Minuten später begrüßte ihn Emmerich Pelzer im Salon der stattlichen Wohnung in der Gonzagagasse. Wie ein Hausherr inszenierte sich der bleiche, oft hüstelnde asthmatische Graf. »Franzl, du bist der Segen für unsere Hochzeit!«, frohlockte Emmo.

»Wart ein bisserl mit dem Segen, der kommt normalerweise von oben«, fiel ihm Franzl Berger ins Wort.

»Wieso so grantig, liebster Franzl?«

»Liebster Emmo, warum soll ich lachen? Du hast mir vor einer Woche eine Lieferung versprochen, die ich schon an einen anderen Kunden weiterverkauft hab. Jetzt frage ich dich, lieber Emmo: Wo ist die Ware geblieben? Der Kunde droht mir bereits und glaubt, ich wolle ihn ausnehmen wie eine Weihnachtsgans. Und warum das Ganze? Weil du die Ware nicht lieferst!«

Emmo Pelzer griff den erregten Franzl Berger am Arm und führte ihn zum Fenster, wo sie sich bei abkühlenden Temperaturen ungestört unterhalten konnten. »Weißt du, da ist ein kleines Problem aufgetaucht. Aus irgendwelchen Gründen kontrollieren die Zöllner die Züge genau, und ich wollt nicht nach Italien …«

Franzl Berger fiel ihm schon wieder ins Wort: »Die verfallen höchstens dem Winterschlaf, die Zöllner. Hör auf, dich auf solche Lappalien herauszureden. Mit Zöllnern kenne ich mich besser aus als du, du Fallot.«

Der Ungar hüstelte und griff nach einer Zigarette.

Franzl setzte hinzu: »Pass auf, Graf Emmo von und zu. Ich kann mich auch nach anderen Lieferanten umschaun, wenn du keinen Fisch mehr angeln kannst. Das hätte ich längst tun sollen.«

Emmo Pelzer markierte den Beleidigten und Überraschten. »Um das zu sagen, bist du zu meiner Hochzeit gekommen? Können wir nicht über etwas Angenehmes reden? An meiner Hochzeit?«

»Du hast schon das letzte Mal mit vier Wochen Verspätung geliefert. Mir sitzen die Käufer im Nacken, und was noch schrecklicher ist: Sie wollen eine Preisreduktion für die Warterei. Die ich dir natürlich weitergebe.«

»Franzl! Ich komme morgen, nein, da ist Sonntag,

also am Montag in dein Geschäft. Dann reden wir weiter!«

»Wehe, wenn nicht! Dann werde ich dich …«

»Franzl! Darf ich dir meine reizende Gemahlin vorstellen?«, versuchte Emmo, das ihm peinlich werdende Gespräch endgültig zu beenden.

Beide blickten um sich, doch von der reizenden Gemahlin war weit und breit keine Spur. Franzl sah Emmo verärgert an, sparte sich aber einen Kommentar und betrachtete den riesigen Salon, um sich abzulenken.

Auf der einen Seite das Klavier und ein paar Chaiselonguen. An der Wand hing ein aquarellierter Schinken, den Franzl mit ziemlicher Sicherheit der Makart-Epoche zurechnete. An der gegenüberliegenden Wand war ein Spiegel in Übergröße angebracht. Auf der anderen Seite des Salons erblickte er einen langen Tisch mit etwa 20 bis 24 Sitzplätzen sowie weitere schwülstige Bilder an der Wand.

»Sag, Emmo, wie bist du zu dieser Adresse gekommen? Der Salon gehört meines Wissens der Dora Eibenschütz. Und die ist doch Schauspielerin. Oder sogar Direktorin am Carltheater?«

»Ja, da siehst du, wir, also meine Frau und ich, wir können uns etwas leisten. Wir wollten die Hochzeit an einem standesgemäßen Ort feiern. Erst dachten wir an das Berghotel am Tulbingerkogel, draußen im Wienerwald, dort war sogar der englische König. Aber das ist etwas abgelegen. Und so sind wir auf den Salon der Frau Dora gekommen.«

Franzl schnellte die Hand auf die Schulter des Bräutigams. Dieser wurde noch eine Spur bleicher, weil er nicht wusste, ob der Kaufmann vielleicht ein Messer unter seinem Rock trug.

Doch Franzl grinste ihn an. »No, dann gratuliere. Weißt du, dass in diesem Raum Finanzgeschichte geschrieben wurde? Kennst du noch den Camillo Castiglioni? Er hat hier in diesem Salon Vorträge gehalten, wie man auf steuerschonende Weise Geld verdienen kann. Dort vor dem Klavier ist er gestanden. Und alle Glücksritter in dieser Stadt haben seine Tipps befolgt!«

Emmo Pelzers Blick wurde immer bleicher, er begann zu hüsteln. »Wieso kommst du mit diesem Börsenspekulanten? Ich habe mit dem nichts zu tun!«

Franzl Berger nickte begütigend. »Das will ich auch hoffen, dass du mit ihm nicht unter einer Decke steckst, lieber Emmo. Ich hab aus gut informierten Kreisen erfahren, dass der Castiglioni von der österreichischen Polizei wegen verschiedener Delikte gesucht wird. Im Moment ist er nach Italien zu seinem Mussolini abgetaucht, der hält seine schützende Hand über ihn.«

Emmo Pelzer drehte sich schnell ab, weil er von einem Dauerhuster geschüttelt wurde. Dieser Castiglioni war schuld, dass er sein halbes, fast sein ganzes Vermögen in Beteiligungen gesteckt hatte. Deren Werte anfangs kräftig gestiegen, später jedoch von einem Tag zum anderen ins Bodenlose gefallen waren, und Emmo mit seinen Beteiligungsscheinen bunte Papierdrachen hatte basteln können. Wusste das am Ende dieser steinreiche Jude?

Nach der Beendigung seiner strategischen Hustenattacke griff er erneut in seine Rocktasche nach einer Zigarette, entzündete sie mit einem Schwefelholz und inhalierte einen tiefen Zug. Sollte er Franzl Berger reinen Wein einschenken und ihm von seinem Missgeschick mit den Castiglioni-Beteiligungen beichten? Eine glaubhafte Rechtfertigung für seine Lieferprobleme hätte er dem Kaufmann somit aufgetischt.

Zu seiner Rettung tauchte in diesem Moment seine Luzzy auf.

»Franzl, schau, hier ist sie! Endlich kann ich dir meine liebe Frau Gemahlin Luzzy vorstellen. Lass uns ein anderes Mal über die Geschäfte reden.« Mit einem kräftigen Huster wies er auf das reizende Wesen mit der Bubikopffrisur, das sich nun den noch immer beim geöffneten Fenster stehenden Männern näherte.

An diesem Tag erblickte Franzl Berger zum ersten Mal in seinem Leben die Luzzy Pelzer, bis gestern noch Lechner.

Er betrachtete Luzzy. Sie hatte kurze blonde Haare mit einem über der Nase zu einer Spitze geschnittenen Pony. Um die Schulter wand sich ein langer, sich schlängelnder Pelzkragen, vermutlich echt. Unauffällig der Lidschatten, aber dick aufgetragen der Lippenstift. Schmal ausgezupfte Augenbrauen. Dazu ein dekolletiertes Kleid mit hauchdünnen Trägern.

War es um Franzl Berger schon jetzt, beim ersten Anblick dieser Luzzy, geschehen? Oder sollte es bis Karlsbad dauern? Jedenfalls streckte er ein wenig sein Kinn nach vorne, markierte einen Handkuss und murmelte: »Entschuldigen Sie meine vorhergehende Missachtung. Gestatten, Franz Berger, Kaufmann.«

Luzzy zog diskret ihre Hand zurück. »Ich weiß. Ihnen haben wir es zu verdanken, dass wir wieder zu Geld gekommen sind!«

Das klang fast nach Dankbarkeit. Herr Berger fuhr erneut seine Kinnpartie aus, ohne einen zweiten Handkuss anzudeuten. »Ach, Gnädigste, Geld regiert die Welt. So sind die Regeln. Und, Gnädigste, das gilt leider auch für Sie und Ihren geschätzten Gemahl. Sie schulden mir noch einige, no, sagen wir, Wertgegenstände.« Franzl schaute ihr ins Gesicht und betrachtete den Schnitt ihrer Haare.

Sie hielt dem schneidenden Blick stand und zupfte mit der einen Hand an ihrem dünnen Träger.

Absicht oder Zufall? Franzl überlegte. War sie die treibende Kraft hinter den Geschäften und ihr Emmo agierte als Angeber und lächerlicher Schwindler? Dann müsste er sich eher an sie wenden, nicht an seinen alten Geschäftsfreund. Was den zusätzlichen Vorteil hätte, dass er mit ihr auch andere Spiele treiben könnte als mit ihrem Gemahl.

Dieses beeindruckende weibliche Wesen flüsterte ihm zu: »Höre ich ein klein wenig Ungeduld, weil Sie so lange auf die Ware warten?«

»Gnädigste, ich bin Kaufmann. Und wie schon Shakespeare sagte oder vielmehr schrieb: ›Das Jammern ist der Gruß der Kaufleute.‹«

Luzzy zupfte wieder an ihrem dünnen Trägerchen und antwortete mit etwas lauterer Stimme: »Herr Berger, damit Sie nichts zu jammern haben, verspreche ich Ihnen, dass ich mit dem nächsten Zug der Südbahn nach Triest fahre. Oder besser mit dem übernächsten, heute ist ja Samstag. Also am Montag.«

»Gnädige Frau, an Ihren Worten – im Gegensatz zu denen Ihres Gemahls – würde ich nie einen Zweifel erheben!«

Luzzy griff spontan nach seinem Arm. Beide drehten sich vom Fenster und auch von Emmo Pelzer weg und schritten ins Innere des Salons.

»Herr Berger, ich möcht Ihnen ein Geheimnis verraten. Wissen Sie, was ich letzte Nacht geträumt hab? Ich sei die Südbahn. Ja, ich, Luzzy Pelzer, bin die Südbahn.« Luzzy erzählte, ohne Luft zu holen, von ihrem Traum. Sie redete wie ein Wasserfall.

Vielleicht hat sie bereits das ein oder andere Glas Sekt getrunken, überlegte Franzl Berger. »Ich hab gehört, dass Sie sehr gut tanzen können. Träumen Sie da nicht davon, Josephine Baker zu sein?«

»Ach, bis vor einem halben Jahr schon, das gebe ich zu. Jetzt träume ich von mehr. Jetzt bin ich die Südbahn. Und wissen Sie, ich komme nie zu spät.«

Franzl Berger nahm den lasziven Unterton wahr. »Haben Sie in Ihrem Traum auch geschnauft und gekeucht wie die Südbahn, Gnädigste?«

»Ja, ich habe geschnauft und gekeucht und gebebt. Außerdem bin ich den Semmering hinaufgefahren und auf der anderen Seite wieder hinunter.« Luzzy imitierte die Geräusche der fauchenden Dampflokomotive. »Und jetzt wird die Südbahn in den Salon fahren. Was halten Sie davon?«

Franzl schwieg und dachte kurz an das »futuristische Manifest« von diesem faschistischen Dichter aus Italien, diesem Marinetti, mit dem berühmten Satz: »Ein aufheulendes Auto ist schöner als die Nike von Samothrake.« Das mochte wohl stimmen, aber eine Dampflokomotive? Eine Dampflokomotive kam für Franzl in Sachen Schönheit gegen diese Dame keinesfalls an.

Da klatschte Luzzy laut in die Hände, forderte die etwa 20 anwesenden Personen zur Ruhe auf und instruierte sie, sich hintereinander aufzustellen. Sie wolle diesen Zug als Lokomotive auf einer Rundtour durch die Fluchten der Wohnung führen. Das Publikum war begeistert von dieser gloriosen Idee, jeder hielt seinen jeweiligen Tratsch- oder Saufkumpan an den Schultern, am Rücken oder gar am Hinterteil fest, und bald ketteten die einzelnen Gruppen sich zu einem Zug zusammen. Mit der fauchenden und stöhnenden Luzzy an der Spitze setzte sich dieser Zug in Richtung Küche in Bewegung.

Franzl Berger blieb im Salon zurück. Als die Menschenmenge abgedampft war, schaute er zur Fensternische links neben ihm. Dort stand eine weitere Person, die sich dem Zug nicht angeschlossen hatte: Alice Decker, Prokuristin im Möbelhaus Decker & Kudelnich, seine aktuelle Geliebte. Mit ein paar schnellen Schritten näherte er sich ihr, fuhr mit der Linken auf ihr Hinterteil und drückte hastig ein paar intensive Küsse auf ihre Wange – den Mund musste er wegen des Lippenstiftes vermeiden. »Ich hab dich vorher gar nicht gesehen«, raunte er ihr zu.

»Mein Mann passt gut auf mich auf, das weißt du ja. Jetzt fährt er mit der Südbahn durch die Gonzagagasse 4.«

»Alice, ich warte schon vier Wochen auf dich. Und ich halte keine weitere Woche mehr aus.« Die nächsten Küsse folgten. »Wann der Zug wohl in den Salon zurückkommt? Nebenan gibt es eine leer stehende kleine Wohnung …«

»Er fährt sehr schnell, das geht sich für uns jetzt nicht aus, lieber Franzl. Vielleicht später …«

»Ich möcht mit dir zusammen das nächste Wochenende verbringen. Was hältst du von einem Ausflug auf die Rax? Dort haben sie heuer die Seilbahn in Betrieb genommen, und auf der Bergstation können wir ein romantisches Zimmer nehmen.«

»Das passt schon, ich wollte immer schon auf die Rax. Aber jetzt geh zum Klavier und lass mich allein hier stehen. Ich hör schon die Lokomotive schnaufen, mein Mann soll keinen Verdacht schöpfen.«

Franzl Berger gab das Hinterteil seiner Alice Decker frei und griff stattdessen nach einem Glas Rotwein, das eine der Serviererinnen auf dem Tablett balancierte. Er sinnierte: »Wieso sollt dein Mann Verdacht ›schöpfen‹? Schöpft man einen Verdacht? Ich würde höchstens Erdöl schöpfen.« Nach dem ersten Schluck des Rotweines kräuselte er sein Gesicht zu einer Grimasse. Essig oder Wein? Das war die Frage. Könnte er nur von jenem dalmatinischen Wein trinken, den er mitgebracht hatte. Doch dieser stand auf der Bar im Klaviertrakt, und vor der Bar stärkten sich jetzt die abgekoppelten Einzelteile des Zuges mit Sekt und Kaviar. Also blickte er auf die Karte mit der Abfolge des Menüs, die ihm ein Bediensteter überreicht hatte. Nein, Wein war keiner aufgelistet. Er las irgendetwas von »Forellenschnitten mit Mayonnaise« und »gekochten Krebsen« und »Böhmischen Erbsen«. Weiters von einem »Sacheraufstrich«. Was mochte das wohl sein? Sollte er sich dieses gastronomische Königgrätz* antun oder eher sang- und klanglos verschwinden? Zwar war seine Alice Decker hier – doch die musste sich um ihren Gemahl kümmern. Luzzy Pelzer wäre auch ein Grund zu bleiben. Aber die hatte sich heute mit diesem lausigen, unzuverlässigen, asthmatischen falschen Grafen vermählt.

Nach der unerfreulichen Lektüre der Speisefolge fielen ihm die Crayons ein, die noch immer in seiner Rocktasche herumkugelten. Im Gegensatz zu dem dalmatinischen Rotwein, den er nur an der Bar abgestellt hatte, wollte er die Goldstifte persönlich der frisch vermählten Gattin überreichen. Und zwar ehe sich die Gesellschaft

* Im Jahr 1866 ereignete sich die Schlacht zu Königgrätz (Hradec Králové), in der das Heer der Habsburgischen Monarchie von der Armee der Preußen verheerend geschlagen wurde. Seither wird das Wort »Königgrätz« als Metapher für entsetzliche Katastrophen verwendet. So wurde der stark kritisierte Neubau der Wiener Staatsoper an der Ringstraße seinerzeit als »Königgrätz der Baugeschichte« bezeichnet.

zum mehrgängigen Diner rund um den langgestreckten Tisch niederließ.

Also wandte er sich festen Schrittes zur Luzzy, die gerade in angeregter Runde trank und plauderte, nahm sie am Arm und zog sie mit sicherem Griff zum Fenster. »Frau Luzzy, ich hab etwas vergessen. Ich hab Ihnen etwas zur Vermählung mitgebracht, das Ihnen hoffentlich gefallen wird.« Er überreichte ihr die beiden Crayons, die sie daraufhin etwas erstaunt in den Händen hielt. »Darf ich erklären«, setzte er fort, »zwei Crayons, die Marke des Hauses Franzl Berger. Es handelt sich dabei um Stifte mit einer echten Goldmine. Probieren Sie es aus, Gold kann man schwer imitieren. Die Länge beträgt elf Zentimeter. Den Stift kann man auch als Lidschatten verwenden.«

Die bereits leicht beschwipste Neuvermählte hielt einen der Stifte gegen die Lichtquelle, die sich von der Stehlampe auf dem Klavier ausbreitete. »Und das Gold der Mine wird mir sozusagen zur Miene stehen?«

»Frau Luzzy, wenn Sie den Stift verwenden, werden Sie unwiderstehlich sein.«

»Unwiderstehlich? Das heißt, dann wirst du mit mir Südbahn fahren?«

Dem Franzl entging nicht, dass sie ihn zum ersten Mal geduzt hatte. »Schade, meine nächste Reise führt mich nach Karlsbad. Da kommen wir mit der Südbahn nicht hin.«

»Dann fahren wir halt mit der Franz-Josephs-Bahn. Das stimmt doch, oder?«

»Ja«, antwortete Franzl und bemerkte, dass sich seine

Zustimmung auf beides beziehen ließ. Deshalb konkretisierte er: »Ja, mit der Franz-Josephs-Bahn kommt man nach Karlsbad.« Ob er mit Luzzy in dieser Bahn fahren würde, ließ er offen.

Sie war von der Franz-Josephs-Bahn sofort begeistert. »Da müssen wir aber im Zug aufpassen, denn mein jugendlicher Gemahl ist sehr, sehr eifersüchtig!« Luzzy drückte Franzl einen Schmatz auf die Wange und kehrte zu den Gästen zurück, um sich im Gedränge zu verlieren.

Franzl Berger hingegen gab einem stillen und heimlichen Abgang den Vorzug. Um 22 Uhr wurde er noch bei »Meissl & Schadn« gesichtet, wo er eine Flasche »Erlauer Stierblut« trank. Gegen Mitternacht betrat er dann vorsichtig sein in der Nähe liegendes Domizil in der Spiegelgasse, da er seine betagte Mutter in ihrem Schlafe nicht stören wollte.

Frau Dora Eibenschütz war der Vermählung übrigens trotz Einladung ferngeblieben. Sie probte zurzeit im Theater in der Leopoldstadt einen Liederabend mit dem bekannten Operettensänger Richard Waldemar. Der Refrain eines seiner Lieder lautete: »Denn es ham die Wiener Leit an eisernen Hamur!«

Jawoll!

11. KAPITEL
FREITAG, 7. SEPTEMBER 1928

*Im Sicherheitsbüro * Beim Wiener Polizeipräsidenten * Der Griff nach dem Kursbuch*

Gruppenleiter Oberinspektor Max Mitschek war schlecht gelaunt. Er saß vor einem Aktenberg in seinem Büro auf der Rossauer Lände am Donaukanal. Das imposante Gebäude erinnerte in seiner pompösen und wehrhaften Art an eine stattliche Kaserne, wiewohl die tatsächliche Kaserne, die Rossauer Kaserne, ein paar Schritte weiter flussabwärts errichtet worden war. Das Polizeigebäude diente auch als »polizeiliches Jugendheim«, in dem vor allem entlassene oder begnadigte Jugendliche sowie auffällige Obdachlose aufgenommen wurden. Ebenso waren mehrere Gedenkräume für die Deutschmeister eingerichtet, das »k. u. k. Infanterieregiment Hoch- und Deutschmeister Nr. 4« war das Paraderegiment der zerfallenen Monarchie und wurde in der jungen Republik nicht nur von Nostalgikern verehrt. Ein beinahe sanftmütiges Aussehen erhielt das Polizeibüro durch das schmucke Türmchen am Drehpunkt des Gebäudes und die davorstehenden Laternchen. Bis 1919 hieß die Rossauer Lände »Elisabethpromenade«, in Erinnerung an Kaiserin Sisi, weshalb das Polizeigebäude im Volksmund als »Liesl« bezeichnet wurde. Die Polizeidirektion war hingegen in einem Ringstraßenpalais mit der Adresse Schottenring 11 untergebracht.

Unser Oberinspektor saß also missgelaunt in seinem Amtszimmer, das vollgelagert war mit Akten, Beweisstücken und Protokollen zum Fall Luzzy Lechner beziehungsweise Pelzer, die ihm von anderen Dienststellen zugetragen worden waren. Bemüht war sein Assistent, der Schimany. Doch Max Mitschek war sich nicht ganz sicher, für welche Interessen und Obliegenheiten sich sein Assistent mehr ins Zeug legte: für die junge, aber unbeliebte Republik Österreich oder für sein Herkunftsland, die neu geschaffene Tschechoslowakei.

Dass sich der Oberinspektor als ehemaliger k. u. k. Beamter ein beinahe akribisches Zahlen- und Faktengedächtnis angeeignet hatte, war im kaiserlich-königlich verworrenen Zuständigkeitsgeflecht für die Erledigung eines Falles notwendig. So waren die vorliegenden Fakten im Fall Pelzer mehr oder weniger zur Gänze in seinem Hirn gespeichert, sei es durch das Studium aller Akten, die ihm seine Beamten zuschleppten, sei es durch seine allabendlich fortgesetzten geistigen Exerzitien in seiner Junggesellenwohnung im Margaretenhof. Denn seiner Ansicht nach konnten nur gewohnheitsmäßige Defätisten lachen über den auch ihm vertrauten doppelbödigen Spruch: Ein guter Akt muss liegen. Nein, für ihn galt: Ein Akt ist gut, wenn er geschlossen wird.

Er blickte zur Wand und sah auf der Tafel die Fotos der Leiche, die er selbst mit einer Nadel angeheftet hatte. Grauslich sahen sie aus, um nicht zu sagen, geschmacklos. Offene, glanzlose Augen, offener Mund mit den eigenartigen Zähnen, angesengte Kinnpartie, hochgezogener Rock, die Arme unter den Brüsten verschränkt. Luzzy Pelzer. Geboren am 7. Februar 1887. War liiert gewesen mit dem italienischen Bankdirektor Giuseppe Sermonte bis zu dessen Tod. Heiratete standesamtlich einen gewissen Emmerich Pelzer. Besagter Herr Pelzer, ein Ungar, geboren am 12. November 1901 in Székesfehérvár, auf Deutsch in Stuhlweißenburg, konnte eine beachtliche Vorstrafenliste für sich reklamieren. Oberinspektor Max Mitschek rekapitulierte nur die wichtigsten Daten. So hatte Pelzer 1921 als »Hofsekretär Freiherr Pelzer von Feldegg« einer Salzburger Hotelierstochter, der er möglicherweise die Heirat versprach, ein Schmuckstück im Wert von 30.000 Kronen gestohlen. Die Verurteilung erfolgte in Salzburg. Danach wurde er aktenkundig durch wiederholten Schmuggel von Kokain und anderen Drogen, auch von Schmuck und Pelzen. Im Jahre 1923 wurde er im Wiener Landesgericht zu zweieinhalb Jahren verurteilt. Kaum auf freiem Fuße, angelte er mit Erfolg nach adeligen oder vermögenden Damen, bei denen er sich stets als ungarischer Adeliger und Grundbesitzer vorstellte.

Nach seiner Heirat mit Luzzy Lechner dürfte sich das traute Paar auf den Schmuggel von Schmuck spezialisiert haben. Doch trotz einer im Großen und Ganzen recht ordentlich durchgeführten Observierung war es den Kollegen vom Zoll nicht gelungen, einen der beiden auf frischer Tat, also beim Grenzübergang in Maribor, zu erwischen.

Das war der eine Strang, den er rückverfolgen musste. Es existierte jedoch noch ein zweiter. Nach der Heirat kam es zu Differenzen zwischen dem neuvermählten Paare. Max Mitschek las in einer Karlsbader Zeitung, die in den Akten lag, eine Geschichte über handgreifliche Auseinandersetzungen zwischen den beiden in einem renommierten Karlsbader Hotel, die jedoch zu keiner Gerichtsverhandlung geführt hatten. Das soll vorkommen. Auch die Tatsache, dass der falsche Graf seiner Frau Schokoladenpalatschinken im Hotel Pupp in Karlsbad auf deren Wange geklopft hatte, war nicht inkriminabel. Vielleicht hatte der böhmische Schimany, sein Assistent, ihm eine Geschichte falsch übersetzt, im Bestreben, einen geradlinigen und korrekten österreichischen Beamten aus der Spur zu bringen. Jedoch war im Jänner dieses Jahres in Budapest eine Anzeige von Frau Luzzy Pelzer gegen ihren Ehemann erfolgt. Der Vorwurf: Er habe ihr 100.000 Schilling gestohlen und eine Kollektion von Schmuckgegenständen und Pelzen entwendet. Der Aufenthalt ihres Mannes war jedoch zu diesem Zeitpunkt nicht mehr bekannt gewesen. Frau Pelzer hatte Wien wieder verlassen und höchstwahrscheinlich in einer auf ihren Namen gemeldeten Wohnung in Pirano gewohnt.

Und am 17. Juli 1928, ein halbes Jahr nach der Anzeige in Budapest, war Luzzy Pelzer im Lainzer Tiergraten ermordet worden.

Äußerst beachtenswert war der nächste Hinweis: Für den 23. Juli 1928 hatte Frau Pelzer einen Termin bei ihrem Wiener Anwalt vereinbart. Wie der Kriminalbeamte nach einem Treffen mit dem Anwalt erfahren hatte, wollte sich Frau Pelzer über verschiedene Optionen erkundigen. Könnte sie eine Scheidung einreichen gegen ihren Mann? Oder wäre es zielführender, ihn zu enterben? Freilich hatte er, der Gruppenleiter im Sicherheitsbüro, dem Anwalt erst mit der Steuerbehörde drohen müssen, ehe dieser dazu bereit gewesen war, über die Absichten einer ohnehin toten Klientin auszusagen.

Weil Luzzy Pelzer eine Woche vor ihrem Termin bei dem Anwalt ermordet worden war, betrachtete der Kriminalbeamte ihren Ehemann als Hauptverdächtigen. Hatte er eine Enterbung oder gar eine Scheidung verhindern wollen? Sich womöglich auch vor der Rückzahlung der Schulden drücken wollen?

Falls dem so war, hätte Max Mitschek den Mörder. Er müsste ihn nur noch erwischen. In Budapest, in Karlsbad, in Triest oder wo auch immer. Aber es waren nach wie vor Indizien und keine Beweise, die für die Täterschaft des falschen Grafen sprachen. »Täterschaft«, welch schönes Wort, passend in den prunkvollen Sprachschatz der k. u. k. Vergangenheit des Sicherheitsbüros.

Auf der Wandtafel im Büro des Kriminalbeamten führte eine der vielen Valenzen von der Leiche zu einem Kringel, in dem »Budapest« stand. Oberinspektor Max Mitschek hatte Ende August die ungarische Hauptstadt besucht, weil Frau Pelzer dort die Anzeige gegen ihren Mann aufgegeben hatte. Seine Kollegen vom Budapester Kriminalressort hatten ihm versichert, dass Herr Pelzer das ungarische Territorium nachweislich verlassen habe. Sie hatten ihm den internationalen Haftbefehl gezeigt, den sie gegen Pelzer ausgestellt hatten. Mehr oder weniger unverrichteter Dinge war unser Kriminalbeamter nach Wien zurückgefahren und hatte die Staatsanwaltschaft in Wien ebenso um die Ausstellung eines internationalen Haftbefehls ersucht.

Noch immer stierte er auf seine amtlichen Kritzeleien und auf die mit Nadeln affichierten Fotos an der Wandtafel. Vom Bürodiener orderte er mit barschen Worten einen Kaffee.

Zur selben Zeit klopfte jemand an die Tür des Leiters des Sicherheitsbüros, Hofrat Paul Petzig. Nach dem gebrummten »Herein« schob die Sekretärin ihren blond gelockten Kopf durch den Spalt.

»Herr Hofrat, entschuldigen Sie die Störung. Aber Sie sollen zum Polizeichef kommen«, flüsterte sie. »Sofort!«

Hofrat Petzig wusste, wie er reagieren musste. Er eilte das Stiegenhaus hinunter und ließ sich die kurze Strecke entlang des Ringes zur Polizeidirektion am Schottenring chauffieren. Bei der Eingangstür, über der groß »POLIZEIDIREKTION« stand, wurde er mit Bücklingen durchgelassen, dann hetzte er in den dritten Stock, wo er nach der Anmeldung der Sekretärin in den geräumigen Arbeitsraum des Polizeipräsidenten Doktor Johannes Schober folgte. Mit vorsichtigem Schritt trat er durch die geöffnete Tür.

Der Wiener Polizeichef war gleich unserem Chef des Sicherheitsbüros ein tatkräftiges Überbleibsel der Monarchie. Da es ihm gelungen war, den Polizeiapparat mit ruhiger, aber gestrenger Hand durch die Wirren im Jahre 1918 zu führen – anders formuliert: da er den Polizeiapparat der Kaiserzeit ohne gravierende Änderungen an die noch junge Republik adaptiert hatte –, war er vor allem bei den Politikern der christlich-sozialen Partei ein willkommener Bündnispartner. Und für ein knappes Jahr hatten sie ihn 1921 sogar zum österreichischen Bundeskanzler gewählt – gegen die Stimmen der roten Bolschewisten. Gleichzeitig hatte er damals die Agenden des Außenministers übernommen. Welch Kuriosum: ein Polizeichef als oberster Diplomat eines Landes.

Zurück zum heutigen Tag. Der Polizeichef warf dem Leiter des Sicherheitsbüros kommentar- und grußlos mehrere Zeitungen auf den Tisch. »Haben Sie schon gelesen, was die Tintenkleckser heute über diesen Pelzer schreiben?«, fragte er unwirsch.

Hofrat Petzig ahnte Übles, schnell griff er nach der Zeitung »Die Stunde« und begann zu blättern.

»Setzen Sie sich, der Text könnte Sie aus dem Gleichgewicht bringen«, forderte ihn der Wiener Polizeichef auf.

Hofrat Petzig nahm schnell Platz und überflog die Schlagzeilen. »Der Adolf Loos ist ein Kinderschänder? Herr Polizeipräsident, mit Belieben, was geht uns dieser Schweinigel Adolf Loos an?«

Etwas überrascht nestelte der Polizeichef an seiner Nickelbrille. »Ich hab immer gewusst, dass die modernen Künstler entweder Pornografen sind oder wegen sonstwas eingesperrt werden sollten. Und der Loos? Wenn einer nackte Häuser* baut, dann wird er sich auch als Pornograf mit nackten Mädels in Szene setzen. Aber das geht uns nichts an. Lesen Sie doch auf Seite vier!«

Hofrat Petzig blätterte zur betreffenden Seite der als linksradikal verdächtigten Zeitung. »Der gesuchte Mörder: Emmerich Pelzer!« Der Polizeipräsident reichte Petzig die nächste Zeitung. Der Kriminalbeamte las: »Die Ermordete ist außer von dem Zahnarzt noch von drei anderen Personen, die sie gekannt hatten, aufgrund der Besichtigung der Totenmaske einwandfrei agnosziert worden. Der Mörder ist mit Sicherheit ihr Ehemann, Herr Emmerich Pelzer.«

Polizeichef Schober nestelte erneut an seiner Nickelbrille und strich danach mit fester Hand seine glatten weißen Haare auf das Hinterhaupt. »Über ein Monat

---

* Adolf Loos baute das erste Haus ohne Stuckatur und ohne Ornamente in Wien, das »Looshaus« auf dem Michaelerplatz. Und brach so mit der die Stadt prägenden Bautradition des Historismus. Die Ansichten über das »Looshaus« waren damals sehr kontrovers.

ist seither vergangen, und welche Erfolge haben Sie in der Zwischenzeit vorzuweisen?«

»Bitte, unser Gruppenleiter Herr Oberinspektor Mitschek hat den Namen der Ermordeten, er hat den Namen ihres Gatten, den wir als Hauptverdächtigen führen.«

»Hauptverdächtigen?« Trotz oder vielleicht wegen seiner zarten Gestalt konnte der Polizeichef seine Stimme zu einem niederschmetternden Gebrüll steigern. »Was heißt hier ›als Hauptverdächtigten‹! Sogar unser Bundeskanzler, der Prälat Seipel, hat mich wegen des Falles Pelzer kontaktiert. Der Fall hat sozusagen höhere Dringlichkeit, wie Sie den Zeitungen ebenfalls entnehmen können. Die Sommersaison ist zwar vorbei. Dennoch geht das nicht, dass in unserem schönen Lainzer Tiergarten eine arme Frau ermordet wird, und nach über einem Monat weiß keiner nichts.«

»So arm war sie wahrscheinlich nicht«, versuchte der Leiter des Sicherheitsdienstes entgegenzuhalten. »Sie hatte mehrere …«

»Weiß ich«, unterbrach ihn der Polizeichef, der längere Sätze seiner Untergebenen nicht besonders ästimierte, noch dazu, wenn er deren Sinn und Zweck zu kennen glaubte. »Der Gruppenleiter hat mir über den Fall schon fernmündlich referiert. Aber so geht es wirklich nicht, wir haben noch immer nichts in der Hand, mein lieber Petzig. Da, lesen Sie. Die Schmierfinken schreiben, bei den Arbeiterunruhen, da schieße die Wiener Polizei sofort. Wenn jedoch eine arme Frau im

Lainzer Tiergarten umgebracht wird, da rühre sie keinen Finger.«

Hofrat Petzig atmete tief durch, gezeichnet von der Erkenntnis, dass ihm jetzt nicht mehr viele Alternativen blieben. Dass ihm sein Chef nicht einmal einen Kaffee angeboten hatte, schien ihm noch die geringste Unannehmlichkeit.

»Wollen Sie, dass die Kollegen in Budapest Ihren Hauptverdächtigen vor uns schnappen und wir durch die blanken Finger schauen?«

»Selbstverständlich nicht. Wir werden …« Nein, falsche Strategie, also neuer Versuch mit geänderten Prioritäten. »Herr Polizeipräsident, was soll Ihrer Meinung nach jetzt geschehen?«, fragte Petzig devot.

Johannes Schober strich wieder seine kurzen weißen Haare nach hinten. Seine Stimme beruhigte sich zur normalen Amtstonlautstärke. »Wie Sie wissen, war ich einmal Bundeskanzler und Außenminister in diesem Lande, und als solcher pflegte ich oft in Italien amtszuhandeln. Und dann hab ich die Interpol gegründet. Wenn jedes Land nur seine eigenen Halunken auf die Kimme nimmt, wechseln diese die Länder und lachen sich einen Ast. Na ja, lassen wir das. Der langen Rede kurzer Sinn: Ich habe mich mit den Kollegen aus Italien in Verbindung gesetzt. Die Kollegen haben mich gestern Punkt 16 Uhr zurückgerufen. Exakt um 16.13 Uhr. Sie haben diesen Emmerich Pelzer gefunden. In einem Hotel in der Rosenbucht in Portorose. Es heißt Palace-Hotel. Soll ein exquisites Hotel sein. Er wurde von unseren italienischen Kollegen bereits abgeholt. Er sitzt zurzeit in der Questura in Triest. No, was sagen S' jetzt?«

Hofrat Petzig wischte sich schnell ein paar Tropfen kalten Schweißes mit der flachen Hand von der Stirn. »Kompliment, Herr Präsident! Da kann man nur gratulieren, Herr Präsident!«

Der Polizeipräsident nestelte an seiner Nickelbrille. »No, und was gedenken Sie im Fall Pelzer jetzt zu unternehmen?«

»Ich würde sagen, dass ich Gruppenleiter Max Mitschek so schnell wie möglich nach Triest schicke. Um dort ordentlich nach dem Rechten zu sehen.«

»Wie schnell?«

»Gleich morgen.«

»Richtig, Herr Kollege. Der Kollege in der Questura in Triest erwartet unseren Beamten schon. Hier ist die Adresse.« Er überreichte Hofrat Petzig eine Visitenkarte.

»Mit Verlaub, Herr Präsident. Eines ist mir unklar.«

Der Polizeichef lud mit einer schnellen Handbewegung zur weiteren Ausführung der hofrätlichen Unklarheit hin.

»Die Kollegen aus Ungarn haben einen Auslieferungsantrag gestellt. Und wir auch. Welcher wird nun bevorzugt behandelt?«

Der Polizeipräsident strich wieder die kurzen Haare nach hinten. »Da machen Sie sich keine Sorgen. Wozu heiße ich Doktor Schober und hab die Protokolle von Venedig unterzeichnet?«

Hat er tatsächlich, unser Doktor Schober, der »Arbeitermörder von Wien«, wie ihn die sozialdemokratische Presse stets bezeichnete. Mit den Protokollen von Venedig waren am 13. Oktober 1921 die Grenzen zwischen dem ehemaligen Doppelgespann Österreich und Ungarn neu geregelt worden. Die außenpolitischen Verdienste seines Chefs waren dem Leiter des Sicherheitsbüros natürlich bekannt.

»Und haben der jungen Republik damit einen großen Dienst erwiesen«, lobhudelte Hofrat Petzig.

»Sagen Sie dem Gruppenleiter, er soll den Kollegen aus Triest ein Präsent mitbringen, aber keinen Wein aus Wien, das wäre ein kulinarisches Verbrechen. Vielleicht einen Pokal mit den Gravuren des Akademischen Gesangsvereins, bei dem ich ja ein führendes Mitglied bin. Mit besten Grüßen von mir. Sie können den Pokal bei meiner Sekretärin gleich mitnehmen.«

»Stets zu Diensten!«

»Aber eine Mensur muss der Gruppenleiter mit den Kollegen in Triest nicht bestehen!« Mit diesem Scherz – Doktor Schober wusste natürlich, dass Mensuren im faschistischen Italien nicht üblich waren – entließ er Hofrat Petzig, der nach einer höflichen Verbeugung die Visitenkarte des italienischen Kollegen einsteckte.

Im Vorzimmer brachte Petzig die Sekretärin mit der Frage nach einem Pokal des Akademischen Gesangsvereines ein wenig in Verlegenheit. Sie reichte ihm stattdessen einen farbenreichen Wimpel mit den Insignien besagten Vereines.

Bei der Rückkehr in seinen Amtsraum an der Rossauer Lände überlegte er kurz, ob die Protokolle von Venedig irgendetwas mit dem anstehenden Fall zu tun hatten. Dann zitierte er über seine Sekretärin den mit dem Fall Pelzer betrauten Gruppenleiter Max Mitschek in sein Büro. »Aber sofort!«

Fünf Minuten später stand dieser vor dem Schreibtisch des Hofrates.

»So geht das nicht, werter Mitschek. Vor über einem Monat ist im Lainzer Tiergarten eine arme Frau umgebracht worden, und noch immer weiß keiner nichts.« Petzig genoss es, nun in die Rolle des Chefs zu schlüpfen, und wählte sogar die Worte seines Vorgesetzten. »Höheren Ortes macht man sich bereits Sorgen um unsere Reputation. Und um unsere Fähigkeiten, lieber Mitschek.«

»Aber so arm war sie gar nicht. Sie hatte …«

Petzig grinste in sich hinein. Er kam sich vor wie in einem Theaterstück, das er zum zweiten Mal besuchte. »Ist mir bekannt, steht in den Akten«, so der Leiter des Sicherheitsbüros. »Welche Ergebnisse haben wir derzeit?«

Max Mitschek erwähnte seine Reise nach Budapest und stotterte über kunstfertige Moulagen, bis dem Hofrat die gruppenleiterische Stotterei zu viel wurde.

Kurz informierte er ihn über die Schritte, die der Polizeipräsident Doktor Schober bereits unternommen hatte, sozusagen außerhalb des üblichen Amtsweges. Und dass dieser Emmerich Pelzer nunmehr in der Questura in Triest sitze und möglichst bald verhört werden müsse. »Also, was werden Sie als Nächstes tun, lieber Mitschek?«

»Werter Herr Hofrat, ich werde sofort in mein Büro eilen. Dort liegt nämlich das Kursbuch der Bundesbahnen. Ich werde schauen, wann der nächste Zug nach Triest fährt!«

»Am Montagfrüh! Die erste gescheite Antwort, die ich seit Langem von Ihnen gehört habe. Also ab mit der Post, oder besser: ab mit dem Zug!«

Somit war Oberinspektor Max Mitschek entlassen. Schnell eilte er in sein Büro im zweiten Stock. Dann griff er zum zweiten Male nach dem Kursbuch der Österreichischen Eisenbahnen, die mit BBÖ abgekürzt wurden. Es lag stets griffbereit in einer seiner Läden. Auf Seite 17 fand er die Zugverbindungen nach Triest. Der Morgenzug am Montag startete vom Wiener Südbahnhof um 8.15 Uhr.

12. KAPITEL
MONTAG, 10. SEPTEMBER 1928

*Die Reise mit der Südbahn * In der Bar Tivoli * In der Questura*

Am frühen Morgen des 10. Septembers packte Max Mitschek seinen Reisepass in seinen Koffer. Noch schnell ein paar Aktenordner, dann startete er die Reise. Vorbei am Kommissariat in der Margaretenstraße eilte er zur Haltestelle des 13ers und fuhr bis zur Endstation in der Prinz-Eugen-Straße vis-à-vis des Schlosses Belvedere. Von dort hetzte er die paar Minuten zu Fuß zum Ghegaplatz und betrat die Empfangshalle des Wiener Südbahnhofes, eine riesige, fast sakral anmutende Halle im Ringstraßenstil, die Verweilende und Durcheilende in Staunen und Ehrfurcht versetzen sollte. Oberinspektor Max Mitschek staunte und ehrfurchtete nicht, da er den Empfangssaal sowieso kannte. Er kaufte noch die »Wiener Zeitung« sowie etwas Reiseproviant und setzte sich um 8.05 Uhr auf seinen reservierten Platz im Zug S 505, der die Hauptstadt der jungen österreichischen Republik mit der alten Hafenstadt Triest verband.

Pünktlich um 8.15 Uhr fuhr der Zug los. Die Fahrt war dem Italienkenner in großen Teilen vertraut. Sie streiften am Semmering an den Gebirgsstock der Alpen, der sich tückisch der Bahntrasse näherte. Der Zug wich den unzähligen Tunnels und Viadukten nicht aus, sondern konterte kämpferisch, mit lautem Grollen, dem Gebirge. Sodann entkamen sie dem Gefänge der Berge und glitten entlang der Mürz, der kleinen Mur, und sodann längs der Mur in die sanften Ebenen. Die Grenzkontrollen ließ unser Krimineser über sich ergehen, er erinnerte sich ein wenig nostalgisch an jene monarchistische Zeit, als er mit dem Zug S 3 auf direktem Wege in die Hafenstadt an der Adria gereist war.

Sein Vater, ein einfacher Beamter im k. k. Eisenbahnministerium, hatte ihn in den damaligen Hafen der Haupt- und Residenzstadt Wien geschleppt. Als dieser ihm das erste Mal in seinem Leben das Geheimnis des Meeres gezeigt hatte, waren sie oberhalb von Triest an der Karstkante beim Obelisken gestanden, neben ihnen das aufblühende Hotel Obelisco, und er war ziemlich enttäuscht vom Anblick der Unendlichkeit des Meeres gewesen. Links hatte er auf das geschäftige Treiben der Hafenstadt hinuntergeschaut, mit dem riesengroßen Bahnhof, an den die Verladerampen anschlossen, dann auf den eigentlichen Hafen mit den vier oder fünf ins Meer hinausragenden Molen. Rechts hatte sich der bleierne Dunst mieselsüchtig über das Meer gehüllt, das Mitschek so weder in seiner Unendlichkeit angelockt noch durch das angebliche Schillern der Farben entzückt hatte. Er hatte sich als patriotischer junger Österreicher lieber dem Obelisken zugewandt, der an der Karstkante auf einem kleinen Ehrenhügel stand. Er verwies auf Kaiser Franz I., der die »Strada Nuova per Opicina« errichten ließ. »Villa Opicina« hieß das nächste Dorf, in das jene Straße führte. Doch der alte und der junge Mitschek hatten einen Besuch gemieden, da sich die Einheimischen in diesem Villa Opicina bevorzugt auf Slowenisch unterhalten hatten.

Das war Jahre vor dem Großen Krieg gewesen, und der junge Max Mitschek sollte der Erste in einer langen Reihe von Mitscheks sein, der nicht in den privilegierten Dienst der k. k. Eisenbahnen eintrat. Nicht gerade zur Freude seines Vaters begann er 1898 als Konzeptspraktikant im Kommissariat Innere Stadt, wechselte später ins Polizeipräsidium, um nach dem Großen Krieg als Gruppenleiter im Sicherheitsbüro für Recht und Ordnung zu sorgen.

Mittlerweile gehörte die Hafenstadt, die Mitschek nach zahlreichen weiteren Besuchen mit seinem Vater doch noch schätzen gelernt hatte, zu Italien. Die Faschisten mussten sich gehörig ins Zeug legen, um die Bewohner der Stadt weit im Nordosten des Stiefelschaftes von den Vorteilen der neuen Ordnung zu überzeugen. Aber seit 1918 war ja alles anders. Bei den Friedensverträgen konnte die Südbahn als extraterritoriale Verkehrsverbindung nicht gerettet werden, weil die jeweiligen Nationalstaaten begierig nach ihrem Teil an der einst so glorreichen Bahnverbindung haschten.

Zurück zur Zugreise. Als der S 505 um 17.12 Uhr in Laibach eintraf, stöberte Oberinspektor Max Mitschek zum hundertsten Male durch die Akten der Causa Emmerich Pelzer, wobei er nunmehr die Schlüsse seines Chefs in mehr oder weniger routinemäßiger Dienstfertigkeit übernommen hatte: Der Pelzer ist der Mörder.

Im Karst, die Bahntrasse verlief tief eingekeilt im beidseits hoch aufragenden Gestein, döste Mitschek über seiner Akte ein, und er musste sich zehn Sekunden lang die Augen reiben, als der Zug um 21.35 Uhr bei vollkommener Dunkelheit in Triest die Stazione Centrale erreichte. Die kolossale Empfangshalle schien ihm wie ein Duplikat jener Halle am Wiener Ghegaplatz, als Zwillingsbau des Wiener Südbahnhofes, deren Verbindung in der Monarchie die klassische Südbahnstrecke gebildet hatte.

Nach dem Verlassen der Halle stellte unser Oberinspektor seinen Koffer ab und zog die salzige Meeresluft durch seine Nasenflügel. Witterte er das Aroma ihm namentlich unbekannter Kräuter des Mittelmeeres? Umklammerte ihn eine nicht näher zu definierende Aura, die wir als mediterran bezeichnen könnten und die durch seinen Körper strich und das Herz des Junggesellen betörte?

Der Kriminalbeamte schüttelte seinen Kopf, um die mediterrane Aura vorerst zu bannen und zu vertreiben, nahm den Koffer und überquerte die Piazza della Libertà. Die Statue der Kaiserin Elisabeth war verschwunden, da die Kaiserin im jungen Königreich Italien als feindliche Ausländerin galt. Oberinspektor Max Mitschek schlenderte über die Via Ghega zur Piazza Oberdan*, die ihm noch als »Kasernenplatz« vertraut war. Im Hotel Albergo alla Posta hatte er ein Zimmer bestellt. Er befand sich auf historischem Boden, mündete doch die alte, von Wien herführende Reichsstraße hier auf den Kasernenplatz und stieß über die Via di Vienna bis zum Canale Grande vor, zum eigentlichen Umschlagplatz der aus fernen Ländern eingeschifften Südfrüchte, Weine und Gewürze. Die Reichsstraße war der Grund für die gewinnbringende und damit von den jeweiligen Regenten des Reiches geförderte Verbindung zwischen der Adriastadt und der Donaumetropole gewesen.

Unser Oberinspektor hielt sich nicht lang im Zimmer auf, sondern trat wieder auf die Piazza Oberdan, wo er im Dunkel der Nacht die Umrisse mehrerer faschistischer Neubauten sichtete, die im Norden des stark frequentierten Platzes errichtet worden waren. Er wollte sich bei einem Wein auf seine morgige Arbeit besinnen und steuerte eine Bar in der nächsten Seitengasse an. In der Bar Tivoli bestellte er einen Refosco. Die Aktenmappe legte er auf das kleine Tischerl, schlug sie jedoch noch nicht auf.

»Auf dich, du Mörder!«, flüsterte er, ehe er den ersten Schluck aus dem Glaserl nahm. Nach dem zweiten Glaserl freute er sich klammheimlich darauf, seinem Chef zu

* Benannt nach Wilhelm Oberdank/Gugliemo Oberdan. Der aus Triest stammende Sohn eines Österreichers und einer Slowenin war Vertreter der italienisch-nationalistischen Ideologie und plante ein Attentat auf Kaiser Franz Joseph I. bei dessen Triest-Besuch im Jahr 1882. Das Attentat wurde verhindert, Oberdan hingerichtet und später in Italien zum Märtyrer erhoben.

berichten: »Mörder erwischt, wird ausgeliefert!« Und nach dem dritten Glaserl – in Triest sind die Gläser ein wenig kleiner als in Wien – sah er Pelzer in einer dem Weine geschuldeten Fantasie bereits vor dem Tribunal.

Als er das vierte Glas geleert hatte, war er so in Siegesstimmung, dass er zum Abschied noch einen Grappa hinunterleerte, ehe er ins Hotel zurückkehrte. Dort fiel er in den ihm zustehenden italophilen Schlummer.

Am nächsten Tag eilte er zur Questura an der Ecke Via Matteo Demenego/Via Teatro Romano. Die italienischen Kollegen waren auf Pünktlichkeit erpicht, von einem behäbigen Schlendrian war nichts zu bemerken. Dem Kollegen mit den meisten Tressen überreichte Mitschek jenen Wimpel vom akademischen Gesangsverein, den ihm die Sekretärin des Wiener Polizeichefs mitgegeben hatte. »Mit vielen Grüßen von unserem Polizeichef Hofrat Doktor Schober!«

Der stark Betresste reichte den Wimpel kommentarlos seinem vermutlichen Assistenten und brachte unseren Inspektor in den Verhörraum.

Dort saß hinter dem Vernehmungstisch, bewacht von zwei Kollegen, der Herr Emmerich Pelzer.

Max Mitschek sah zum ersten Mal den angeblichen Mörder der Luzzy Pelzer. Fahl war er, blass, die Augen eingefallen. Vielleicht weil er wusste, dass in ein paar Minuten seine Enthüllung als gemeiner und grauslicher Mörder bevorstand. Dem widersprach jedoch seine entspannte Haltung: Die Rechte hatte er über die Lehne des Sessels gestreckt, wie ein glorioser Balkan-Gigolo lümmelte er herum. Ahnte er etwa doch nicht, welch schwerer Verdacht auf ihm lastete? Dass die nächsten Minuten über sein weiteres Leben, womöglich sogar über seinen Tod entscheiden könnten?

Oberinspektor Max Mitschek nahm Pelzer gegenüber Platz, stellte sich vor und startete mit der üblichen Routinefrage: »Sind Sie Emmerich Pelzer?«

»Ja.«

»Geboren in Stuhlweißenburg?«

»Ja.«

»Am 12. November 1901?«

»Ja.«

Aha, der spielte den Braven, den Unbescholtenen. Er wurde weder aggressiv noch konterte er mit Gegenfragen noch beschwerte er sich über seine vorläufige Inhaftierung. Also weiter. »Familienstand?«

»Verheiratet.«

»Verheiratet sind Sie? Wann haben Sie Ihre Gemahlin das letzte Mal gesehen?«

»Vor etwa einem Jahr, glaube ich. In Karlsbad.«

Max Mitschek blickte eindringlich in die Augen seines Gegenübers. »Eine Ihrer Antworten war falsch. Sie sind nicht mehr verheiratet.«

»Ah ja?« Die blassen Augen richteten sich starr auf den Oberinspektor. »Und wieso bin ich nicht mehr verheiratet?«

»Weil Sie verwitwet sind.«

»Ah ja. Dann bin ich wohl nicht der Emmerich Pelzer.«

»Lassen Sie die Spasseteln. Ihre Frau Luzzy Pelzer ist am 17. Juli in Wien ermordet worden. Und wir haben Grund zur Annahme, dass Sie der Mörder sind!«

Nicht einmal jetzt erfolgte eine emotionale Reaktion des noch immer entspannt sitzenden Ungarn. Er zog seine Hand von der Sessellehne, kratzte an seinem rechten Ohr und hüstelte asthmatisch. Der Oberinspektor fixierte ihn genau, da die spontane Reaktion des Herrn Pelzer von entscheidender Bedeutung war.

Emmerich Pelzer verzog langsam, ganz langsam seinen Mund zu einem breiten Grinsen. »Dass ich nicht lache, Herr Inspektor!« Er hob sein rechtes Bein und legte es über den Oberschenkel des linken. Nun schaute er wirklich wie ein Balkan-Gigolo aus. Oder wie ein Freiherr von Feldegg. »Im Gegenteil, lustig ist das überhaupt nicht, was Sie mir soeben gesagt haben!«

Es folgte ein dreimal übers Kreuz geführtes Verhör zwischen dem angeblichen Mörder und dem Oberinspektor, in dem Pelzer manches erzählte, anderes verschwieg.

Der Hofsekretär Freiherr Graf Pelzer von Feldegg hatte im Juli 1927 die Bäderstadt Karlsbad und das mondäne Hotel Pupp verlassen. Von den Schmuckstücken und dem Bargeld, das er seiner Gemahlin entwendet hatte, erwähnte er beim Verhör vorsorglich nichts. Vor allem nicht von der Summe des Bargeldes. Er gab nur an, dass er seine gesammelten Wertgegenstände in Wien an einen befreundeten Kaufmann namens Franzl Berger verkauft hatte, dem am Rabensteig im ersten Gemeindebezirk ein Juwelierladen gehörte. In Österreich hatte er nach seiner Abreise aus Karlsbad nicht bleiben wollen, da er eine Anzeige seiner völlig hysterischen und unzurechnungsfähigen, zudem prinzipiell eifersüchtigen Gemahlin wegen Diebstahls und Veruntreuung gefürchtet hatte. Also war er über Triest geradewegs nach Portorose gereist, wo er im Palace-Hotel wieder Quartier bezogen hatte, um seinen Hotelalmanach ambitioniert fortzusetzen.

Gerade hatte er die vermaledeite Geschichte mit dem Herrn Reininghaus und dem Leiter des Generalstabes des Habsburgerheeres, Franz Conrad von Hötzendorf, erfahren und war drauf und dran, diese Geschichte aufzuschreiben, da traf er Frau Gertrude von Koch, eine 35-jährige Hamburgerin, die ihm mit ihren blonden Locken aufgefallen war. Ihre herrlich bernsteinfarbenen Augen hätten ihn davon abgehalten, an seinem ambitionierten Hotelführer weiterzuschreiben. In Wirklichkeit waren es nicht die Augen, sondern die Marie, wie man in Wien die Moneten bezeichnete, doch das erzählte er nicht. Der Vater von Gertrude war ein deutscher Großindustrieller, der mehrere Bauxitwerke in Japan besaß, ihr Mann ein höherer Marineoffizier, der das gesamte Jahr auf fernen Meeren seinen Dienst verbrachte. Zudem war ihr Bankkonto mit einer sechsstelligen Mark-Summe gedeckt. Das machte aus der dicklichen Frau Gertrude eine bezaubernde Schönheit. Und ihren ebenfalls dicken Dackel, den sie an der Leine überallhin mitzog, nahm Pelzer auch in

Kauf. Der langen Rede kurzer Sinn: Ein Freiherr von dingsda konnte sich solch eine Frau Gertrude wahrlich nicht entgehen lassen.

Seither lebte er ausführlich auf Kosten seiner Gertrude von Koch. Sein Schmäh mit dem zu verfassenden Almanach klappte nach wie vor überzeugend. Und wie es der Zufall will: Der Italienischlehrerin aus Görz, die die Villa Berander in Piran gekauft hatte, waren das Haus und der große Garten mit den vielen Feigenbäumen zu weitläufig. Frau Gertrude aber war ganz hingerissen von der Villa, und so war innerhalb von wenigen Tagen ein für beide Seiten verträglicher Preis ausgemacht. Frau Gertrude übersiedelte die paar Kilometer vom austriakischen Hotel in die Villa in der venezianischen Hafenstadt. Hier konnte der dicke Dackel ungestört sein Nickerchen im Schatten der Feigenbäume machen. Und Frau von Koch konnte von der steinernen Mauer bei den Kakteen auf das unerschöpfliche Meer in Richtung Grado blicken.

Pelzer machte ihr weiterhin den Hof, unterhielt sie und gab ihr das Gefühl, unwiderstehlich zu sein. Sie übernahm die Kosten für sein Zimmer im Palace-Hotel, auch wenn er immer seltener dort übernachtete. Auf keinen Fall wollte sie ihn verlieren.

Was er dem Oberinspektor ebenfalls höflichst verschwieg: Als seine Gertrude und er im Salon der Villa Berander hinter dem Gemälde eines unbekannten Malers ein Geheimfach entdeckten, langten sie nach einer Vielzahl von Broschen, Ketten und Colliers, die höchstwahrscheinlich seine Ehegattin beim Verkauf der Villa an die Italienischlehrerin vergessen hatte. Seine Gertrude hatte blitzartig das Fach ausgeräumt und den Inhalt einem in Triest lebenden und mit ihrem Vater gut befreundeten Juwelier verkauft.

Was Pelzer hingegen erzählte: Von der Villa Berander aus hatten sie manche Ausflüge unternommen. So waren sie am 11. Feber 1928 nach Sankt Moritz gefahren, wo sie mit mittlerem Interesse die zweiten Olympischen Winterspiele verfolgt hatten. Dann waren sie – zumeist mit Mietwagen – nach Süditalien gereist und hatten jeweils ein paar Tage in Capri, in Ischia und in Pompeji verbracht. Im Frühsommer waren sie nach Norditalien in die berühmten Orte mit der Endung »o« gefahren, nach Duino, Grado und Lido.

Max Mitschek hatte den Ausführungen des Gigolos wacker zugehört. Jetzt reichte es dem Oberinspektor jedoch. »Das mag ja alles richtig sein. Aber wo waren Sie am 17. Juli des heurigen Jahres?«

»Wieso?«

»Das hab ich Ihnen schon gesagt. Hören Sie mir denn nicht zu? An diesem Tag ist Ihre Gemahlin umgebracht worden!«

»Ah ja. Wann, haben Sie gesagt, am 17. Juli?« Herr Pelzer starrte Mitschek mit seinen fahlen Augen an und hüstelte.

»Warum haben Sie Ihre Gemahlin umgebracht? Weil sie die Scheidung von Ihnen wollte und Sie nach der Scheidung ohne Geld, völlig mittellos dagestanden wären? Weil Sie bei Ihrer Gemahlin hoch verschuldet waren?«

Emmerich Pelzer war noch immer die Ruhe in Person. »Aber, aber, Herr … Wie war Ihr Name?«

Unfreundlich murrte sein Gegenüber: »Oberinspektor Maximillian Mitschek!«

»Richtig, Herr Oberinspektor. Also, da muss ich Sie leider enttäuschen. Im Juli war ich in Venedig. Oder auf Grado. Oder bei Duino. Mein Gott, ich kann mir nicht alles merken. Und die Scheidung von meiner Frau Gemahlin, Herr …«

»Oberinspektor!!!«

»Herr Oberinspektor«, bei der Erwähnung dieses Titels verzog Pelzer despektierlich die Nase. »Die Scheidung wollte ich selber, um meine Geliebte, also meine geliebte Gertrude, heiraten zu können. Wenn meine Frau Gemahlin tot ist, wie Sie, Herr Oberinspektor, mir zu erklären belieben, wird einer Trauung sowieso nichts im Wege stehen.«

»Außer Ihre Tat! Dann ist das Ihr Motiv: Mord, um frei zu sein für eine neue Ehe! Wir haben Beweise, dass Sie nach Wien gefahren sind. In der Nacht vom 16. auf den 17. Juli. Und am 17. haben Sie Ihre Frau umgebracht. War es nicht so?« Mitschek legte frohlockend ein Telegramm aus Maribor auf den Tisch, abgeschickt vom dort waltenden Zoll. Eine Person namens Pelzerne hatte im Nachtzug vom 16. auf den 17. Juli die Grenze nach Österreich überquert. »Woher hatten Sie eigentlich die Pistole?«

»Soso, eine Pistole hab ich auch gehabt?«

»Ihre werte Frau Gemahlin hat sich die Schussverletzungen nicht selber zugefügt!«

»Dann bin ich also gezwungen, unser kleines Verständigungsproblem auszuräumen.« Er beeilte sich jedoch gar nicht mit der sogenannten Ausräumung, sodass er die Nerven des auf ein Geständnis wartenden Max Mitscheks zum Bersten spannte. Aus purem Desinteresse gähnte er, bevor er sagte: »Wie Sie wissen, habe ich die ungarische Staatsbürgerschaft. Wenn ich eine Frau heirate, wird sie bei Ihnen Frau Pelzer genannt. In Ungarn wird ein ›ne‹ hinter den Namen angehängt, die Frau heißt dann Pelzerne.« Er winkelte das linke Bein über den rechten Oberschenkel. »Haben Sie sonst noch etwas in Triest zu tun? Wollen Sie einen Presnitz kaufen? Sehr zu empfehlen. Der Name kommt übrigens von Principessa, wussten Sie das? Die wiederum auf die Kaiserin Elisabeth verweist …«

»Moment, Moment, so schnell kommen Sie mir nicht davon«, grantelte der Gruppenleiter. »Presnitz hin oder her. Sie sagen selbst, Sie haben Autos gemietet. Also könnten Sie mit einem Mietwagen die Grenze nach Österreich überquert haben und nach Wien gekommen sein.«

»Guter Einwand, Herr von Oberinspektor. Einen Augenblick.« Herr Pelzer wandte sich an die italienischen Polizisten und fragte diese auf Italienisch, ob eine im Gang wartende Frau Gertrude von Koch am Gespräch – er verwendete das Wort »Gespräch« – teilnehmen könne. Die Questurianer berieten kurz, dann verließ einer den Verhörraum und kehrte nach 30 Sekunden mit ihr zurück: Frau Gertrude von Koch, blonde Haare, bernsteinfarbene Augen, etwas dicklich um die Leibesmitte, sozusagen unproportionös. An der Leine ein dicker Dackel.

Wir wollen wieder die krummen Ecken des Kreuzverhöres überspringen und uns auf das Wesentliche konzentrieren.

Wie fast alle Deutschen neigte Frau Gertrude zu penibler Genauigkeit und zur kleinlichen Überprüfbarkeit aller Vorkommnisse. Sie holte aus ihrer Tasche ein Tagebuch und begann zu blättern. Am 15. Juli 1928 hatte Herr Emmerich Pelzer in Grado ein Automobil gemietet. Am 17. Juli waren sie nach Venedig weitergereist. Bei einer Kreuzung mit der Eisenbahn in der Nähe von Treviso hatten die Bremsen des Kraftwagens versagt, Herr Pelzer hatte den Wagen verrissen und war in einem Baum neben der Kreuzung gelandet. Dabei hatte er sich den Nasenknorpel gebrochen. Die Behandlung im Spital konnte Frau von Koch mit einem Behandlungsschein belegen. Weiters war das kaputte Fahrzeug in einer Werkstatt abgestellt worden, Herr Pelzer hatte für die Dauer der Reparatur einen neuen Wagen erhalten. Auch dafür legte Frau Gertrude von Koch Belege auf den Tisch. Den Abend respektive die Nacht des Unfalls hatten sie im Hungaria Palace in Venedig verbracht.

Oberinspektor Max Mitschek verdrehte die Augen, atmete tief durch, fuhr sich mit den Händen übers

Gesicht und verspürte eine unheimliche Sehnsucht nach einem Glas Refosco. Vielleicht sollte er ganz laut »Scheiße« schreien. Oder: »Die Ungarn sind alle deppert!« Oder: »Hurerei und Bigamie!« Doch er nahm sich zusammen und überspielte mit soldatischer Disziplin seine kurzfristigen Emotionen.

Schnell stellte er noch eine Frage: »Herr Pelzer. Wann waren Sie das letzte Mal in Wien?«

Herr Pelzer starrte stumm auf seine Gertrude, und die Gertrude mit dem Dackel antwortete: »Gar nicht waren wir zusammen in Wien, sonst hätte ich es ja eingetragen in mein Tagebuch!«

»Ich spreche nicht mit Ihnen, sondern mit dem Herrn Pelzer. Also: Wann waren Sie ...«

»Das hab ich Ihnen schon zu antworten beliebt. Vor meinem Aufenthalt in Karlsbad, also im Juli 1927. Und noch etwas, Herr ...«

»Oberinspektor!«

»Herr von Oberinspektor. Ich wollte mich von meiner Frau scheiden lassen. Und nicht umgekehrt. Weil ich dann meine geliebte Gertrude hätte heiraten können.«

»Das haben Sie bereits erwähnt, Herr Pelzer.«

»Pelzer, Graf von ...«

Verdammter Balkan-Gigolo, dachte Mitschek. Das hatte er davon, wenn er dem Chef des Sicherheitsbüros, dem Hofrat Petzig, Glauben und Vertrauen schenkte. Und dazu den Schmieranten von der Presse. Schon wieder tauchte ein Glas Refosco vor seinen verschlossenen Augen auf. Dazu ein Grappa. Die Luzzy Pelzer war am

17. Juli im Lainzer Tiergarten in Wien erschossen worden. Am selben Tag hatte ihr Mann einen Autounfall in Treviso gehabt und sich die Nase gebrochen. Also konnte er nicht der Mörder sein.

Max Mitschek blickte missmutig auf das holde Liebespaar, danach noch missmutiger auf die italienischen Kollegen. »Bitte um eine Kopie vom Behandlungsschein im Spital und vom Lieferschein für den Ersatzwagen. Wenn es geht, sofort.« Dann murmelte er: »Meine Dame, meine Herren, ich danke für dieses Gespräch und wünsche Ihnen für die Zukunft das Allerbeste.« Er grüßte niemanden, er schüttelte keine Hand, er entschuldigte sich nicht. Wie ein geprügelter Hund schlich er auf den Gang, um auf die Kopien zu warten. Auf die Idee, den falschen Grafen wegen Führung falscher Adelstitel geschweige denn diverser Zollvergehen beim Schmuggel von Pelzen und Schmuck zu befragen, kam er nicht. Der Oberinspektor wollte nach dem Verhör nur mehr raus aus der Questura.

Am Abend kehrte Max Mitschek wieder in der Bar Tivoli ein. Um seinen Kummer zu bekämpfen, bestellte er einen Refosco. Er beobachtete den Barkeeper, was ihn von seinen trüben Gedanken ablenkte. Dieser schubste die schalenförmige Zuckerdose mit einem kräftigen Stoß über die geschwungene lange Theke bis zum jeweiligen Kaffeetrinker, der die Dose nach Entnahme des Zuckers kommentarlos zurückstieß. Kaffeeschale oder Gläser platzierte der Keeper mit Wucht, gleichzeitig mit einer ästhetischen Grandezza auf die Bar vor den jeweiligen Kunden.

Nach dem dritten Refosco wusste Max Mitschek: Er wollte noch ein wenig in Italien bleiben. Es war September, das Wetter noch sommerlich heiß, es wehte keine Bora. Nach dem vierten Refosco überfiel ihn eine Erleuchtung: Diese Luzzy Pelzer hatte doch eine Wohnung in Piran! Wer weiß, was in dieser Wohnung alles herumkugelte! Am Ende sogar Beweismittel! Also gehörte es zu seinen dienstlichen Verpflichtungen, diese Wohnung zu überprüfen und möglicherweise zu perlustrieren! Stolz auf seinen genialen Einfall bestellte er seinen Abschiedsgrappa. Dann konstatierte er mit weinseliger Zufriedenheit, dass seine Fahrt nach Triest nicht vergeblich war.

13. KAPITEL
DIENSTAG, 11. SEPTEMBER 1928

*Im Caffè Venezia * In Luzzy Pelzers Wohnung * Die Briefe aus der Lade*

Am folgenden Tag fuhr Max Mitschek mit dem Schiff von Triest nach Piran. Zur Zugfahrt konnte er sich nicht durchringen, obwohl die Route erst längs des Meeres und sodann durch zwei Tunnels nach Portorose geführt hätte. Aber mit seinen italophilen Ambitionen zog er eine Fahrt mit dem kleinen, schaukelnden Linienschiff über das noch sommerlich dunstende Meer vor.

Das Schiff legte an der Mole an. Er überquerte den Tartini-Platz. Musik, selbst italienische Musik, gehörte nicht zu seinen fachlichen Kompetenzen, deshalb sagte ihm der Name des Teufelsgeigers nichts. Er nahm auch nicht die Überbleibsel der österreichischen Vergangenheit wahr, obwohl die Stadt bis vor rund zehn Jahren zur Monarchie gehört hatte. Im Gegenteil, der Platz mit den angrenzenden Bauten erinnerte ihn stark an Venedig.

Im Caffè Venezia fragte er nach dem Weg zum Pfarramt. Doch im Caffè konnte niemand Deutsch, und als er es auf Italienisch versuchte, antwortete der Kellner bloß mit einer despektierlichen Handbewegung. Ein bemühter Gast warf ihm mit finsterer Miene einige Brocken in slowenischer Sprache zu.

Max Mitschek erinnerte sich, dass er vom Hafen aus eine Kirche oben auf dem Berg gesehen hatte. Vielleicht war dort das Pfarramt. Da hinauf fand er auch ohne genaue Hinweise. Er verließ das Caffè und machte sich auf den Weg durch die engen, verwinkelten, kaum einer geraden Linie folgenden Gassen, stieg die vielen Stufen, die auf die steile Klippe führten, hinauf und spähte durch die offenen Tore der Häuser, durch die er in beengte und niedrige Räume lugte. Darin hockte ab und zu ein schwarz gekleideter Hausdrachen.

Endlich oben, vis-à-vis des Pfarramtes das gesuchte Haus. Er trat durch die Pforte und wurde prompt von einem dieser verrunzelten Hausdrachen aufgehalten, wie er sie beim Anstieg gesehen hatte. Laut zeternd versperrte die alte Frau ihm mit einem Reisigbesen den Weg. Also hielt er ihr die österreichische Kriminaldienstmarke vor die böse blickenden Augen, obwohl er wusste, dass diese auf italienischem Territorium nicht gültig war. Der Hausdrachen beendete vorderhand sein Gezeter und stierte auf den Ausweis. Unser des Italienischen einigermaßen mächtige Oberkrimineser fragte nach Luzzy Pelzer.

Ohne es zu wissen, war Mitschek genau an die richtige Person gelangt, die einen Schlüssel zu Luzzys Wohnung gleich gegenüber hatte. Zehn Minuten später öffnete ihm der Hausdrachen die Tür im ersten Stock. Max Mitschek trat ein und war perplex: Die Wohnung war zum Bersten voll. Die nächsten drei Stunden war er damit beschäftigt, sich einen Überblick über das Inventar zu verschaffen.

Nichts deutete darauf hin, dass die Luzzy einen längeren Wien-Aufenthalt eingeplant hatte. Kleider, Schuhe und Strümpfe interessierten ihn nicht. Auch das genaue Sichten mehrerer mit Broschen und Ringen gefüllten Läden und Taschen ließ er vorerst bleiben. Als erfahrener Krimineser ahnte er: Da muss noch etwas Interessanteres sein.

Richtig. Im Schlafzimmer wurde er fündig. An jenem Ort, wo in der Regel vieles im Verborgenen geschah. Er richtete seine Schritte zu einem Regal mit mehreren Läden. In der obersten Lade fand er Sparbücher mit geringen Einlagen, dazu einige Wertpapiere, deren Wert er im Moment nicht einordnen konnte. In der dritten Lade entdeckte er viele Briefe, 40 oder 50 Stück, außerdem ein paar Postkarten. Als er die Briefe überprüfte, fiel ihm auf, dass es sich fast immer um denselben Absender handelte. Franz Berger aus Wien, Rabensteig 1.

Mitschek setzte sich auf die Bettkante und atmete tief durch: der Kaufmann Franz Berger? Der Jude, der höchstwahrscheinlich die Pretiosen der toten Luzzy gekauft hatte? Was hatte der privat mit der Luzzy zu tun?

Also las er die Briefe, die ersten genau, die weiteren überflog er. Alles Liebesbriefe, heiße Liebesbriefe, in denen von einer immerwährenden Liebe die Rede war. Unterzeichnet mit »Dein dich liebender Franzl«! So eng waren die beiden aneinander geklammert?

Nachdem er die Briefe gelesen hatte, entdeckte er in der untersten Lade ein Telegramm. »Erwarte freudigst deine Ankunft am Bahnhof. Dein Franzl.« Es war am 16. Juli 1928 in Wien aufgegeben worden. Also wird der Herr Franzl seine Luzzy am 17. Juli am Südbahnhof abgeholt haben! Zu welchem Zwecke? Wenn er sie liebt, bringt er sie doch nicht um? Oder gab es da etwas, das Mitschek bis jetzt noch nicht wusste?

»Retroaktive Perseveration« nannte unser Gruppenleiter sein Verhalten, da er selbst beim Rasten auf der Couch – nein, nicht bei einem in Wien praktizierenden und von den Damen der Gesellschaft freudig konsultierten Seelenklempner in der Berggasse, sondern auf der Couch in Luzzys Wohnung – beinahe zwanghaft an den Wiener Kaufmann und Juwelier denken musste. Egal, er steckte die Briefe und das Telegramm in seine Reisetasche – illegalerweise. Selbst ein Kriminalbeamter, der auf Ordnung bedacht war, muss in gewissen Fällen die Ordnung außer Kraft setzen, um dadurch eine höhere Ordnung herzustellen.

Als er das Haus verließ und die Schlüssel mit drei knappen Komplimenten dem piranesischen Hausdrachen zurückgab, erkundigte er sich über die fesche Frau vom ersten Stock.

Der Hausdrachen vom ersten Stock antwortete: »Ja, die Frau Pelzer war immer sehr großzügig. Sie brachte stets aus Wien Geschenke mit, meistens etwas Süßes. Ich erinnere mich an eine orange Packung, auf der eine gotische Kirche mit einem Riesenturm abgebildet war. Mit Gotik kennen wir uns hier aus, wissen Sie. Und ja, sie empfing häufig Herrenbesuche, nein, nur ein Herr, ein gewisser Doktor Berger. Mit Schnurrbart und vorgestrecktem Kinn. Der war auch sehr fesch, hat Maßschuhe getragen, so etwas sehe ich auf den ersten Blick. Der Doktor Berger blieb meist über Nacht hier und ist dann weitergefahren.«

Soso, dachte Max Mitschek, alle protzen mit nicht existierenden Titel, der eine gab sich als Graf aus, der andere als Doktor. »Hat die Frau Pelzer sich über diesen Herrn Berger einmal geäußert?«

»Ja, sie sagte zu mir, dass der fesche Herr Doktor sie eine Stange Geld koste.«

»Hat sie bei ihrer Abreise erwähnt, wann sie zurück nach Piran kommen will?«

»Nein. Aber sie ist fortgefahren mit fünf Koffern! Wie auf eine lange Reise. Ich bin mit ihr hinunter zum Schiff gegangen, und sie hat mir ein paar Flaschen Wein geschenkt. Wollen Sie den Wein sehen?«

»Nein, danke, nicht notwendig.«

»Wann wird denn die Frau Pelzer zurückkommen?«, fragte der Hausdrachen.

»Ich fürchte, überhaupt nicht mehr. Sie ist nämlich vor ein paar Wochen in Wien ermordet worden.« Er ließ den mit gewaltiger Stimme Zeter und Mordio tobenden Hausdrachen zurück und bemühte sich, mit der Reisetasche schnell die Stufen hinunterzusteigen.

Seine Mission in Piran war von Erfolg gezeichnet, und er konnte so den fatalen und ärgerlichen Irrtum in Triest ausgleichen. Als Meister des Ausgleichs stand er lange freihändig auf dem Deck des kleinen Schiffes und balancierte das Schwanken aus. Dabei schaute er starr zur am Fels thronenden Kirche des heiligen Georg mit dem heiligen Michael auf dem Turm. Als das Schinakel stärker schwankte, griff er sicherheitshalber mit einer Hand nach dem Geländer auf dem Deck.

14. KAPITEL
FREITAG, 14. SEPTEMBER 1928

*Im Geschäft am Rabensteig * In der Wohnung in der Spiegelgasse * Im Büro*

Schimany seufzte. Sein Chef hatte nach seiner Rückkehr aus Triest ein Ermittlungsteam zusammengestellt, das alle Daten eines gewissen Franz Berger eruieren sollte. Mögliche Vorstrafen, Wohnadressen, Bankauskünfte, private Verhältnisse, Verwandte oder Bekannte. Und alle zur dringlichen Eile aufgefordert. Warum, fragte sich Schimany, wenn der Hauptverdächtige, der Herr Ehemann, da unten von der Polizei schon geschnappt worden war? Oder hatte sein Chef eine neue Spur und ließ seine Mitarbeiter wie üblich im Dunkeln hantieren? Warum war er, Schimany, überhaupt auf diesen Doktor Franz Berger angesetzt? Der nie in seinem Leben irgendein Studium vollendet hatte, also sicher kein Doktor war? Viel hatte er ohnedies nicht über ihn gefunden: Der Franz Berger hieß eigentlich Chajm Kohn, geboren 1890 in Proßnitz bei Olmütz, dem heutigen Prostějov. Nach 1918 – über den Kriegsdienst war nicht viel bekannt – hatte er sich als Schauspieler, besser gesagt als ein in der Provinz tingelnder Wanderdarsteller, mühsam seinen Unterhalt verdient. Und dieser Provinztingler, der sich alsbald nicht mehr Chajm Kohn, sondern wienerisch Franz Berger nannte, hatte sich ausgerechnet in Julie Steinlechner verliebt, die Tochter des reichen, in der Wiener Spiegelgasse 21 residierenden Pelzhändlers Sami Steinlechner. Dieser wollte seine Tochter keineswegs einem miesen Gelegenheitsarbeiter zur Frau geben, also flüchtete Julie 1923 aus dem Haus ihres Vaters, mit zwei Koffern, einem Ring und mehreren Colliers. Alternativvariante der Ereignisse: Chajm Kohn alias Franz Berger hatte seine Julie aus dem Haus des frommen Juden Sami Steinlechner entführt. Dieser, vollkommen indigniert über diesen barbarischen Akt, hatte beide angezeigt, Chajm und Julie. Nicht wegen Entführung, das ging nicht, Julie war längst volljährig. Sondern wegen Diebstahls des Ringes und der Halsketten.

In der Zwischenzeit hatte Franzl Berger die Colliers und den Ring längst im böhmischen Karlsbad, in der reichen Bäderstadt, Leo Moser, einem bekannten Industriellen und Eigentümer einer Glasfabrik, verkauft. Aus dem Erlös hatte Franzl Berger schließlich in Wien am Rabensteig 1 im 1. Bezirk einen Juwelierladen erworben. Die Anklage des alten Juden Steinlechner war von den Behörden nicht weiter verfolgt worden, da Ring und Halsketten unauffindbar waren. Julie war 1924 reumütig zu ihrem väterlichen Pelzhändler in die Spiegelgasse zurückgekehrt, da sie das gemeinsame Lotterleben mit diesem Feschak und Frauenheld nicht mehr goutierte. Der alte Sami Steinlechner war kurz darauf eines eigenartigen Todes gestorben, er soll sich in seiner eigenen Wohnung aufgehängt haben. Aber über diesen Selbstmord existierten nur Gerüchte. Jedenfalls war nach dem Tod des alten Steinlechners der Feschak und Frauenheld Franzl Berger in der vaterlosen Wohnung in der Spiegelgasse aufgetaucht und hatte seiner Julie ewige und immerwährende Treue geschworen. Da die Wohnung sich über das gesamte Stockwerk erstreckte, hatte er seine unbehauste alte Mutter Leopoldine mitgenommen. Ob das Zusammenleben von Julie und Franzl halbwegs harmonisch verlaufen oder eher von Zwist und Hader gezeichnet war, konnte Schimany mangels Anhaltspunkten nicht feststellen. Franzl schenkte ihr jedoch nachweislich teure Perlenketten und Perlenringe, wie auf Fotos eindeutig zu erkennen war.

Anhand der Fotos konnte sich Schimany auch ein Bild der Steinlechner-Tochter Julie machen: Fesch war sie, die kurzen Haare waren zu einem Lockenkopf geformt, bei einem Farbfoto würden die kastanienbraunen Haare auch kastanienbraun leuchten. Ein auffallend dünner Strich markierte die Augenbrauen, die die moderne Blässe des Gesichtes akzentuierten.

Die Spur der Julie Steinlechner verlief sich jedoch im Nebel der Ungewissheit. Zwar war sie in der Spiegelgasse 21 polizeilich gemeldet, aber laut Aussagen vieler Nachbarn und des Portiers wurde sie daselbst seit Langem nicht mehr gesichtet. Weder war sie verstorben noch an einem anderen Ort in Österreich gemeldet. Hingegen gab es gesicherte Beweise, dass Franzl Berger oft im Ausland weilte, vor allem in Karlsbad, das in der neu geschaffenen Tschechoslowakei Karlovy Vary hieß, und auch in Berlin. Das allein war nicht strafbar und könnte mit seinem neuen Beruf zusammenhängen: Er leitete bekanntlich am Rabensteig 1 einen Juwelen- und Goldwarenhandel.

So weit die Fakten, die der auf eine Dienstreise nach Karlovy Vary hoffende Schimany seinem Chef in der Früh des 14. Septembers mündlich übermittelte. Oberinspektor Max Mitschek scheuchte ihn danach aus seinem Büro und befahl ihm, einen ausführlichen Bericht darüber zu verfassen.

Er las zum wiederholten Male den letzten Brief, den Franzl Berger an Luzzy Pelzer nach Piran geschrieben hatte. Herr Berger forderte sie darin auf, den Astrachanmantel mitzubringen, außerdem den langen Nerzmantel, dazu die zwei Meter lange Hermelin-Stola, an beiden Enden mit 18 Schwänzchen. Und den Blaufuchs. Und den Chinchilla-Kragen. Nach diesem letzten Brief hatte er nur noch das bekannte Telegramm geschickt: »Erwarte freudigst deine Ankunft am Bahnhof.« Also war es klar: Dieser ominöse Juwelier Herr Franzl Berger erwartete nicht sie, die arme Luzzy, sondern ihre Pelze. Aber hatte er dafür Beweise?

Oberinspektor Max Mitschek eilte von seinem Büro entlang des Donaukanals zum Morzinplatz und schlängelte sich zum Rabensteig durch. An der Ecke zum Getreidemarkt fand er das Haus mit der Nummer 1. Kurz blickte er durch ein Fenster auf die ausgestellten Exponate. Mit seinem Gehalt eines höheren Polizeibeamten könnte er sich den Schmonzes nicht leisten. Er betrat das Geschäft, zeigte seine Kokarde und fragte nach einem Herrn Franzl Berger.

Ein Mitarbeiter berichtete über die schon mehrere Tage währende Abwesenheit des Chefs. Der halte sich in Berlin auf, um dort irgendwelche Geschäfte zu tätigen.

»Wo in Berlin?«, fragte Max Mitschek.

»Der Chef hinterlässt nie seine Adresse«, versicherte ihm der Mitarbeiter.

»Das ist doch eigenartig. Sie können ihn also nicht erreichen, wenn etwas Besonderes vorliegt?«

»Der Herr Berger pflegt Geschäftliches von Privatem strikt zu trennen, und vielleicht ist es ihm lieber, wenn seine Adresse … Ist dem Chef etwas passiert?«

»Nein, nein, reine Routine. Sie brauchen keine Angst zu haben. Wie gehen übrigens die Geschäfte?«

»Ich kann nicht klagen. Momentan ist der goldene Crayon groß im Rennen, haben Sie nicht darüber gelesen?«

Max Mitschek seufzte, er hatte als Wiener Kriminese r noch nie in seinem Leben von einem goldenen Crayon gehört.

»Das sind Drehbleistifte in Gold, die wir nach Deutschland, Italien und in die Tschechoslowakei verkaufen. Darf ich Ihnen …«

»Sie haben nicht zufällig einen Astrachanmantel, einen Nerzmantel, eine Hermelin-Stola oder dergleichen?«

»Bedaure, wir sind ein Juwelengeschäft und haben jetzt den Crayon im Rennen, wie schon erwähnt. Nach Pelzen müssen Sie in einem Pelzgeschäft fragen.«

Max Mitschek hatte genug gehört, verließ den Juwelierladen des Franzl Berger und hetzte weiter in die Spiegelgasse. Er hatte diesen Herrn Berger zwar noch nie persönlich getroffen, aber das Foto des besagten Herrn ging ihm nicht aus dem Sinn. Bei jedem Feschak mit vorgestrecktem Kinn, den er auf dem Trottoir traf, glaubte er, die Visage des Franzl Berger zu erkennen. Jeder Schnurrbärtler, den er durch das Fenster an einem Kaffeetisch sitzen sah, kam ihm sofort verdächtig vor.

Als er in der Spiegelgasse angelangt war, hielt er vis-à-vis des Hauses mit der Nummer 21 an und blickte in den vierten Stock. Das gesamte Stockwerk, das aus vier oder fünf Zimmern bestehen musste, wurde von Franzl Berger und seiner Mutter bewohnt, die dieser trotz seiner Affären mit Damen der höheren Gesellschaft abgöttisch verehrte. Wozu benötigte der Junggeselle solch eine riesige Wohnung? Die Lage war recht gut, das »Meissl & Schadn«, eines der exquisitesten Restaurants der Wiener Stadt, lag ums Eck am Neuen Markt. Von dort konnten die Speisenden entweder auf den imposanten Donnerbrunnen blicken oder sie erzählten einander die alte Geschichte, dass im »Meissl & Schadn« der Friedrich Adler, der Sohn des Parteigründers der

Sozis, im Kriegsjahr 1916 den k. k. Ministerpräsidenten Karl Graf Stürgkh erschossen hatte, als dieser gerade seinen Tafelspitz verspeiste. Und zwar im großen Speisesaal im ersten Stock.

Max Mitschek betrat das Haus Spiegelgasse 21, um mit dem Portier zu sprechen. Dessen Angaben über die Person von Franzl Berger halfen ihm nicht viel weiter. Fesch sei er, der Herr Berger, äußerst fesch. Und die neuesten Lackschuhe trage er. Manchmal auch Tennisschuhe, weil er sehr sportlich sei und mindestens zweimal in der Woche mit einem Mietwagen zu einem Lawn-Tennis fuhr. Seine alte Mutter bewohne einen der insgesamt fünf Räume und zeige sich fast nicht mehr in der Öffentlichkeit. Von Klagen oder Beanstandungen über den feinen Herrn keine Spur. Nur die Zugehfrauen und die Putzfrauen, die wechselten ziemlich oft, weil sie anscheinend dem Geschmack der alten Frau Berger nicht entsprächen. Nein, der Portier hatte keinen Schlüssel, um die Wohnung im vierten Stock aufzusperren.

Oberinspektor Max Mitschek wollte dennoch mit der Mutter sprechen, aber trotz mehrmaligen Läutens öffnete ihm keine Menschenseele. Entweder war die Mutter taub oder ihre Existenz entsprach der einer grauen Eminenz, die nur im subalternen Hirn von Portieren und Gerüchteklopfern mütterliche Konturen annahm.

Also hetzte er zu Fuß zurück ins Büro an der Rossauer Lände. Die körperliche Bewegung war für ihn ein bewährtes Hilfsmittel, um die Heterogenität mancher Gedanken ordnen und richtige Schlüsse ziehen zu können. Dort schwang er sich die Stufen hinauf und ließ sich in seinem Büro in einen Sessel fallen.

Schon klopfte der Schimany an die Tür, und nach einem bestätigenden Knurren trat er in Windeseile ins Büro und berichtete: »Ein Kürschner bestätigte, einen Nerzmantel, vermutlich ausländischer Herkunft, sowie eine zwei Meter lange Hermelin-Stola gekauft zu haben. Als ich ihm das Foto von Franz Berger zeigte, hat der Kürschner unmissverständlich geantwortet: ›Ja, das war der Verkäufer.‹ Er konnte sich gut an den eindrucksvollen schwarzen Schnurrbart erinnern, Zweifel seien ausgeschlossen.«

»Noch etwas?«, fragte der Gruppenleiter.

»Ja«, so der Schimany, »aus dem Dorotheum hat jemand angerufen. Zwei Pelzstücke sind dort zur Versteigerung übergeben worden. Ein Blaufuchs, ich musste dreimal nachfragen, um den Schätzwert zu erfahren. Chef, was glauben Sie?«

»Schimany, bin ich ein Pelzhändler? Übrigens wohnt unser Franz Berger in der Spiegelgasse 21. Das Dorotheum ist von dort ums Eck zu erreichen. Aber jetzt weiter im Bericht!«

»Also, ein Blaufuchs um 100 Schilling. Und ein Chinchillakragen, der kommt etwas billiger.«

»Sehr gut, Schimany. Wir gehen später zusammen ins Dorotheum. Und jetzt raus!« Mit einer Handbewegung scheuchte er ihn aus dem Büro.

Na, das war immerhin etwas. Eine Kette von Indizien, die sich um den Hals des famosen Herrn Berger zusammenzog und ihn einschnürte.

Nachdem der Oberinspektor beim Amtsdiener einen Kaffee bestellt hatte, wurde ihm ein Telefongespräch durchgestellt. Eine Mietwagenfirma meldete sich, der Anrufer war ein gewisser Herr Singer, der Besitzer der Firma. Dieser Herr Singer erzählte, er habe am 17. Juli einen Kunden zum Lainzer Tiergarten gefahren. Mit einer ihm unbekannten Frau, die einen Strohhut getragen habe. Der Mann sei Franz Berger gewesen. Er habe sie zum Weinhaus Doll gebracht, nicht zum Eingang des Tiergartens. Die Frau sei hinten im Wagen gesessen und habe am Hut ein Netz bis zu den Augen getragen. Den Herrn Berger kenne er, weil er ihn öfter zum Doll bringe. Im Sommer einmal pro Woche.

Wäre Max Mitschek ein Genussmensch, hätte er jetzt aus dem Rollbalken im Tresor einen Cognac geholt. Oder sich aus der obersten Lade seines Schreibpultes, auf dem die Bleistifte säuberlich gespitzt in einer Reihe in ihren Halterungen steckten, eine Grappaflasche geschnappt. Oder er hätte seinem Amtsdiener den Befehl erteilt: »Bringen S' eine Flasche Champagner, aber schnell, wenn ich bitten darf.« Die würde er mit Doktor Madrowetz vom Erkennungsdienst, der im selben Haus arbeitete, gemeinsam leeren. Und am Abend würde er sich die Filmkomödie »Die Lulu von Honolulu« anschauen, mit der entzückenden Clara Bow in der Hauptrolle. Zum Tuchlauben-Kino könnte er von seiner Wohnung aus sogar zu Fuß gehen. Er war aber kein Genussmensch. »Dienst ist Dienst, und Schnaps ist Schnaps«, hatte der Leiter des Sicherheitsbüros, Hofrat Paul Petzig, ihm ab und zu zugeraunt. Was heißt zugeraunt. Dienstlich empfohlen.

In Mitscheks Junggesellenwohnung lagerte in der Kommode sicher noch irgendwo eine Flasche Refosco, die er in der Spezerei in der Weißgerberstraße gekauft hatte. Die wollte er nach Dienstende am Abend verkosten und dabei durchs offene Fenster trotz des einsetzenden Herbstes auf den Margaretenplatz blicken. In dessen Mitte die heilige Margarete mit dem Drachen stand. Als tiefgläubiger Katholik kannte er den frommen Vers: »Barbara mit dem Turm, Margarete mit dem Wurm, Katharina mit dem Radl, das sind die heiligen drei Madl!« Vielleicht würde er nach mehreren Gläsern des edlen Tropfens diesen Spruch zur armen Margarete raunen. Er durfte jedoch keine Rotweinflecken hinterlassen, sonst würde er sich den Grant der um 10 Uhr vormittags aufkreuzenden Zugehfrau, der Frau Klara, zuziehen.

Halt, Dienst ist Dienst und Schnaps ist Schnaps. Was hatte dieser Singer gesagt? Die Dame im Mietwagen habe einen Strohhut getragen. Und wieso war der Wagen zum Weinhaus Doll und nicht zum Eingang des Lainzer Tiergartens gefahren? Ein Strohhut oder verbrannte Reste eines Strohhutes waren in keinem Akt aufgetaucht. Oder doch? Er würde die gesammelten

Akten zu Hause im Margaretenhof noch einmal durchstudieren müssen. Und die entscheidende Frage: Wo ist die Tatwaffe verblieben?

Die Flasche Refosco wird wohl noch etwas warten müssen.

15. KAPITEL

MONTAG, 17. SEPTEMBER 1928

*Café Landtmann * Der Wiener Polizeipräsident * Der Leiter des Sicherheitsdienstes*

Das Café Landtmann an der Ringstraße wurde von sehr unterschiedlichen Gästen besucht. Schauspieler des nahen Burgtheaters saßen Tisch an Tisch mit Dozenten oder Assistenten der ebenso nahen Universität, dazwischen stärkten sich die Beamten der gegenüberliegenden Polizeidirektion mit einem starken Kaffee. Und in den absperrbaren Seitentrakten pflegten am Vormittag Personen eine Pressekonferenz abzuhalten, die selbst über keine geeigneten Räumlichkeiten verfügten. Etwa ein Arzt namens Karl Doppler, der behauptete, mit einer Bepinselung von Blutgefäßen eine Verjüngung der bepinselten Person zu bewerkstelligen. Und der damit bei nicht mehr ganz jungen Damen ein großes Interesse erzeugte.

Polizeipräsident Hofrat Doktor Johannes Schober saß an seinem Stammtisch und sichtete die Zeitungen, als der Leiter der Sicherheitsbüros, Paul Petzig, gleichfalls hofrätlich geehrt, hereineilte und auf dem freien Sessel Platz nahm.

Der Polizeipräsident nippte an seinem Kaffeehäferl, schupfte ihm eine Zeitung zu und knurrte kurz angebunden: »Da, lesen Sie. Schon wieder ist in Wien ein Polizist umgebracht worden.«

Der Leiter des Sicherheitsbüros kannte den Fall. Unmittelbar gegenüber der Remise der 71er-Tramway in Simmering war das Café Endres. Dort hatte vor ein paar Tagen ein Arbeiter namens Maikisch einen Polizisten namens Josef Herndl erstochen. Vorangegangen war eine seit zwei Jahren bestehende private Fehde der beiden Kontrahenten, die noch dazu im selben Haus in der Simmeringer Hauptstraße 134 wohnten. Der Chef des Sicherheitsbüros las in der Kronenzeitung:

> *Er zog sein Messer und stieß es dem Wachmann in den Hals. Herndl hatte, ehe er blutüberströmt zu Boden stürzte, noch die Kraft, seine Dienstpistole zu ziehen und auf Maikisch zu schießen. Er traf ihn, doch konnte der schwerverletzte Maikisch noch einige Häuser weiterlaufen. Herndl wurde in einem Auto in das Polizeispital gebracht. Er starb bei der Übergabe, ohne das Bewusstsein, das er, als er zusammenbrach, verloren hatte, wiedererlangt zu haben. Maikisch wurde in das Rudolfsspital gebracht. Dort ringt er mit dem Tode. Die Kugel Herndls hat ihn in*

der linken Hüftgegend getroffen und vier Darmdurchtrennungen verursacht.

Paul Petzig ahnte, was jetzt kommen würde. Sein Chef nahm die Nickelbrille ab und zückte sie mit der Linken gleich einer Waffe, mit der er jederzeit auf seinen Kontrahenten losgehen könnte.

»Man kann das als Zeichen der momentanen Unschlüssigkeit, jedoch auch als Simulation eines Angriffs auffassen. Wenn ich jetzt eine strenge Strafe für den Mörder fordere, der schwer verletzt im Krankenhaus liegt, dann heißt es, ich sei ein Arbeitermörder ohne Rücksicht auf Menschlichkeit und Würde.«

Hofrat Petzig erfasste die Gedankenkombinationen seines Chefs, kommentierte sie aber nicht. Der Polizeipräsident wurde von der sozialdemokratischen Presse stets als »Arbeitermörder von Wien« bezeichnet. Das hatte letztes Jahr im Juli begonnen, als die wütenden Proteste der Arbeiter mit dem Brand des Justizpalastes endeten. Polizeipräsident Hofrat Dr. Johannes Schober hatte der Wiener Polizei den Schussbefehl erteilt, woraufhin die Polizisten mehr oder weniger wahllos in die Menge der aufgebrachten Arbeiter schossen. Das Résumé: 89 Tote, darunter vier Polizisten.

Doch unser Krimineser betrachtete seinen Chef aus einem anderen Blickwinkel als die Schmierfinken der Sozis. Trotz des leichten Gezankes über manche Einzelfälle – die Causa Pelzer würde auch heute sicher noch besprochen werden – stimmten sie in Vielem überein.

Für beide galt als oberste Priorität die Erfüllung der Pflicht, egal welche Person auch immer diese Pflicht definierte. Dieser Leitsatz war beiden ins mürbe Gesicht und auf den gar nicht so strammen, sondern eher grazilen Körper geschrieben. Menschenleben waren da zweitrangig, auf Gefühlsduseleien konnte man amtlicherseits verzichten, soziale Aspekte wurden als nebensächlich betrachtet. Es ging um die hingebungsvolle Bewältigung der ihrem Berufsleben Sinn und Orientierung gebenden Pflicht. Die Erfüllung der Pflicht war die fixe Achse, um die sich der Pallawatsch der Quantitäten drehte. Die Erfüllung der Pflicht verstattete ihnen das Lebensziel auf Erden und den fixen Leitstern am Himmel.

Ob der Chef des Sicherheitsbüros das »Schoberlied« des Satirikers und Schriftstellers Karl Kraus kannte?

Ja das ist meine Pflicht,
bitte sehn S' denn das nicht.
Das wär' so a G'schicht,
tät' ich nicht meine Pflicht.
Auf die Ordnung erpicht,
bin ich treu meiner Pflicht.
Wenn ein Umsturz in Sicht,
ich erfüll' meine Pflicht.
Die Elemente vernicht'
ich bezüglich der Pflicht.
Doch wenn einer einbricht,
hätt' ich auch eine Pflicht.

Nur erwisch' ich ihn nicht,
wie es wär' meine Pflicht.
Da genügt ein Bericht
hinsichtlich der Pflicht.
Der ist schon ein Gedicht,
das nur handelt von Pflicht.
Denn stets Wert und Gewicht
leg' ich nur auf die Pflicht.

Wie dem auch sei: Der Sicherheitschef Petzig fühlte sich bemüßigt, etwas Lobendes zu sagen. »Man hat Sie nicht grundlos mit Aufgaben höchster Reputation beauftragt. Zu denen wäre in unserem kleinen Land sonst niemand fähig.«

Doktor Schober setzte seine Brille auf und blickte Paul Petzig an. »Jetzt sage ich Ihnen einmal etwas ganz Persönliches. Wissen Sie, warum ich Polizist geworden bin? Ich habe mir als junger Jusstudent den ›Evangelimann‹ angeschaut, genau, die Oper vom Wilhelm Kienzl. Keine Angst, ich werde keine Arie singen. Wissen Sie, von wem die Vorlage für das Libretto stammte? Von einem Polizeibeamten, einem braven Polizeibeamten mit dem Namen Leopold Florian Meissner. Seine Erzählung, die Kienzl adaptierte, hieß ›Aus den Papieren eines Polizeikommissärs‹. Jedenfalls zitiert der Evangelimann in der Oper aus der Bibel. Nach dem Besuch der Oper war mir klar: Auch ich möchte so ein braver Polizeikommissär werden, ›denn selig sind die, die Verfolgung leiden‹, ich betone *leiden*, ›um der

Gerechtigkeit willen‹. Na ja, jetzt ist daraus der Polizeipräsident von Wien geworden!«

Hofrat Petzig fühlte sich geschmeichelt, dass sein Chef ihm Einblick in Privates gewährte. Aber er hätte nun doch gern gewusst, warum ihn dieser ins Landtmann gebeten hatte. »Bewundernswert, wirklich außerordentlich. Sie haben unser Treffen jedoch vermutlich nicht veranlasst, um mir diese wunderbare Schnurre zu erzählen?«

»Wer weiß …«, lautete die für den Vorgesetzten untypische Antwort. Normalerweise war er für eine klare Beurteilung der Lage bekannt. »Ich habe Sie gebeten, in Italien wegen des Mordes im Lainzer Tiergarten zu intervenieren.«

Aha, dachte sich Hofrat Petzig, von da weht der Wind. Schober wusste also bereits von Pelzers Unschuld. »Das hab ich auch gemacht beziehungsweise machen lassen.«

»Werter Freund, es stellte sich aber heraus, dass Sie die italienischen Kollegen auf den Falschen angesetzt haben. Das ist nicht förderlich für unsere Beziehungen mit Italien. Und überhaupt spricht das nicht für die Arbeit unserer Kriminalpolizei.«

»Ergebenst, Herr Doktor Schober, Sie haben recht, es war der Falsche. Aber wir können Emmerich Pelzer wegen diverser anderer Vergehen einsperren. Die da wären: Schmuggel mit Schmuck und Pelzen aller Art, bei Heroin sind wir noch auf der Suche nach …«

»Hören Sie mir auf mit diesen Geschichten!« Der Polizeichef hantierte wieder mit seiner Nickelbrille.

»Ich verrate Ihnen jetzt ein kleines Geheimnis. Unsere Regierung, unser Prälat Seipel, hat Pläne mit Italien, für die ein gutes Verhältnis wichtig ist.* Oberste Priorität: keine Fehler! Damit sind genau solche Fälle wie dieser Emmerich Pelzer gemeint! Wer ist denn auf diese blöde Idee gekommen?«

Ja, wer? Einerseits die Schmierfinken der Presse, die Herrn Pelzer längst als Mörder gebrandmarkt hatten und dadurch Druck auf die Wiener Polizei ausübten. Andererseits hatte der Polizeipräsident selber zur Verhaftung dieses Herrn Emmerich Pelzer gedrängt! In Krisenzeiten benötigte man eben schnell einen Schuldigen. Es war aber nicht opportun, dieses dem Polizeipräsidenten zu erwidern und ihn dadurch bloßzustellen. Also erörterte unser Hofrat in gebotener Kürze die Ermittlungen der letzten Tage und Stunden und verwies auf den Juwelier Franz Berger, der jetzt als Hauptverdächtiger geführt wurde.

»Und nun wollen Sie für diesen Berger einen Auslieferungsantrag, korrekt?«, fragte Doktor Schober.

»Zu Diensten, Herr Doktor. Die Indizien sind mehr oder weniger eindeutig.«

»Was ist das für ein Berger?«

»Ein jüdischer Kaufmann, der mit allem handelt, was Geld bringt. Unter anderem mit goldenen Bleistiften.«

* Italien sollte als »Schutzmacht« des kleinen Österreich gelten. Um dies zu verwirklichen, unterzeichnete die österreichische Regierung unter Kanzler Schober (dieser wurde im September 1929 zum dritten Mal Bundeskanzler) am 6. Februar 1930 einen »Freundschaftsvertrag« mit dem faschistischen Italien.

»Was, mit einer Mine aus Gold? Egal, Sie brauchen mir keine Einzelheiten zu erzählen. Aber diesmal sind Sie sich sicher?«

Der Chef des Sicherheitsbüros überlegte, ob er sich für eine hundertprozentige Sicherheit verbürgen konnte.

Da fuhr der Polizeichef fort: »Wissen Sie, der Kanzler Seipel ist auch nicht unfehlbar. Höheren Ortes ist man sogar geneigt, mich erneut als Kanzler zu berufen. Da kann ich mir keine Fehler leisten.«

»Ah, darf man schon gratulieren wegen der Avancierung?«

»Aber nein, so schnell schießen die Preußen nicht bei uns in Wien. Dennoch ist für die Nachfolge im Polizeipräsidium bereits gesorgt, mein lieber Freund. Ich sag es Ihnen gleich: Sie sind leider nicht dabei.«

»Die Arbeit im Sicherheitsbüro erfüllt mich …«

»Ich weiß, ich weiß, mit Stolz und Würde. Herr Franz, zahlen! Beide Kaffees auf meine Rechnung«, beendete der Wiener Polizeichef das Gespräch.

Die drei Seufzer des Leiters des Sicherheitsbüros waren nicht für seine Ohren bestimmt.

16. KAPITEL
23. SEPTEMBER 1928 – RETARDIERENDES INTERMEZZO III

*Franzl Berger in Berlin * Franzl Berger als Wanderschauspieler * Franzl Berger als Spekulant*

Damit hab ich rechnen müssen, dass die Berliner Polizei mich nach dem Auslieferungsantrag in der deutschen Hauptstadt finden wird. Allerdings spricht ihre Arbeit nicht für die Präzision der Ermittler. Sie haben das Hotel verwechselt. Ich habe nicht im Kaiserhof, sondern im Kaiser-Hotel gewohnt. Hahaha, es lebe der Unterschied! Und freilich sind sie nicht dahintergekommen, was ich in Berlin wirklich getrieben habe. Getrieben ist gut. Ich habe einer gewissen Pussy Uhl ein paar Sachen verkauft. Goldene Uhren und anderes. Und die Pussy Uhl hatte ein Geschäftslokal mit vier oder fünf Zimmern. Dort hat sich die feine Berliner Gesellschaft versammelt. Die Crème de la Crème der Stadt. Ich war auch dort. Die Pussy Uhl hat ziemlich jugendliche Mädchen vermittelt. Und wenn keine da waren, hat sie schnell telefoniert, und gleich waren ziemlich jugendliche Mädchen da. Und ein Zimmer war eingerichtet für energische Behandlung, so haben alle gesagt. Energische Behandlung, ich war auch drinnen. Mit Stöcken und Reitgerten und Peitschen. Und mit Schellen aus Eisen.

Und dann hat der Beese die Uhl umgebracht, der Depp. Weil er in seiner Naivität geglaubt hat, dass sie mit mir in einem ihrer Zimmer … Wär mir ja eigentlich egal, aber das Blöde daran: Sie haben den Beese geschnappt. Und die goldenen Uhren bei ihm gefunden, die er der Uhl nach dem Mord gestohlen hat. Wozu fladert er auch die goldenen Uhren? Die Polizei ist vermutlich draufkommen, woher die Uhren stammen, denn ich wurde einkassiert und mit dem Zug nach Wien abgeschoben. Fatal, dass die Polizisten in Deutschland auf einmal mit denen in Österreich zusammenarbeiten. Interpol nennen sie diese Vergaunerung, und gegründet wurde sie von dem kleinen Polizeichef aus Wien, von dem sturen Bauerntölpel mit dem Namen Johannes Schober. Jetzt sitz ich im Verhörzimmer diesen Kieberern gegenüber. Was bloß soll ich denen erzählen und was nicht?

Ja, freilich heiße ich Franz Berger. Von Beruf Kaufmann. 1891 kam ich in Wien zur Welt, als fünftes Kind der zweiten Frau meines Herrn Vaters. Der war ein Eskompteur, von dem ich eine Menge gelernt habe. Sie wissen nicht, was ein Eskompteur treibt? Typisch Wiener Polizei. Na, wie soll ich Ihnen das erklären? Also, ein Eskompteur bewertet den Einfluss eines Ereignisses auf den Börsenkurs, beeinflusst selber durch verschiedene Manipulationen den Kurs, um dann die richtige Entscheidung zu fällen: kaufen oder verkaufen, wenn Sie wissen, was ich meine. Nein, Sie wissen nicht, was ich meine. Typisch Wiener Polizist.

Ob ich in Wirklichkeit Chajm Kohn heiße und 1890 in Proßnitz geboren bin? Sie können sich aussuchen, welche Variante Ihnen lieber ist, mir ist es egal. Im Krieg geriet ich in Russland in Gefangenschaft. Nach meiner gelungenen Flucht kehrte ich 1918 nach Wien zurück und arbeitete in der Länderbank. Aufgrund einer schweren Kriegserkrankung, wissen Sie, meine Herren, ein Lungenspitzenkatarrh, ließ ich mich von der Länderbank finanziell abfinden und unternahm mit meinem Onkel, einem Juwelier, Geschäftsreisen nach Berlin und vor allem nach Karlsbad. Später gründete ich mit dem Onkel die Firma »Crayon Ges.m.b.H.«, die mit den Goldstiften, das wissen Sie wahrscheinlich in der Zwischenzeit. Jedenfalls war ich andauernd auf Reisen, sodass in Wien erzählt wurde, ich sei eine Art Wanderschauspieler, der durch halb Europa tingle. Mich haben derartige Indiskretionen nie gestört. Kurz vor dem Tod meines Onkels eröffneten wir gemeinsam das Geschäft am Rabensteig, das nach dem überraschenden Tod meines armen Onkels zur Gänze in meinen Besitz überging.

Dann lernte ich im Jahr 1923 in der Wiener Synagoge die Julie Steinlechner kennen und zeigte ihr im Geschäft am Rabensteig ausgiebigst meine Kollektionen. Ja, sie war die Tochter vom Pelzhändler Sami Steinlechner. Und sie gefiel mir, weil sie kastanienbraune Locken trug und ein markanter dünner Strich ihre Augenbrauen konstruierte. Das war halt modern. Und mit dem alten Steinlechner hab ich ein paar gute Geschäfte gemacht. Für Diamanten hat der ein Vermögen gezahlt, das können Sie sich nicht vorstellen. Als der Zoll oder die Finanzer hinter ihm her waren, hat er sich aufgehängt, in seiner Wohnung in der Spiegelgasse. Sie werden mir nicht glauben, wie: an einer Kette mit Diamanten. Der arme Sami Steinlechner.

Ich bin dann mit meiner Mutter Leopoldine in die geräumige Wohnung in der Spiegelgasse übersiedelt. Das arme Mäderl, die Julie, war ja gezeichnet vom Überdruss und von Enttäuschungen. Sie hatte übrigens einen dünnen Strich statt haariger Augenbrauen, aber das hab ich ja schon gebeichtet. So gut hätten wir zueinander gepasst, die Julie und ich, und geliebt haben wir uns wie zwei Turteltauben. Hrdlička sagen die Tschechen zur Turteltaube. Wie Sie wissen, stamme ich aus Prostějov und spreche daher leidlich Tschechisch. Leider endete mein Verhältnis mit Julie Steinlechner nicht sehr gütlich. Ich habe ihr nicht goutiert, weil ich zur selben Zeit auch mit anderen Frauen … Aber meine Ehre verbietet mir, über diese Verhältnisse zu sprechen. Die Julie hat ihre Koffer gepackt und die Wohnung in der Spiegelgasse verlassen. Seither gab es keinen Kontakt mehr zwischen uns. Ich weiß auch nicht, wo sie wohnt und mit welchen Männern sie sich herumtreibt.

Wieso wollen Sie das wissen?

Wegen der Luzzy Pelzer, sagen Sie? Ja, freilich habe ich die Luzzy gekannt. Ob ich mit ihr sexuelle Kontakte hatte? Ach, wissen Sie, die Luzzy war verheiratet. Mit meinem Geschäftsfreund Emmo Pelzer. Da muss man auf der Hut sein. Ja, es gab sexuelle Kontakte, damals in Karlsbad. Das war zweifellos nicht sehr geschickt von mir, denn ich hab ein altes Gesetz gebrochen. Ich hab Geschäftliches und Privates nicht auseinandergehalten. Daran ist auch die Freundschaft mit Emmo Pelzer zerbrochen.

Ob es nach Karlsbad weitere Treffen gegeben hat? Frau Pelzer lebt meines Wissens nach in Triest oder in der Nachbarschaft von Triest. Wir haben zwei oder drei Briefe ausgetauscht. Ein Telegramm? Wie bitte? »Erwarte freudigst deine Ankunft am Bahnhof«? Ach ja, jetzt erinnere ich mich, das Telegramm. Das habe ich ihr geschickt. Aber Luzzy hat mir im letzten Moment abgesagt. Mit einem Expressbrief. Wo der liegt? Vielleicht in meinem Büro, vielleicht habe ich ihn weggeschmissen. Ob ich sie in Wien getroffen habe? Am 17. Juli? Wissen Sie, meine Herren, das ist eine delikate Angelegenheit. Es geht um eine Dame der feinen Wiener Gesellschaft. Nein, nicht um die Frau Pelzer, ich hab gesagt, um eine Dame der feinen Gesellschaft. Mit der bin ich am 17. Juli … Meine Herren, ich glaube, Sie wollen mir den Tod, also die Ermordung der Frau Pelzer anhängen? Und eine Pistole mit dem Kaliber 6,35 soll ich haben? Gut, ich hab so eine Pistole gekauft. Warum? Ich habe die Waffe gekauft, weil ich mich umbringen wollte. Ja, freilich habe ich auch Munition dazu gekauft. Mit einer Waffe ohne Munition kann man sich schwerlich das Leben nehmen. Einem Kaufmann geht es nicht sonderlich gut in Zeiten wie diesen. Shakespeare schrieb dereinst: ›Jammern, das ist der Gruß der Kaufleute.‹ Doch das ist lange her. Heute ist Selbstmord der Gruß der Kaufleute. Mir fehlte jedoch der Mut. Die Waffe habe ich im Stadtpark in einen Teich geworfen. In welchen? Das weiß ich nicht mehr, es war schon finster. Und es wird doch einen Teich geben im Stadtpark.

Was mir zu Trockenspiritus der Marke »Meta« einfällt? Den kaufe ich gelegentlich. Ja, freilich geb ich das zu. Ich brauche hin und wieder Trockenspiritus, um meine Kleidung zu reinigen, ich bin ja dauernd geschäftlich auf Reisen – Berlin, Karlsbad und so weiter. Warum? Nein, Luzzy Pelzer habe ich gewiss nicht damit angezündet.

Ob ich an besagtem Tag im Lainzer Tiergarten war? Ja, beim Herrn Doll an der Mauer des Lainzer Tiergartens. Aber nicht mit Frau Pelzer! Da schweigt der Kavalier und lässt die Meute reden … Nein, das werde ich nicht verraten!

Wenn Sie mich nicht gehen lassen, bitte ich Sie, mir meinen Anwalt zu verständigen. Herrn Doktor Hugo Schönbrunn. Er ist einer der besten Strafverteidiger der Gegenwart. Wie Sie wissen, erreichte er Freisprüche in den großen Schwurgerichtsprozessen, ich werde sie nicht alle aufzählen. Und was glauben Sie, welche Argumente er vorbringen wird, wenn Sie mir einen Prozess machen?

17. KAPITEL
FREITAG, 15. JULI 1927

*Der Dom zu Piran * Der Salon der Frau Dora * Die Absteige in der Hebragasse*

Seit gestern war Luzzy wieder in der Absteige des Stundenhotels – pardon, des Kaffeehauses »Fin de Siècle« in der Hebragasse 4. Luzzy und Emmo lebten bereits ein halbes Jahr als trautes Paar zusammen, aber trotz der ehrgeizigen Ziele war unsere arme Luzzy blank wie eine abgegriffene Groschenmünze. Dementsprechend stieg der Pegel der Sorgen und Nöte. Wenn Luzzy gläubig wäre, würde sie sich an einen Priester wenden. Obwohl – wie sollte ihr ein Mann mit Keuschheitsgelübde helfen? Dann eher erneut ein Bankdirektor.

Vorgestern noch hatte Luzzy aus dem Zimmerfenster ihrer Wohnung in Piran auf die Steinmauern gestarrt, hinter denen der Pfarrgarten lag. Hoch oben auf dem Campaníle thronte der Erzengel Michael. Angeblich drehte er sich und signalisierte somit die jeweilige Windrichtung – Jugo oder Bora. Doch die aktuelle Windrichtung und das Ensemble irgendwelcher Heiligen waren unserer Luzzy ziemlich wurscht gewesen. Sie hatte sich nach der duftenden Wiese gesehnt, nach den Blumenbeeten, bei denen sie den mediterranen Odeur einatmen konnte, und nach den Stauden und Sträuchern, von denen sie nicht einmal den Namen kannte. Ihr fehlte die Villa Berander sehr.

Die Schmuckstücke und die Pelze, die ihr dereinst der Direttore aus Triest geschenkt hatte, waren fast zur Gänze verschwunden. Ihr geliebter Ehemann hatte alles an den Juwelier Franzl Berger verkauft, doch von dem Erlös war kaum etwas zu ihr geflossen. Ihr Göttergatte hatte ihr erklärt, dass er nach todsicheren Tipps in Aktien und Beteiligungen investiert habe. Wenn sie nach dem Verbleib des Gelds fragte, erwiderte er stets, dass die satten Gewinne schon noch eintrudeln würden. Dabei wusste sie, wer ihm diese Tipps zugeraunt hatte: jener Camillo Castiglioni, der das Theater in der Josefsstadt so großzügig finanziert hatte.

Luzzy hatte also wehmütig am Fenster in Piran gesessen, aus der Kaffeeschale getrunken und auf die italienischen Touristen geblickt, die sich über die Stufen zum Dom hinaufwälzten. Sie musste sich direkt an Franzl Berger wenden, unter strategischer Umgehung ihres Göttergatten, hatte sie gedacht. Sonst könnte es passieren, dass sie überblieb, so wie der Kaffeesud überblieb und zum Abfall geleert wurde, wo er dann auf nicht mehr nachvollziehbaren Wegen für immer verschwand. Verschwinden? – Nein, sie nicht. Sie hatte ja noch Kontakte in Italien, diese Schuhfabrik in Milano, diesen Apotheker auf der Piazza di Cavana in Triest, einen Häuserblock entfernt von ihrer ehemaligen Wohnung, mit seinen Kugelchen aller Art. Mit beiden würde sie in Kontakt treten und über allfällige Geschäfte reden.

Als es ihr in ihrer stickigen Wohnung zu heiß geworden war, war sie wie die Touristen die Stufen zum Dom hinaufgestiegen und hatte sich schnell zur hinteren Steinmauer gewandt, die den Kirchenplatz begrenzte. Sie hatte hinunter zum Meer mit den glitzernden Schaumkugeln geschaut, dann den Blick Richtung Triest gerichtet. Doch die Hafenstadt war konturlos im hochsommerlichen Dunst verschwunden. Luzzys Augen waren im Dunst erstarrt, und dann waren mehrere Tränen über ihre Wangen hinuntergekullert. Waren sie vom Fallwind erwischt worden, der auch im Hochsommer vom Karst herunterbrauste und als Bora bezeichnet wurde?

Am Tag darauf war sie nach Wien gefahren, um das Gebaren ihres Göttergatten zu überprüfen. Und was hatte sie in der Rocktasche ihres Mannes gefunden? Einen Schein vom Bankhaus Redlich. Er hatte dort ohne ihr Wissen ihr Perlencollier versetzt. Um 10.000 Schilling! Die Venezianerkette in Gold! Das Geschenk ihres Direttore! Sollte sie ihn fragen, wozu er die 10.000 Schillinge gebraucht hatte? Für welche Beteiligungen und Aktienkäufe? Nein, keine gute Idee. Dann würde er merken, dass sie ihm nachspionierte und dass sie in seinen Rocktaschen kramte, und am Ende würde er zu den feschen Mädels gehen, die seinem jugendlichen Alter eher entsprachen.

Nein, sie würde sich an Franzl Berger wenden. Sie hatte sich von besagtem Herrn auf einer Couch in der Hinterstube seines Geschäftes bereits drei- oder viermal verführen lassen, dabei war sogar eine Porzellanvase im Wert von über 100 Schillingen auf dem Fußboden zerschellt. Der korrekte Kaufmann hatte sie nämlich nicht in seine Wohnung in der Spiegelgasse mitnehmen wollen, weil dort angeblich seine betagte Mutter Leopoldine ein strenges Regiment führte. Zudem wusste sie, dass Franzl Berger auch andere Frauen aus der Gesellschaft regelmäßig bediente.

Oder sollte sie auf eine Wachstube gehen und ihren Mann anzeigen? Die Polizisten würden sich vermutlich nicht nach der Herkunft des Perlencolliers erkundigen. Käme es zu einem Prozess gegen ihren Mann, würde der vor Gericht sicher über ihre zahlreichen Spezialfahrten zwischen Triest und Wien aussagen.

In Triest hatte sie längst einen Anwalt kontaktiert, um die Möglichkeiten einer Enterbung ihres Mannes zu besprechen. Oder gar einer Scheidung. Dennoch wusste sie keinen vernünftigen und geschäftlich akzeptablen Ausweg aus ihrer Situation.

Luzzy leerte ihr Kaffeehäferl und blickte, wie vorgestern in Piran, durch das Fenster des Stundenhotels. Der 43er rumpelte in der Alser Straße gerade beim Versatzamt vorbei. Heute musste sie sich mit Dora treffen, ja genau, mit der Dora Eibenschütz vom Theater in der Leopoldstadt, die unbedingt die Miete für das üppige Hochzeitsfest von anno dazumal einstreifen wollte. Bei Nicht-Zahlung drohte sie mit Klage.

Luzzy verließ das Zimmer und wartete an der Station in der Alser Straße auf den 43er. Nach einer Viertelstunde stellte sie fest: Es kommt keiner mehr. Gut, das war in Wien kein Grund zur Besorgnis. Auch auf der Gegenseite in Richtig Neuwaldegg zuckelte keiner der quietschenden rot-weißen Garnituren mit den knarzenden Geräuschen in den Kurven. Der Not gehorchend marschierte sie zu Fuß zum Ring hinunter.

Bald marschierten mit ihr Massen von Männern, ja, es waren fast nur Männer. Sie trotteten in losen Gruppen durch die Alser Straße und vereinigten sich beim Schottentor an der Ringstraße mit jenen, die bereits über den Schottenring herbeigekommen waren. An den Kappen, an den einfachen Stoffhosen und an nicht gerade sauberen Hemden waren sie eindeutig als Arbeiter zu erkennen.

Am Schottentor wollte Luzzy die Ringstraße queren, um zur Gonzagagasse zu gelangen. Doch ein Durchkommen war unmöglich. Sie wurde von der sich langsam zum Parlament schiebenden Masse mitgeschoben, war Teil eines sich den Weg bahnenden Stromes, der alle Hindernisse mitzureißen drohte. Der Strom brauste, er toste, er schob, und gleich neben ihr brüllte ein Mann: »Nieder mit den Geschworenen!« Von der anderen Seite: »Nieder mit den Arbeitermördern!« Viele pfiffen den Zweifingerpfiff oder brüllten kurz und markant: »Pfui, pfui, pfui!«

Ein paar der Demonstranten beäugten überrascht die nicht standesgemäß gekleidete Luzzy, die sofort ihre Handtasche eng an ihren Körper presste. Luzzy fragte zweimal ihren Nachbarn, was hier los sei, doch ein Gespräch war in diesem Tumult nicht möglich. Sie hörte nur ein nahezu unverständliches »Wegen Schattendorf, wegen Schattendorf, pfui die Schattendorfer Mörder!!!« Hinter ihr trat ihr einer in die Kniekehle, neben ihr puffte sie jemand mit dem Ellbogen, ein anderer drückte einen Pflasterstein in ihren Rücken. Sie war der pfeifenden Masse ausgeliefert.

Kurz vor dem Parlament geriet der Strom ins Stocken, die Gesichter aller wandten sich in die Stadiongasse, von der laute Schreie bis auf den Ring durchklangen. Bald nahm Luzzy die Ursache wahr. Berittene Polizisten wirbelten von der Stadiongasse kommend schnurstracks im wilden Galopp in die Menge hinein. Mit ihren Säbeln hieben sie nach rechts und nach links auf die Arbeiter ein, um sich Platz zu verschaffen. Einer der Arbeiter fasste wagemutig ein Pferd am Schweif. Der Reiter schlug ihm mit der flachen Klinge auf die bloße Hand, der Arbeiter stürzte zu Boden. Andere warfen Pflastersteine auf die Polizisten, doch schlussendlich zeigten deren Attacken Wirkung. Das Menschenknäuel stob etwas auseinander, eine kleine Lücke öffnete sich für die mit den Säbeln fuchtelnden Polizisten. Luzzy sah sieben oder acht Arbeiter, die blutend und schreiend auf dem Straßenboden lagen und von niemandem versorgt wurden.

Gleichzeitig erkannte sie in dieser Lücke ihre Chance. Sie duckte sich, presste die Handtasche eng an ihren Körper und rannte in Richtung des Gehsteiges. Aus dem Augenwinkel sah sie, dass die nach der Reiterattacke sich wieder formierenden Arbeiter zu Schotter und Pflastersteinen griffen, die von einer nahen Baustelle aus verteilt wurden. Andere schwangen lange Latten, die sie von Gerüsten gerissen hatten. Ein Arbeiter tauchte mit einer Kanne Benzin auf und schrie: »Jetzt werden wir sie ausräuchern!« Ein anderer: »Rein ins Parlament!« Doch einige wussten: »Das Parlament ist besetzt, da stehen Unmengen von Wachleuten, da kommen wir nicht rein!« Es folgte ein erneutes Pfeifkonzert und laute Pfuirufe. Mitten hinein brüllte einer mit einem Pflasterstein: »Dann auf zum Justizpalast!« Der Vorschlag kam gut an, die Menge setzte sich in Bewegung und schrie dabei im Takt: »Auf zum Justizpalast! Auf zum Justizpalast!«

Luzzy hatte genug gehört. Sie wollte nur mehr sicheres Terrain erreichen, was ihr, vielleicht auch wegen ihrer zierlichen Gestalt, bald gelang. Vom Gehsteig rannte sie, ohne den Aufmarsch eines Blickes zu würdigen, in die nahe Herrengasse und versteckte sich in einer Toreinfahrt. Jetzt erst merkte sie, wie sehr sie zitterte. Mit einem Taschentuch wischte sie die Schweißperlen von der Stirn und den Wangen. Sie wusste immer noch nicht, was es mit diesem Schattendorf* auf sich hatte. Sie atmete tief durch und verharrte etwa zehn Minuten in der Toreinfahrt. Dann eilte sie weiter in Richtung Gonzagagasse. Mit dieser Schlacht auf der Ringstraße wollte sie nichts zu tun haben.

Eine halbe Stunde später servierte ihr Dora Eibenschütz im Salon, in dem sie dereinst ihr Vermählungsfest gefeiert hatte, einen Kaffee. Nach Luzzys Berichten über die Aufmärsche schloss Dora wegen der schwelenden Mittagssonne die Fenster und zog die Rollos herunter. Vorher hatte sie sich davon überzeugt, dass die gelassene Mittagsruhe in der Gonzagagasse nicht durch demonstrierende Massen gestört wurde, aufgrund der Verwinkelung der benachbarten Straßenzüge wäre dies sowieso nicht gelungen.

Luzzy ließ sich nicht so schnell beruhigen.

»Glaub mir, Kinderl«, Dora strich ihr über die Haare, »der Doktor Schober ist der richtige Mann als Polizeipräsident. Der wird mit den Sozis da draußen fertig!«

»Ach Dora, du weißt ja gar nicht, was mir hätte passieren können!« Luzzy wischte sich erneut den Schweiß von Wange und Stirn und holte aus ihrer

* Im kleinen burgenländischen Ort Schattendorf wurden am 30. Jänner 1927 von der »Frontkämpfervereinigung« (einem regierungsnahen Wehrverband) während eines Aufmarsches der Sozialdemokraten zwei Menschen erschossen. Die Täter wurden jedoch am 14. Juli 1927 freigesprochen. Berichte der sozialdemokratischen Zeitungen über dieses Fehlurteil lösten die Demonstrationen am 15. Juli aus, die schlussendlich zum Brand des Justizpalastes – und somit zur Vernichtung vieler Akten – führten.

Handtasche einen Spiegel, um ihre Gesichtspartie zu überprüfen.

Dora versuchte sie zu beschwichtigen. »Aber dir ist nichts passiert! Und der Doktor Schober hat schon als Bundeskanzler bewiesen, wie man mit solchen Problemen fertigwird. Jetzt wird er das auch schaffen. Mach dir also keine Sorgen!«

»Dora! Wenn die Sozis bemerkt hätten, was in meiner Handtasche ist! Die hätten mich umgebracht!« Luzzy griff in die Tasche, zog ein goldenes Damenarmband heraus und legte es auf den Tisch. Dazu ein Zertifikat über die Echtheit. »Das ist für dich, liebste Dora, 14 Karat, das müsste reichen!«

Dora musterte das Armband und hielt es – die Fenster waren ja verschlossen – gegen den leuchtenden Luster.

Luzzy fuhr fort: »Du kannst zu einem Juwelier gehen und dich nach dem Preis erkundigen. Ich empfehle dir den Franzl Berger, den kennst du, der war auch bei meiner Hochzeit dabei.«

Dora schaute Luzzy an, die sich wieder etwas gefestigt hatte und halbwegs stabil wirkte. »Mein Kinderl, nichts für ungut, aber ich war nicht bei deiner Hochzeit. Außerdem habe ich nach deinem Brief geglaubt, du willst meine Wohnung nach der Hochzeit kaufen.«

»Aber Dora!« Luzzy wirkte überrascht. Wahrscheinlich deshalb, weil Dora ins Schwarze getroffen hatte. »Aber Dora, mit welchem Geld denn!«

»Damals bist du im Geld geschwommen, ehe dein fescher Herr Gemahl alles in den Sand gesetzt hat. Doch lassen wir das.« Dora verwahrte die 14 Karat und das Zertifikat in einer Schatulle aus Bernstein und schloss sie in eine Kommode ein. Nach ihrer Schätzung lag der Wert des Armbandes fünfmal höher als die ausgemachten Kosten für die Bereitstellung des Salons. Vielleicht könnte sie damit ein paar gute Schauspieler für ihr Theater verpflichten? Die Quelle dieses jammernden Biestes in Italien war offenbar noch nicht versiegt. Also versuchte sie es erneut: »Ich habe damals mit meinem Anwalt schon einen Preis bestimmt, weil ich Geld für mein Theater benötige.«

»Ja, vielleicht haben wir, mein Mann und ich, über die Option gesprochen, deinen Salon zu übernehmen. Aber es ist viel passiert in der Zwischenzeit. Alles ist anders, als ich gehofft habe. Weil der Emmo …« Sie stockte, die Stimme versagte ihr.

»Was ist mit deinem Emmo? Betrügt er dich?«

»Ach, wenn es nur das wäre. Er verspielt mein Geld, er versetzt meinen Schmuck, er verkauft meine Pelze!«

»Luzzy, mein Mäderl, dann musst du es ihm heimzahlen! Und glaube mir, es gibt für alles einen Ausweg!«

»Freilich gibt es einen Ausweg. In Piran war ich drauf und dran, mich vom Georgsdom hinunter ins Meer zu stürzen. Ein schöner Tod wäre das gewesen. Um den Domplatz ist eine Steinmauer errichtet, und von der geht es 100 Meter ins Meer hinunter. Rauf auf die Mauer und dann ein Sprung hinunter. Keiner hätt mich dort gefunden.« Luzzy begann zu schluchzen.

Dora schenkte ihr Kaffee nach. »Aber mein Dummerl, da würde doch der Emmo als Sieger herausgehen! Und alles erhalten, was du noch hast. Auch die Wohnung in Piran. Du musst dir etwas anderes überlegen!«

Luzzy blickte sie erstaunt an. Vor Kurzem wollte Dora sie wegen der unbezahlten Anmietung des Salons noch verklagen. Und jetzt machte sie ihr wohlfeile Vorschläge? »Was soll ich anders machen?«

»Du wirst ihn anklagen! Du brauchst einen Anwalt, und dann musst du Beweise dafür vorlegen, dass er dein Eigentum veruntreut hat. So etwas kommt in den besten Familien vor.«

»Ich habe ihn schon angeklagt. Bei einem Anwalt in Triest. Wegen Betrugs und Defraudation. So heißt das auf Juristisch.«

»Da kann man ja nur gratulieren!« Dora schenkte sich selbst von dem lauwarmen Kaffee in ihr Häferl nach.

»Aber woher, alles Mist! Nach dem dritten Termin beim Anwalt hat er mir geraten, die Klage zurückzuziehen. Bei einer Verhandlung hätte ich angeben müssen, woher ich die Sachen hab, die der Emmo verhökert hat. Das waren Geschenke von einem gewissen Giuseppe Sermonte, einem Triestiner Bankdirektor, der wiederum ein enger Freund des Anwalts war.«

»Und, was hast du gemacht?«

»Die Klage zurückgezogen. Weil ich die Schmuckstücke mit der Südbahn nach Wien geschmuggelt habe! So, jetzt weißt du alles.« Luzzy schniefte und wischte sich ein paar Tränen von der Wange.

Dora war zwar nicht mehr die Jüngste – ein paar Furchen zogen sich über ihre ehedem glatte Stirn –, aber blöd war sie nicht. »Ein paar Steinchen und Kettchen hast du noch immer in deiner Wohnung liegen, stimmt's?«

Luzzy zögerte.

»Du brauchst mir keine Antwort zu geben. Es geht mich ja auch nichts an. Ich habe eine andere Idee. Mach doch ein Testament. Das kannst du bei deinem Anwalt in Triest hinterlegen. Und im Testament wirst du den Emmo zur Gänze enterben. Dann bekommt er gar nichts, wenn du stirbst.«

»Aber ich will nicht sterben! Das war nur eine blöde Laune mit dem Sprung ins Meer hinunter!«

Dora seufzte lang und anhaltend in dieser schier ausweglosen Debatte. Sie zog kurz die Rollos hinauf, um sich von der Sicherheit in der stillen Gonzagagasse zu überzeugen. Dann drehte sie sich zu Luzzy. »Sag, was ich dich schon immer fragen wollte: Wovon lebt dein Emmo eigentlich?«

»Wovon?« Luzzy wischte sich die letzte Träne, und es war am heutigen Tage tatsächlich die letzte, aus dem Auge. »Von mir natürlich.«

»Sonst macht er nichts?«

»Am Anfang log er mir vor, dass er an einem Almanach schreibe. An einem europäischen Hotelführer für die oberen Zehntausend. Aber wie so vieles, was er über sich erzählte, war auch das der reinste Schwindel.«

»Dann dreh doch den Spieß um. Sag ihm, dass er den Almanach fertigschreiben soll. Andernfalls verlässt du ihn und fährst nach Piran zurück.«

»Das wird er nie machen! Das mit dem Almanach war ein dick aufgetragener Schmäh, auf den ich hereingefallen bin!«

»Probieren kannst du es. Wenn er sich darauf einlässt und diesen Almanach schreibt, könnte es sein, dass er dich wirklich liebt. Wenn nicht, dann trenne dich von ihm. Alles kannst du nicht haben. Einen Mann fürs Bett und einen, der dich ausnimmt wie eine Weihnachtsgans. Du musst dich schon entscheiden.«

So, jetzt machen wir eine Pause in diesem kleinen Trauerspiel in der Gonzagagasse. Das gleichzeitig stattfindende große Trauerspiel auf der Ringstraße führte dazu, dass die Protestierenden brennende Kanister durch die zersplitterten Fenster des Justizpalastes warfen, worauf in diesem Akten und Möbel und Inventar Feuer fingen. Der Polizeipräsident Doktor Schober gab um 14.30 Uhr den Schießbefehl. Die Polizisten schossen wahllos in die Menschenmenge. Fast 100 Personen wurden getötet, darunter auch vier Polizisten.

Die kleine Tragödie in der Gonzagastraße hingegen endete friedlich. Aus Sicherheitsgründen verbrachte Luzzy die Nacht in einem der Zimmer in Doras Salon. Am nächsten Tag fuhr sie mit dem 43er in die Billigabsteige in die Hebragasse. Dort erklärte sie ihrem überraschten Emmo, dass nun ein für allemal Schluss sei mit dem Lotterleben. Er müsse ab jetzt seinen Hotelalmanach schreiben, um selber Geld zu verdienen. Jenen Hotelalmanach, von dem er seit Beginn ihrer Bekanntschaft prahlte. Andernfalls, drohte Luzzy, beende sie ihre Beziehung auf der Stelle und fahre nach Piran zurück. Aus und basta.

»Ist ja gut«, stammelte ihr Gatte und zündete sich mit einem Schwefelholz eine Zigarette an. »Ist schon gut, mein Luzzylein. Weißt du was? Wir reisen endlich nach Karlsbad. In Karlsbad gibt es das Hotel Pupp, darüber wollte ich sowieso schreiben.«

»Und wann?«, fragte die noch unschlüssige Luzzy.

»Von mir aus mit dem nächsten Zug. Ich muss nur ein Zimmer reservieren«, antwortete Emmo.

18. KAPITEL
DONNERSTAG, 21. JULI 1927

*Das Hotel Pupp * Die Sprudelpromenade * Der Kiosk vor dem Hotel Pupp*

Ein paar Tage später saß das Ehepaar Pelzer im Bäderzug ins westböhmische Marienbad. In Marienbad stiegen sie um und fuhren mit dem nächsten Schnellzug nach Karlsbad – auf Tschechisch: Karlovy Vary. Emmo hatte Platzkarten für beide Schnellzüge reserviert und im Hotel Pupp ein Doppelzimmer mit Balkon bestellt. Am Oberen Bahnhof nahmen sie einen der wartenden Leihwägen und ließen sich hinunter zur Brücke über die Eger chauffieren, sodann bog der Fahrer in das enge Tal der Tepl ein. Sie passierten die mondänen Hotels, hinter denen steile Hügel mit dichtem Wald emporragten. Nach einigen Windungen des Tales erreichten sie das Pupp, das mit seiner epochalen Breite das Tal abschloss; die Tepl knickte genau vor dem Hotel gen Süden und verlieh dem wie eine Talsperre aufgestellten Hotel eine theatralische Wirkung.

»Da wirst du genug Stoff für deinen Almanach finden«, verkündete Luzzy, als sie im Gartencafé saßen und an ihrem Kaffee nippten. Zum Kaffee hatten sie ein Stück der berühmten Pupp-Torte bestellt.

Der Herr Graf – natürlich hatte er als Graf Emmerich Pelzer das Zimmer vorbestellt – wusste nicht genau, wie er sich verhalten sollte. Einerseits war ihm seine Luzzy hörig, ein paar feste Griffe an den richtigen Stellen ihres grazilen Körpers, kombiniert mit adretten Worten und düsteren Blicken, reichten, und schon kroch sie zu ihm unter die Bettdecke. Postcoital herzte und koste sie ihn, wie er es einer 40-Jährigen kaum zutraute, und wuschelte verträumt durch seine dunkle Mähne. Andererseits schien es ihm, als spielte seine Luzzy tatsächlich mit dem Gedanken einer Trennung. Er zündete sich eine Zigarette an, um Zeit für taktische Überlegungen zu finden.

»Wenn du rauchen musst, geh bitte ins Rauchzimmer, da kannst du den ganzen Tag rauchen. So etwas gibt es hier! Außerdem ein Spielzimmer und einen Ballsalon mit exquisitem Orchester, das von einem Baron von Schoeneck dirigiert wird. Der schaut aus wie unser legendärer Schubert. Hast du von dem Restaurant gehört? Es bietet französische, Wiener und diätetische Küche. Ich würde an deiner Stelle gleich anfangen mit dem Hotelführer.«

Emmo blickte düster, inhalierte tief, hüstelte, nahm einen Schluck vom Kaffee und fragte: »Woher weißt du das alles? Wir sind doch gerade erst angekommen.«

Luzzy zog ein etwa 80 Seiten starkes Büchlein aus

ihrer Tasche. »Weil ich mich umgeschaut habe. An der Rezeption wurde ich nicht fündig. Aber vor dem Eingang zum Hotel gibt es einen Kiosk mit Zeitungen. Schau, was ich von dort mitgebracht habe. Einen Almanach! Das steht hier tatsächlich: ›Almanach 1927, Pupp-Hotel Karlsbad‹. Und der beginnt mit einem Monatskalender.« Sie reichte ihm das Büchlein, das er sorgfältig durchblätterte.

»Die Texte sind ja dreisprachig! Deutsch, englisch und französisch!«

»Du brauchst also nicht mehr zu recherchieren, sondern kannst die Inhalte übernehmen. Aber verändere den Wortlaut, sonst wirst du am Ende noch verklagt.«

»Wenn ich abschreibe, werde ich keine Provisionszahlung verlangen können. Da, schau, Werbung für das Hotel Esplanade in Berlin, für das Ambassador in Prag. Genau mein Konzept.«

»In dem Fall musst du dir eben etwas Eigenes einfallen lassen, mein Herr Graf Emmerich Pelzer.«

»Gut, ich werde mich erkundigen.« Emmo blätterte weiter durch den Almanach und verharrte auf der Seite 17: »Weißt du, wer hier bereits gastierte? Ein S. Freud aus Wien, Psycholog. Das steht so da, ›S. Freud, Psycholog‹. Das ist doch der von der Berggasse. Der ist jedes Jahr hier. Und eine M. Pickford, amerikanische Schauspielerin. Auch D. Fairbanks, amerikanischer Schauspieler.«

»Und nun Graf Emmerich Pelzer, österreichisch-ungarischer Schwindler und Betrüger.«

Emmo drückte seine Zigarette aus und blickte noch düsterer in die Karlsbader Bäderwelt. »Musst du sogar hier im Café damit anfangen!«

Luzzy konterte: »Weißt du, wie viel Geld du mir schuldest? Weißt du das noch oder hast du nicht mitgeschrieben?«

»Das war ja Teil der Abmachung!«

»Welche Abmachung? Wovon sprichst du?«

»Damals in Piran. Ich heirate dich, dafür zahlst du mir ab und zu ein paar Gefälligkeiten!«

»Herr Pelzer! Ich könnte dich anzeigen! Wegen Betrugs und Diebstahls und Defraudation! Da kommt ganz schön viel zusammen!«

»Und ich werde dir eine Tetschn geben, dass du mitsamt deiner dick aufgetragenen Schminke ins Wasser fliegst, du miserable alte Hexe!«

»Ich hätte dich nicht heiraten sollen, du wolltest von Anfang an nur mein Geld und meinen Schmuck und nie im Leben mich!«

Und schon waren sie inmitten einer heftigen Streiterei, in der sich die Vorwürfe in puncto Gehässigkeit und Arglist derart steigerten, dass alles wo enden könnte? Das böse Wort »Mord« wollen wir hier im vornehmen Karlsbad, im hezké Karlovy Vary, selbstverständlich vermeiden.

Luzzy sagte: »Du glaubst, ich sei dir verfallen. Einen Schmarren bin ich dir verfallen. Du griesgrämiger Rudolph Valentino. Ich werde jetzt zur Rezeption gehen und den Franzl Berger anrufen. Der soll herkommen und mich aus deinen üblen Machenschaften retten. Übrigens weiß ich, dass er mit seinem Onkel öfter hier war und den Herrn Moser von der berühmten Karlsbader Glaserzeugung recht gut kennt. Und noch immer mit ihm Geschäfte macht!«

Emmo setzte sich wieder nieder auf den Gartenstuhl – voll Aufregung war er dreimal um den Tisch gekreist – und zog schnell die Bilanz ihres bisherigen Ehelebens. Beschluss zur flotten Trendumkehr, typisch für emotionale Menschen. Emmo Pelzer bekundete mit vielen Schwüren und Eiden, dass er nicht zum Streite in die Kurstadt gefahren wäre. »Du hast recht, selbstverständlich hast du recht. Ich werde an meinem Almanach schreiben. Ich verspreche es dir beim Andenken an die Heilige Jungfrau.«

Stille.

Luzzy griff zur Stoffserviette und fächerte damit in den Zigarettenrauch – Emmo hatte sich inzwischen eine weitere Zigarette angezündet.

Bis zum Abendessen sprachen sie kaum mehr miteinander. Schweigend saßen sie im großen Speisesaal, einem lang gezogenen Raum mit riesigen Fenstern und einem alles überstrahlenden Kronleuchter aus Karlsbader Kristallen, an der Wand glamouröse Fotos der Filmstars. Und dazu die unvermeidlichen, im Raum verteilten und mit meisterhafter Hand aufeinander abgestimmten Stuckelemente.

Nach einem kurzen Besuch im Gesellschaftssaal, in dem Emmo zwei Zigaretten rauchte, zogen sie sich in ihr

Doppelzimmer zurück: selbstverständlich mit Warmwasser, Toilette, Haus- sowie Staatstelefon. Was immer sie im »Fremden- und Schlafzimmer«, so die Bezeichnung im Almanach, trieben, wir wollen sie dabei im Rahmen der hoteleigenen Diskretion in Ruhe lassen.

Am nächsten Tag schritten sie nach dem Frühstück zum Zeitungskiosk vor dem Hotel, der einer gewissen Emilie Procházková gehörte. Frau Procházková sprach wie fast alle Tschechen der Stadt recht gut Deutsch, vielen der Hotelgäste gab sie ausgezeichnete Tipps, wenn diese etwa tschechische Bierstuben oder Etablissements mit tschechischen Mädchen suchten. Im Kurviertel war es verpönt, mehrere Gläser ordentlichen Biers zu trinken.

Emmo kaufte eine Schachtel Zigaretten und einen Stadtplan. In der Kurzone war gemächliche Hatscherei angesagt, alles andere wurde als flott oder sittenwidrig registriert. Sie wandelten beim Theater vorbei zur Sprudelkolonnade. Die gesamte Kurzone am Fluss schaute aus wie eine Dependance des 1. Wiener Bezirkes, wenn durch den 1. Bezirk die Tepl fließen würde. Die vielen Promenaden und Bäder waren vom Wiener Theatergespann Helmer und Fellner errichtet worden. Die Sprudelkolonnade glich einer Mischung aus dem Palmenhaus in Schönbrunn und dem Messepalast im Prater, die Mühlbrunnkolonnade wirkte wie ein Verschnitt aus dem Tiergehege in Schönbrunn und dem Säulengang im Parlament. Das weltberühmte Kaiserbad erinnerte stark an einen Theaterbau und das tatsächliche Theater schaute aus wie ein Bad. Nur das Grandhotel Pupp war inkommensurabel und glich einzig und allein dem Pupp. Geführt von Herrn Julius Pupp schon seit dem Vorjahre, dem Jahre 1926. Seine Mutter war übrigens Maria Katharina Mattoni aus der berühmten Familie des Mineralwasserkönigs Heinrich von Mattoni.

Wieder zurück zu unserem Paar. Luzzy und Emmo wandelten einigermaßen friedlich durch die abgeschlossene Eisenkonstruktion der Sprudelkolonnade. In den Händen hielten sie spezielle Trinknäpfe – Porzellankannen mit hohen, gekrümmten Schnäbeln. Diese hatten sie von Frau Procházková erhalten und dabei von ihr erfahren, dass sie vor einem Jahr einen Karosseriespengler mit dem Namen Josef Beyerl geheiratet hatte, der zurzeit in Wien sein Karosserieglück versuchte.

Als sie beim in gewaltige Höhen aufschießenden Sprudel ankamen, hielten sie an. Weiß beschürzte Sprudelnymphen füllten ihnen den Porzellannapf mit dem heißen Zaubertrank. Die Kurverwaltung wollte vermeiden, dass die Kurgäste sich beim Abfüllen die Finger verbrannten und mit verbrannten Fingern statt einer geheilten Leber nach Hause zurückkehrten.

Mit dem gefülltem Napf lustwandelten die beiden mit 60, 70 anderen Lustwandlern in der Kolonnade stetig auf und ab und setzten hin und wieder den Schnabel des Napfes an die Lippen. Beide bemühten sich, trotz des grauslichen Geschmacks des Quellwassers, mit glücklicher Miene auf die anderen Lustwandler zu blicken. Nach einer halben Stunde des sorgfältigen Promenierens ließen sie ihre Näpfe von den weißen Quellennymphen erneut auffüllen.

»Ich hab noch keinen einzigen Schluck genommen von dem Zeug, sondern alles unauffällig ausgeleert«, flüsterte Emmo, da ein halbwegs lautes Wort die weihevolle Atmosphäre stören würde.

»Aber du musst das ausprobieren, für deinen Almanach. Also trink!«

Emmo unterdrückte einen lautstarken Hustenanfall. Mit seinem Stecktuch wischte er sich den Schweiß von der Stirn.

Und schon kommandierte sein geliebtes Eheweib: »Danach machen wir in der Mühlbrunnkolonnade weiter. Also hopp, trink endlich, du wirst es überleben!«

Auf inständiges Bitten Emmos setzte sich das Paar auf ein Bankerl vor der Sprudelkolonnade. Sie betrachteten das markante, etwa acht Meter hohe Eingangstor mit zwei Laternen, auf dem Dach die geflügelte Nike, die Siegesgöttin. Überall die für den Ringstraßenstil typische Stukkatur in Form von Vasen, Blumen und Ornamenten. Am linken Seitentrakt »ANNO«, am rechten »1875«.

Nach einer Zigarette konnte Emmo wieder klar denken und sogar vorsichtig formulieren. »Sag, gibt es hier nicht gesinterte Steine, vom Sprudelwasser gesinterte Steine? Ich meine, gehört zu haben, dass man diese in Karlsbad entweder in der reinen Form oder verarbeitet kaufen kann, als Aschenbecher, Knöpfe oder was weiß ich.«

»Aha. Mit welchem Geld willst du die kaufen? Und was hast du damit vor? Sie über die Grenze schmuggeln und deinem Freund, dem Franzl Berger, verkaufen?«

»Der ist mittlerweile wohl eher dein Freund. Aber prinzipiell hab ich an so etwas gedacht. Wozu hast du deine Buchattrappen und deine Zigarrenschachteln mitgenommen?«

Luzzy zeigte ungewohnte Strenge, doch sie wusste, dass das jetzt sein musste. »Willst du dich schon wieder nicht an unsere Abmachung halten? Du bist hier, um einen Almanach zu schreiben. Morgen wirst du deine Kamera nehmen und eine Tour durch die Kolonnaden machen.«

Kleinlaut und ungeschickt erwiderte Emmo: »Aber da wimmelt es von Kurgästen!«

»Die Kolonnaden können aber in einem Almanach nicht fehlen, in dem das Hotel Pupp in Karlsbad vorkommt. Die Frau Procházková vom Kiosk wird uns sicher verraten, wohin du anschließend gehen könntest, um weniger Bekanntes zu entdecken. Die ist billiger als ein ortskundiger Führer.« Also auf zum Kiosk vor dem Pupp.

Im Kiosk waren tatsächlich alle möglichen deutschen, französischen und englischen Zeitungen zu erhalten.

»Frau Procházková«, wandte sich Luzzy an die junge Dame hinter der Budel, »mein Mann will morgen die Stadt besichtigen. Er möchte aber eher unbekannte Aspekte von Karlsbad betrachten. Was können Sie ihm empfehlen?«

»No tak, da müssen Sie erst einmal lernen, was Sprudel auf Tschechisch heißt. Vřídlo.«

Luzzy und Emmo blickten einander verzweifelt an.

»Nein, das war Spaß. Passen Sie auf, junger Mann. Gehen Sie hinauf zum Hirschensprung. Das ist eine Statue mit einer Gemse, aber die Karlsbader nehmen das nicht so genau und sagen dazu Hirschensprung. Von dort gehen Sie den Fußweg zum nächsten Gipfel. Als nämlich Peter der Große, das war der russische Zar …«

Emmo nickte, selbstverständlich wusste er, wer Peter der Große war.

»Als Peter der Große mit seinen Freunden in den Wäldern herumritt, stahl er zur Hetz einem Bauern einen müden Klappergaul. Um anzugeben – er hielt sich für den besten Reiter seiner Zeit –, bestieg er den Klappergaul und ritt mit ihm auf den steilen Gipfel hinauf. In einen Stein gleich neben dem Gipfel ritzte er die Buchstaben ›M S P I‹. Die kann man bis heute sehen, das müssen Sie unbedingt fotografieren.«

»Junge Frau, was heißt ›M S P I‹?«, fragte Emmo. »Mit seiner pinkelnden Initiative?«

»Aber woher. Das heißt: ›Manu Sua Petrus Imperator‹«, so die Kioskfrau.

»Siehst du, du hast für morgen viel zu tun«, beendete Luzzy das Gespräch mit Emilie Procházková.

Als sie abends wieder im Speisesaale saßen, raunte Emmo Pelzer seiner Frau zu: »Du hast gesagt, morgen soll ich die Bäder und Kolonnaden anschauen.

Dann kann ich erst übermorgen hinauf zum Gemsensprung.«

»Hirschensprung, du Dodl. Gut, aber dabei bleibt es jetzt. Morgen die Kurpromenade, übermorgen der Hirschensprung!«

19. KAPITEL
MONTAG, 25. JULI 1927

*Die české gumičky * Im Hotelbett * Die Ehre eines Mannes*

Natürlich hatte Luzzy vom Hotel Pupp aus den Franzl Berger angerufen. Sie fühle sich bedroht von ihrem Mann, er müsse sie unbedingt retten.

Franzl hatte seine Chance gewittert. Er war gleich am Sonntag in den Morgenzug gestiegen, der um 8.25 Uhr am Wiener Franz-Josephs-Bahnhof startete, war in Marienbad um 16.39 Uhr in den Schnellzug nach Karlsbad gewechselt, das er um 18.39 Uhr pünktlich erreichte. Er kannte die Bäderstadt seit den Besuchen mit seinem Onkel bei dessen Freund Ludwig Moser, dem damaligen Vorstand der jüdischen Gemeinde Karlsbad. Besagter Ludwig Moser hatte in Meierhöfen, einer benachbarten Siedlung im Tal der Eger, eine Glasfabrik gegründet, die schnell expandierte und in den großen Städten Europas eigene Verkaufsläden hatte. In Wien allerdings nicht. Das nutzte Franzl Berger, der beim Sohn des alten Moser – der war vor zehn Jahren verstorben –, bei Leo Moser, gelegentlich glitzernde Glasperlen kaufte.

Franzl hatte sich schon während der Zugfahrt für die Reihenfolge seiner Aktivitäten entschieden, er wollte nichts vermischen: erst das Private, dann das Geschäft. Also war er am Oberen Bahnhof in einen der dort wartenden Leihwagen gestiegen, hatte sich jedoch nicht talaufwärts in die Glasfabrik von Leo Moser bringen lassen, sondern hinein ins Tal mit den heißen Quellen und den mit endlosen Wäldern bedeckten Hügeln, deren Schatten sich auf die in der Hitze schmachtenden Kurgäste senkte. Franzl war am Pupp vorbeigefahren, in dem er zusammen mit Frau Alice Decker schon oft ein Wochenende verbracht hatte. Sicherheitshalber hatte er den Hut vor das Gesicht gezogen und sich geduckt. Beim »Posthof« am hinteren Ende des Tales hatte er den Leihwagen verlassen. Dort hatte er von Wien aus ein Einzelzimmer bestellt.

Nach einer erholsamen Nacht und einem passablen Frühstück schritt Franzl Berger ins Zentrum. Er passierte das Beethoven-Denkmal, achtete aber nicht auf den grimmigen und zornigen Gesichtsausdruck des Komponisten, der hier den erlauchten Dichterfürsten aus Weimar als »Fürstendiener« beschimpft haben soll. Er ging am renommierten Kaiserbad mit den Aquarellen des ehemaligen Kaiserpaares vorbei und wandte sich vor dem Pupp zum Zeitungskiosk.

Zur eingeweihten Emilie Procházková sprach er die

vereinbarten Worte: »Es war der Hirsch und nicht die Gemse!«

»Der Hirsch hat große Hörner! Freue mich, Sie wiederzusehen, werter Herr Franzl Berger aus Wien!«

Der Juwelier lüftete den Hut, beugte sich zur auf einem Hocker sitzenden Emilie hinunter und erkundigte sich leise: »Gibt es Neuigkeiten von Frau Pelzer?«

»Freilich. Sie sollen raufkommen zu ihr auf Zimmer 35.«

»35?«

»Nebo tričet pět, 35. Die Luft ist rein.«

Sicherheitshalber blickte Franzl zur Eingangstür des Hotels, wo er keine Passanten, nicht einmal einen Pagen erblickte. Dann drehte er sich wieder zum Kiosk um. »Vielen Dank, Frau Procházková!«

»Halt! Bevor Sie gehen … Das sollten Sie nicht vergessen.« Sie überreichte ihm ein in Zeitungspapier gewickeltes Packerl.

»Was ist das?«, fragte der Juwelier.

»Das sind české gumičky. Werden Sie bei Frau Luzzy brauchen können!«

Unser Franzl kapierte sofort, steckte das Packerl in seine Sakkotasche und drückte Frau Procházková einen Zehnkronenschein in die Hand. »Und Sie haben noch nie von einer Alice Decker gehört«, raunte er ihr zu.

Frau Procházková flüsterte zurück: »Mein Mund ist stumm wie ein Fisch. Wer zum Teufel ist Alice Decker? Dass ich es nicht vergess: Grüße an Frau Decker, wenn Sie wieder in Wien sind!«

»Werde ich ausrichten. Aber jetzt pscht.« Er blickte auf das von der Standlerin überreichte Packerl.

»Was ist das für eine Zeitung?«

»Das ist das Salonblatt mit allen Kurgästen, erscheint 14-tägig. Auf Seite sieben finden Sie die heutigen Gäste in Karlsbad.«

»Ich steh aber nicht drinnen?«

»Da müssen Sie schon selber nachschaun«, so die Antwort der liebenswürdigen paní Procházková. Sie war auf jeden Kronenschein angewiesen, da ihr Mann nach Wien übersiedelt war, um im 12. Gemeindebezirk, also in Meidling, in einer Spenglerei sein Geld zu verdienen. Doch Geld hatte der Gauner von der österreichischen Hauptstadt aus noch nicht überwiesen. Im Gegenteil: Er sollte aus der bittersten Armut in Meidling nie wieder in die reiche Bäderstadt zurückkehren, aber das ist eine andere Geschichte, und die soll anderswo erzählt werden.

Kurz überflog Franzl Berger das Salonblatt. Im Moment logierten in Karlsbad: Alexander Graf Kolowrat (Imperial), Franz Freiherr v. Löwenthal (Stadt Gotha), Adolf v. Popper Arthery (Savoy), Valerie Gräfin v. Luxemburg (Vier Jahreszeiten), während Chefredakteur Doktor Paul Hohenau in Marienbad residierte. Franzl rollte die Zeitung zusammen, eilte direkten Weges zum Zimmer mit der Nummer 35 und klopfte dreimal an die Tür.

Fünf Minuten später jammerte Luzzy: »Er betrügt mich!«

»Er betrügt dich doch nicht. Mit wem denn?«, wollte Franzl sie beruhigen.

»Nicht ›mit wem‹. Mit was! Er zahlt mir seine Schulden nicht zurück. Und er lügt mich andauernd an!« Luzzy stand, besser, sie saß auf dem Doppelbett kurz vor dem inszenierten Ausbruch von Tränen, Schluchzern, Seufzern.

Aha, das Pack belügt sich, das Pack betrügt sich, dachte unser Franzl. Er ahnte, dass er Teil einer ausgeklügelten Racheaktion sein sollte, vielleicht sogar als das Zentrum dieser Racheaktion fungieren sollte. Deshalb war er auch so schnell von Wien nach Karlsbad gefahren. »Wo ist denn unser Halodri?«, fragte er, um ein wenig Zeit zu gewinnen und den Rachefeldzug zu seinen Gunsten zu variieren.

»Ich hab ihn auf den Hirschensprung geschickt. Da braucht er drei Stunden hinauf und noch länger herunter. Aber man kann nie wissen.« Sie sprang auf, schloss die Zimmertür ab und zog die schweren Vorhänge aus Damast zu. »Soll ich nicht einen Champagner bestellen? Das wäre ein prickelndes Vorspiel …«

»Dazu haben wir keine Zeit. Jetzt komm schon!«

Sie zog ihr Kleid mit dem Mascherl und den vier Knöpfen über ihre Schulter und huschte blitzschnell unter die Bettdecke. Franzl musste darauf verzichten, die Zimmereinrichtung nach etwaigen Schmuckstücken zu durchforsten, denn Luzzy trug unter ihrem Mascherlkleid fast nichts mehr. Sie nestelte unter der Decke ihren Schlüpfer ohne Beinansatz über die

Unterschenkel und Zehen hinunter, und Franzl hängte Sakko und Hemd auf eine Stuhllehne, die Hose warf er über die Schulter auf den Spannteppich des Pupp-Zimmers.

Er kannte von früheren Begegnungen die Vorlieben der Frau Luzzy. Also kroch er behände unter die Bettdecke, Kopf voran, bis er das untere Lippenpaar verspürte. Das war unbehaart, das wusste Franzl, umso intensiver konnte er sie mit seiner Zunge salben. Mit runden, gleichmäßigen Bewegungen koste er vorsichtig den Kitzler, bis dieser anschwoll.

Luzzy räkelte sich leicht, ihr Keuchen wurde rhythmisch, ihr Becken begann zu zucken, sodass Franzl den Griff an die Oberschenkel leicht verstärkte. Er spürte, wie sich sein Guckindiewelt regte, schnell zog er seine Unterhose hinunter, und sein kleiner Franzl konnte sich in Freiheit zu voller Größe entfalten. Nun ward es Zeit, dass er seine Zunge nach oben wandern ließ, bis er die kleinen Brüste erreichte. Sein vermaledeiter Guckindiewelt wollte nicht länger warten und endlich in der Liebesgrotte versinken. Dass in seiner Rocktasche ein Packerl mit den české gumičky auf Verwendung wartete, vergaß er in der ihn übermannenden Eile.

Ausgerechnet jetzt, kurz vor dem Moment, da der geschwollene Guckindiewelt sich zu entladen gedachte, da bewegte jemand von außen die Türschnalle und pumperte anschließend wild an die Zimmertür. Bumbumbum! Dann trat dieser jemand mit dem Schuh wütend gegen die Tür. Beim dritten Tritt splitterte die Tür und der Herr Jemand konnte nach ein paar Stößen mit dem Ellbogen die Tür öffnen.

Herein kam Emmerich Pelzer. Er blickte auf seine Frau, die schnell ein Laken über ihren Unterkörper wickelte, und seinen Geschäftsfreund, der seinen hoch aufragenden kleinen Franzl nicht mehr verstecken konnte. Erst flog ein Aschenbecher aus Kristallglas vom Esstisch auf das Doppelbett. Der Aschenbecher zersplitterte nicht, dafür verstreute sich die miefende Asche auf den Laken des Bettes. Dann warf der gehörnte Ehemann eine leere Blumenvase mit voller Wucht gegen das Nachtkasterl, auch die Blumenvase zerbrach nicht. Das steigerte Emmos Wut noch mehr, denn einen ungarischen Grafen betrügt man nicht!

»Emmo!«, brüllte der Juwelier. »Emmo, hör doch auf!«

»Ich soll aufhören? Du hör auf, du geiles Schwein!«

»Halt dein Maul, dein Gebrülle hört ja jeder Mensch in ganz Karlsbad!«

»Ganz recht, das soll auch jeder hören in ganz Karlsbad!« Und der Herr Graf Emmerich Pelzer packte einen Korbsessel an den Vorderfüßen und brachte sich damit in Kampfstellung.

In diesem Augenblick stürmte die aus vier kampferprobten Männern bestehende zivile Eingreifgruppe des Hotels Pupp den Raum und isolierte den schnaubenden Angreifer. Herr Julius Pupp wollte gewaltsame Auseinandersetzungen in den Räumlichkeiten prinzipiell unterbinden und hatte schon vor Jahren eine

Truppe aus couragierten Mitgliedern des Karlsbader Boxclubs engagiert.

Eine Viertelstunde später war zwar die Ordnung noch nicht wiederhergestellt, aber die ungezügelten Handgreiflichkeiten waren vorbei. Die drei Kontrahenten saßen an einem Tisch in Cafégarten bei Cognac und Kaffee. Des Grafen Erschütterung war nach wie vor ungebrochen, am liebsten hätte er seine Frau verprügelt und seinem Geschäftspartner das Portmonee geklaut. Aber es gab im Moment nichts zu klauen. Zudem wusste er – sein Verstand schien wieder zu funktionieren –, dass ihm beide Vorhaben hier im Pupp nur Schimpf und Schande und am Ende Kinnhaken der Sicherheitstruppe eingebracht hätten. Also musste er seinen beleidigten Stolz bändigen und griff zur Beruhigung nach einer Zigarette. Ein paar Schritte weiter postierten noch immer die Guerillas der Einsatzgruppe und zählten die Kiesel auf dem Boden.

»Gut, ihr habt mich überzeugt«, begann der falsche Graf die Konversation. »Ich haue ab, ich fahre fort.«

»Ja, aber du schuldest mir viel Geld, und der Luzzy übrigens auch«, setzte Franzl fort.

»Und du schuldest mir die Ehre«, so Herr Emmo.

»Wie viel Geld ist dir die Ehre wert?«

»Mit dir mach ich keine Geschäfte mehr. Du kannst mich ja verklagen. Ich fahr heute noch!« Emmo richtete seine Worte stets an den Wiener Juwelier, seiner Frau widmete er keinen Blick.

»Aha, und wohin willst du fahren?«, fragte Franzl.

»Das werde ich dir nicht auf die Nase binden, du geiler Gartenspecht!«

»Pscht, beruhige dich, die Herren vom Wachdienst hören mit. Warum Gartenspecht?«

»Stimmt, passt nicht. Selbst ein Gartenspecht hat mehr Ehre in seinem Leib als du!« Der falsche Graf drückte seine Zigarette aus.

Zum ersten Mal schaltete sich Luzzy ein. »Und was wird aus deinem Almanach?«

»Geh bitte, ich habe nie vorgehabt, so etwas Blödes wie einen Almanach zu schreiben. Aber du hast mir alles geglaubt. Die Geschichte mit dem Almanach. Die Geschichte mit dem ungarischen Grafen. Und das alles, damit ich mit dir ins Bett gehe.«

»Irgendetwas ist jetzt nicht ganz logisch«, warf Franzl Berger ein. »Ein bisschen vermischst du die Fakten.«

»Es geht nicht um die Logik, es geht um die Ehre eines Mannes.«

»Nein, es geht darum, dass du uns einen Haufen Geld schuldest!«

Eine halbe Stunde später verließ Emmo Pelzer grußlos das Gartencafé, packte seine Siebensachen im Zimmer mit der Nummer 35, sauste zur Rezeption, gab den Schlüssel zurück mit dem Hinweis, dass seine Ehefrau die Rechnung begleichen werde, erhielt seinen ungarischen Reisepass und verschwand aus dem Hotel. Beinahe wäre es ihm auch geglückt, aus der weiteren Geschichte zu verschwinden, hätte ihn nicht unser wackerer Oberinspektor aus dem Wiener Sicherheitsbüro in der wunderschönen Stadt Piran am Schlafittchen gepackt.

20. KAPITEL
DIENSTAG, 26. JULI 1927

*Die Perlen aus dem Hause Moser * Die Kühle in Gottesgab * Das Geschenk im Franz-Josephs-Bahnhof*

Nach den Malifikationen des letzten Tages beschlossen Luzzy Pelzer und Franzl Berger, in Karlsbad noch ein paar entspannte Tage zu verbringen. Für die angerichtete Kalamität reichte unser Franzl den Pagen und der Rezeption je einen Zehnkronenschein, dafür übersiedelte er vom Posthof in das wohlfeilere Doppelzimmer im Pupp, wo die Tapeten aus Seidenbrokat und die Möbel aus Mahagoni waren.

Gleich nach dem Frühstück mietete er einen Kraftwagen beim Egerländer Automobil-Club. Mit seiner heißgeliebten Luzzy fuhr er vom Pupp erst hinunter ins Tal der Eger und sodann hinauf nach Meierhöfen zu seinem Freund, dem Leo Moser. Der Kauf verschiedener Waren in der Glasfabrik zu Meierhöfen war der eigentliche Grund für seine Reise in die Bäderstadt. Bis zum Ende des Krieges war deren Transport nach Wien eine reichsinterne Angelegenheit und somit eine Lappalie gewesen. Doch seit der Gründung der Tschechoslowakei kontrollierten die diensteifrigen Zöllner im Zug nach Wien jeden Passagier nach Strich und Faden.

Franzl Berger pflegte weder Strich noch Faden nach Wien zu schleppen, dafür jene kugelförmigen Kinkerlitzchen, die man in gewissen Kreisen als Perlen bezeichnete. Leo Moser zeigte ihm sein Depot, und Franzl überprüfte bei passendem Licht Größe, Form und Lüster, wobei mit Lüster die Qualität der Lichtreflexionen an der Oberfläche bezeichnet ward. Leo hatte soeben Perlen aus der Sowjetunion importiert und nutzte dabei den Vorteil, dass der neue tschechoslowakische Staat mit dem slawischen Bruderstaat so manche Allianzen eingehen konnte.

Bei einem Kaffee besprachen Leo und Franzl die neue geopolitische Lage, die zu recht ungewohnten Allianzen führte, während Luzzy im Schauraum eine ausgedehnte Perlentour unternahm. Nach dem Ende des alten Reiches der Habsburger hatte die junge Republik »Deutschösterreich« jene Randgebiete der Tschechoslowakei in ihr Territorium integrieren wollen, die mehrheitlich von einer Deutsch sprechenden Bevölkerung besiedelt waren. Die Siegermächte des Krieges hatten jedoch im Vertrag von Saint Germain die Bezeichnung »Deutschösterreich« untersagt und zudem auf die alten historischen Landesgrenzen bestanden. So war die Bäderzone mit Karlsbad, Marienbad und Franzensbad in der neu gegründeten Tschechoslowakei verblieben. Manche Teile der »Sudetendeutschen« wollten gemeinsam mit dem allseits anerkannten Präsidenten Tomáš

Garrigue Masaryk den neuen Staat aufbauen. Zu ihnen zählte auch Leo Moser. Andere wiederum versanken im wüsten Deutsch-Nationalismus, der sich gegen die »falschen Tschechen« und die »bösen Juden« richtete.

Nachdem Franzl und Leo das Geschäftliche geregelt und sich über das Politische ausgetauscht hatten, schenkte Leo seinem Wiener Freund zum Abschied eine Kiste Karlsbader Becher-Bitter. Der angesehene Kaufmann Josef Becher, Neffe des berühmten Kurarztes David Becher, hatte im Jahre 1807 aus einer Mischung von Kräutern und Gewürzen diese Mixtur präsentiert, die Geheimrezeptur gab er an seinen Sohn Johann Becher weiter. Franzl bedankte sich für die Kiste Kräuterlikör – die Perlen wollte er am Tag seiner Abreise nach Wien abholen.

Beim Nachtmahl im Speisesaal des Pupp sinnierte er über sein neues Problem. Das hieß Luzzy Pelzer. Er konnte sie nicht nach Wien mitnehmen, dort harrten seiner bereits mehrere Damen der Gesellschaft. Zudem würde seine alte Mutter andauernd nörgeln und ihm das Leben zur Hölle machen, würde er dieses zierliche Wesen mit der Bubikopffrisur in seine Wohnung in der Spiegelgasse schleppen.

Noch blieb ihm Zeit, um eine Lösung zu finden. Nach dem ausgedehnten Souper wichen sie ins Zimmer mit der Nummer 35 zurück und vollendeten dort jene Verrichtung, die sie am Tag zuvor durch widrige Umstände unterbrochen hatten.

Am nächsten Tag lud unser Franzl seine Luzzy zu einer Tagespartie mit dem Automobil ein. Sie fuhren in die laut Eigenwerbung schönste und höchstgelegene Siedlung Mitteleuropas. Nach Boží Dar, Gottesgab, wie die Siedlung von der Deutsch sprechenden Bevölkerung bezeichnet wurde. Wer je die Alpen mit ihren schroffen Felsen und steilen Gipfeln bereiste, wer je den Semmering auf der Fahrt in den Süden überquerte, der wird in Gottesgab voller Enttäuschung seine Augen verdrehen: keine Berge, große flache Matten, die Siedlung mit den paar Häusern knapp über 1.000 Meter über dem Meeresspiegel. Doch war das Klima in Gottesgab ausgesprochen erfrischend, verglich man es mit der dampfenden und seltsam riechenden Atmosphäre in der Kurzone von Karlsbad.

Franzl hielt auf dem Parkplatz des einzigen Gasthauses, beide stiegen aus dem Automobil und wanderten ein Stück aus dem Ort hinaus. Auf einem Holzbankerl mit Blick auf das Erzgebirge ließen sie sich nieder. Unbeschwert und fern der Hektik des Kurbetriebes konnten sie sich aneinanderschmiegen und sich sanfte Wörter zuflüstern. Als am Horizont über dem Erzgebirge schwarze Gewitterwolken auftauchten, mahnte Franzl zum Aufbruch.

Nach mehreren Küsschen stiegen beide ins Automobil und er fuhr zwei Stunden lang nach Karlsbad zurück.

Am letzten Tag in Karlsbad dinierten sie im großen Speisesaal.

»Jetzt bist du den Kerl für immer los«, murmelte

Franzl und langte nach dem Glas, das mit einer Mischung aus Becher-Bitter, Sekt und Mineralwasser gefüllt war und an heißen Abenden gerne von den Gästen bestellt wurde.

»Ja, und mit ihm bin ich auch das Geld los.« Luzzy biss in die geräucherte Rinderzunge, die sie als Vorspeise bestellt hatte.

»Das Blöde ist, du kannst den Kerl nicht anzeigen.« Franzl rührte einen Happen Rinderzunge im Apfelkren.

»Willst du ihn anzeigen?« Luzzy nippte an dem Glas mit der Sommermischung aus dem Hause Pupp.

»Woher denn«, so Franzl. »Hunde lässt man laufen. Der Hund hat mich immer als Jude bezeichnet. Das war ja beinahe krankhaft bei ihm. Oder es hat Methode. Politische Methode.«

»Aber du bist doch Jude?«

Franzl Berger reckte sein Gesicht nach vorne, dass es fast über den gesamten Porzellanteller mit der Hauptspeise – eine confierte Entenkeule – reichte, und brummte: »Na und? Das ist mein privates Laster, oder wie auch immer man die Ausübung einer Religion bezeichnet. Im Übrigen bin ich seit 1920 getauft. Ich weiß nicht einmal, ob Juden eine Entenkeule essen dürfen oder nicht. Soda.«

Luzzy ahnte, dass sie einen wunden Punkt in der sonst tadellosen Biografie des Herrn Franzl getroffen hatte, und konzentrierte sich auf ihren Stör, den sie mit Walnüssen und Rosinen bestellt hatte.

Zum gegenwärtigen Zeitpunkt war Franzl nicht klar, ob Hinweise auf seine jüdische Herkunft ihm schaden oder nutzen könnten. Sicherheitshalber wechselte er das Thema. »Schau dir da oben den großen Kristalllüster an. Der stammt von der Firma vom Leo Moser. Der ist übrigens auch Jude. Ein bekennender dazu.« Somit war er doch wieder beim Thema angelangt.

»Ich weiß, ich hab mir den Schauraum angesehen. Da hingen solche Lüster. Der hat ja auch einige Garnituren von Tafelservice hergestellt, die aus 100 Teilstücken bestehen.«

»Wir werden ihm morgen in der Früh noch einen Besuch abstatten. Ich will etwas nach Wien mitnehmen.«

»Ich vermute die Perlen?«

»Pscht, red nicht so laut, das braucht nicht jeder hören.« Franzl nahm einen weiteren Schluck aus dem Glas und platzierte seinen geleerten Teller auf die linke Tischseite. »Soll ich eine Pupp-Torte bestellen?«

»Lieber Franzl, ich kann nicht mehr. Außerdem muss ich in meinem Alter ein wenig auf die Figur achten! Ich bin keine 20 mehr!«

Der Kellner eilte dienstbeflissen zum Tisch und servierte untertänigst ab. Franzl bestellte zwei Kaffees der Hausmarke Pupp, also mit Eiscreme und Schlagobers.

»Ich habe in den letzten drei Tagen nachgedacht über uns.« Franzl lehnte sich zurück und streckte den Arm über die Sessellehne.

»Was willst du damit sagen?«, fragte Luzzy.

»Schau, es geht darum: Was willst du in Zukunft machen? Morgen am Abend sind wir in Wien, und dort schaut alles anders aus zwischen uns.«

»Ich weiß«, seufzte Luzzy, »du hast in Wien keinen Platz für mich.«

»Aber Luzzylein, Platz hätte ich schon, du weißt ja von meiner Wohnung in der Spiegelgasse. Doch meine Mutter wird dich verzanken. Sie hat mir bisher noch jede Frau vertrieben.« Franzl machte eine Pause, um zu beobachten, wie Luzzy ihre Situation einschätzte.

Der Kellner brachte die beiden Pupp-Kaffeeschalen.

»Andererseits kann ich meine Mutter nicht verstoßen. Sie ist schon recht alt und kann unmöglich alleine in einer Wohnung existieren.«

Luzzy trank ihren Kaffee ohne Zucker, ihr reichte der Gupfen mit Schlagobers. »In Wien werde ich niemanden haben. Meine Freundin Dora, heißt es, habe in den letzten Tagen einen Schlaganfall gehabt. Das wäre äußerst schlecht für sie und ihr Theater.«

Und für dich auch, du obdachlose Edelkurtisane, dachte Franzl. Hingegen sprach er, sich wiederholend: »Ich hab die letzten Tage nachgedacht.« Klingt doch immer gut, wenn man bekundet, tagelang nachzudenken. »Und mir ist etwas eingefallen.«

»No, was denn?«

»Machen wir mit dem bisherigen Geschäftsmodell weiter.«

»Welches Geschäftsmodell?«

»Du bleibst in Piran in deiner Wohnung. Ich hab aus

gut informierten Kreisen gehört, dass du noch immer Ware aus Italien beschaffen kannst. Wenn du so weit bist und die Ware hast, dann ruf mich an, oder noch besser, schick mir ein Telegramm ins Geschäft. Anschließend fährst du sofort nach Wien. Wenn ich Zeit habe, hole ich dich selbstverständlich vom Südbahnhof ab. Was meinst du dazu?«

Luzzy ahnte, dass sie nicht beides haben konnte, die private sowie die geschäftliche Fortune. Eine wird immer zerschellen, und die zerschellten Einzelteile werden kaum zu kitten sein und von allen Seiten mit schneidenden Widerhaken auf ihre arme Seele drücken. Doch sie nahm es gelassen und sagte: »Im steigenden Alter werde ich auch nicht mehr jünger.«

Franzl überhörte diesen Pleonasmus und schickte sich an, die geopolitische Situation zu erklären: »In Wien geht es im Moment drunter und drüber. Auf den Straßen rennen die Sozis mit ihrem Schutzbund und die Christlichen mit den Heimwehren herum. Beide Verbände tragen Waffen und wollen lieber heute als morgen aufeinander schießen. Normalerweise nennt man so eine Situation Bürgerkrieg. Eigentlich ist klar, wer stärker ist, denk nur an unseren Polizeipräsidenten, den Doktor Schober, der wird schon kräftig mithelfen.«

»Aha, aber im Waffenhandel bist du nicht tätig, oder doch?«

»Geh woher, mit Waffen will ich nichts zu tun haben, das ist mir zu ordinär. Was ich sagen wollt: Wenn du in Italien bleibst, bist du in Sicherheit. Dort regiert die starke Hand der Faschisten mit ihrem feisten Herrn Mussolini. Der kümmert sich um Ruhe und Ordnung. Jetzt sollen sogar die Züge pünktlich ankommen. Fürs Geschäftliche ist das alles besser.«

»Aber du wirst mich in Piran besuchen?«

Franzl leerte den Kaffee vom Hause Pupp. »Luzzylein, so oft es nur geht!«

Luzzys Ahnung wurde zur Gewissheit: Sie hatte schon wieder ein Verhältnis mit einem Mann begonnen, dessen Part es war, sie zu belügen und zu betrügen. Doch im Geschäftlichen war er solide, bei den Abrechnungen fälschte er nicht, und wenn die Zeiten tatsächlich so chaotisch und gefährlich werden sollten, wie es ihr Franzl andeutete, hatte sie in Piran zumindest finanziell ein hohes Maß an Sicherheit. »Also gut, ich bin einverstanden. Wir machen es so, wie du es vorgeschlagen hast.«

»Es soll dein Schaden nicht sein«, äußerte sich der Franzl Berger zufrieden. »Und vielleicht, wenn das Modell klappt, kann ich die Villa Berander zurückkaufen!« Franzl drehte sich um und winkte: »Herr Ober, zwei Becher zum Abschied. Zwei Becher mit Becher.«

Der Ober blickte finster ob des abgegriffenen Schmähs, so finster, wie eigentlich nur die Kellner in Wien schauen können, wenn ihnen der Schmäh ausgeht. Beim Servieren der beiden Becher verlangsamte er deshalb mit voller Absicht sein Tempo.

Am nächsten Tag beeilten sich die beiden mit dem Frühstück, um halb neun zahlte Franzl an der Rezeption, hinterließ reichlich Trinkgeld und eine Flasche Becher-Bitter, verabschiedete sich schnell von Emilie Procházková, hoffte, dass diese sich nicht nach Alice Decker erkundigte, und setzte sich mit seinem Luzzylein in einen vor dem Pupp wartenden Mietwagen.

Sie fuhren vorbei am Stadttheater, passierten die Sprudelkolonnade, die sie nach der Ankunft von Franzl kein einziges Mal aufgesucht hatten. Franzl war bekannterweise ein Gourmand und wollte sich seinen Magen nicht mit dem Sprudelwasser verderben. Sie fuhren am Haus »Zum Goldenen Schlüssel« vorbei, in dem »Charles Marx, Privatier« zwischen 1874 und 1876 gekurt hatte; der Ahnherr des Sozialismus hatte zudem die Frechheit gehabt, über die Kurstadt zu lästern, weil er seinen geliebten Rotwein nicht in seinen gewohnten Mengen trinken durfte.

Angelangt im Tal der Eger fuhren sie gen Osten, flussaufwärts, zur Fabrik des Glaskönigs Leo Moser. Der hatte für Franzl bereits ein Paket geschnürt, sprich, zwei kleine Sackerl vorbereitet, die der Wiener Juwelier in seinen Schuhen mit den doppelten Sohlen verstaute. Dann trat er absichtlich in eine schlammige Pfütze, die Schuhe sollten bei einer etwaigen Kontrolle der Zollbeamten einen äußerst hässlichen Eindruck vermitteln.

»Willst du die Sprudelsteine mitnehmen? Sind sogar legal«, fragte er seine Luzzy nach der Rückkehr von der Beschmutzungsaktion. »Sind das diese versinterten Brocken, die man in jedem Souvenirgeschäft kaufen kann?«

»Genau. Aber hohe Erträge wirst du davon nicht schöpfen können.«

»Lieber nicht. Wir haben auch kein Sprudelwasser mitgenommen!«

»Oh Gott! Sag ich als Jude! Das ist das Allerletzte, das ich in Karlsbad trinke!«

»Mein Freund, der Herr Franzl, ist halt ein echter Feinschmecker«, mischte sich Leo Moser lachend ins Gespräch.

»Leo, das nächste Mal reden wir über deinen Amethyst«, begann Franzl den Abschied.

»Gut, da kann ich etwas vorbereiten. Und grüß mir in Wien deine alte Mutter!«

»Wird gemacht. Ich hoffe, dass wir uns bald wiedersehen!« Er ahnte nicht, dass sich ein Wiedersehen mit Leo Moser in dieser Welt nicht mehr ausgehen sollte.

Um viertel elf erreichten Franzl und Luzzy den Bahnhof, Franzl kaufte die Karten, und um 10.34 Uhr dampfte der Eilzug nach Marienbad ab.

Auf der Strecke, an einer unbedeutenden Stelle zwischen Blatná und Písek, sagte Luzzy zum Franzl: »Kannst du dich noch an meine Hochzeitsfeier erinnern? Damals hab ich zu dir gesagt, dass wir mit dem Zug der Franz-Josephs-Bahn von Wien nach Karlsbad reisen werden.«

»Ja, und?«, antwortete Franzl mit interesselosem Wohlgefallen.

Darauf Luzzy: »Jetzt fahren wir mit der Franz-Josephs-Bahn von Karlsbad nach Wien.«

Als sie pünktlich um 19.45 Uhr am Wiener Franz-Josephs-Bahnhof ankamen – zur Pünktlichkeit der

Züge brauchte keine Eisenbahngesellschaft einen Duce namens Benito Mussolini –, schleppte Franzl sein Luzzylein noch zum Wirtshaus am Althanplatz. Er bestellte zwei Große Braune und verschwand auf das Klosett.

Als er zurückkehrte, überreichte er Luzzy ein kleines Sackerl, das er mit einem Gummiringerl verschlossen hatte. »Pass gut auf die kleinen glitzernden Kugerln auf! In Piran wirst du sie vielleicht brauchen.«

Luzzy verstaute das Sackerl in ihrer Tasche. Dann umarmte sie ihren Galan und drückte ihm sachte und innig einen Kuss auf seine Lippen.

21. KAPITEL
MONTAG, 25. MÄRZ 1929

*Der Prozessbeginn * Die Anklageschrift * Im Zeugenstand*

Der Prozess gegen Franz Berger begann am Montag, den 25. März 1929 im Wiener Landesgericht in der Alser Straße im großen Schwurgerichtssaal. Auf Unvoreingenommene wirkte das Gebäude wie ein Angst einflößender Sakralbau, das Licht strömte von riesigen Fenstern im Oberstock in den Saal, die Fenster waren eingerahmt mit posthellenistischen Säulen. Ein großer Lüster erhellte die Weite des Saales mit den vielen Sitzreihen. Wer dort saß, konnte leicht von Gefühlen wie Ehrfurcht und Gedrücktheit, die immer mehr zur Erdrückung wird, übermannt oder überweibt werden.

Um viertel zehn wurden die Türen geöffnet, und die wartenden Kiebitze oder auf Krawall und Skandale Erpichte, sogenannte Skandalisten, erstürmten den Schwurgerichtssaal, um gute Sitzplätze zu ergattern. Bald war die Journalistenloge gefüllt, manche der Journalisten mussten sogar im Stehen die kommenden

Ereignisse verfolgen. Um halb zehn betrat der schwer keuchende Doktor Hugo Schönbrunn mit zwei riesigen Aktenpaketen den Saal. Dann wurden die Geschworenen vereidigt. Unter ihnen waren zwei Tischlermeister, zwei Schlossermeister und ein Bauhilfsarbeiter.

Trotz der sechs Monate in Untersuchungshaft machte Franzl Berger einen entspannten Eindruck. Weder wirkte er nervös noch zerknirscht, auch schienen die schweren Anschuldigungen keinen prägenden Eindruck auf ihn gemacht zu haben. Zudem soll er in seiner Zelle ins Ohr gehende Wienerlieder komponiert und Sketche geschrieben haben. Sein zurückgekämmtes Haar war gestrafft, sein Schnurrbart gestutzt. Unter seinen tief liegenden Augen zeichneten sich jedoch tiefe Furchen ab. Mit dem für ihn typischen vorspringenden Kinn verfolgte er die kommenden Ereignisse. Doch seine Stimme war merklich angekratzt, sie klang laut Presseberichten »wie aus einem schadhaften Grammophontrichter«.

Die Anklageschrift der Staatsanwaltschaft umfasste 77 Seiten. Sie beschäftigte sich vorerst mit dem Beweis, dass es sich bei der Leiche im Lainzer Tiergarten tatsächlich und unmissverständlich um Luzzy Pelzer handelte. Erst die Feststellung der Identität der Ermordeten führe zu ihrem Mörder, so die Anklageschrift. Über mehrere Seiten wurde jener Tatvorgang beschrieben, der sich am 17. Juli 1928 im Saulackenmais ereignet hatte. Penibel wurde nach der Aussage unseres Oberinspektors Max Mitschek auf die Stangen Meta-Trockenspiritus sowie auf das Flascherl mit Benzin verwiesen. Zudem wurde erwähnt, dass die Ermordete am rechten Arm ein fünfreihiges Armband aus Gold getragen hatte, an dem vier blaue Saphire befestigt waren. Andere Gegenstände oder Schmuckstücke waren damals nicht gesichtet worden.

Ihr Gebiss, so kommentierte die Anklageschrift trocken, enthielt zwei Brücken aus 22-karätigem Gold, eine der Brücken war durch einen Ersatzzahn unterbrochen.

Nun folgte die uns bekannte Geschichte mit Zahnarzt Doktor Reisberg, der die Identität der Ermordeten zweifelsfrei bestätigte. Von weiteren Begegnungen, die er mit Frau Luzzy Lechner in den frühen 20er-Jahren gehabt hatte und die nicht durch seine zahnärztliche Tätigkeit bedingt gewesen waren, stand nichts in der Anklageschrift.

Als Nächstes wurde der Werdegang der Luzzy Pelzer, geborene Lechner, verlesen. Am Tage vor ihrer Ermordung hatte sie sich von ihrer Zugehfrau in Piran verabschiedet. Laut Aussage der Zugehfrau mit dem Satz: »Ich muss meinem Weg folgen in die Schatten der Nacht!« Dann hatte sie der Hausgehilfin, an anderer Stelle war sie als »Hausdrachen« bezeichnet worden, ihre Pelze im Wert von 90.000 Lire gezeigt. Schließlich, so die Anklageschrift, hatte auch der Hausdrachen die Identität der Ermordeten bestätigt. Ebenso die Identität des Kaufmannes und Juweliers Franzl Berger, der Frau Pelzer mehrmals in der Wohnung in Piran besucht hatte. Zudem wurde aus einem Brief zitiert, den Frau Pelzer von Piran aus im Juni 1928 an besagten Franzl Berger geschrieben hatte. In diesem ersuchte sie Franzl Berger um den Verkauf von Pelzen. Selbstverständlich wurde auch auf jenes am 16. Juli aufgegebene Telegramm verwiesen: »Erwarte freudigst deine Ankunft am Bahnhof.«

Nun folgten in der Anklageschrift die Verhöre mit Franzl Berger, dessen Aussagen sich oft widersprachen und keine abgesicherten Schlussfolgerungen zuließen. Auch jetzt gab er keine eindeutigen Antworten, stellte Gegenfragen und verwies auf offensichtliches Fehlverhalten anderer Personen. Klar, dass er dadurch nicht zu einem beschleunigten Abwickeln des Verfahrens beitrug. So bekundete er, noch nie in seinem Leben im Saulackenmais im Lainzer Tiergarten gewesen zu sein.

Als der Untersuchungsrichter auf eine Aussage von Frau Alice Decker verwies, die einen Aufenthalt zusammen mit ihm an jener Stelle sehr wohl bekräftigte, gab er zur Antwort: Wenn Frau Decker dies sage, so wolle er ihre Aussagen als richtig bestätigen. Auf die Frage nach einer sexuellen Beziehung mit dem späteren Mordopfer antwortete er: »Ja, die gab es, zuletzt in Karlsbad im Sommer 1927, seither nicht mehr.« Das Treffen am Vormittag des 17. Juli in Wien leugnete er, später bestätigte er es, ergänzte jedoch, dass er für den Zeitpunkt des Mordes ein lupenreines Alibi hätte. Er habe seinen im Allgemeinen Krankenhaus liegenden Bruder Leo Berger besucht und dort seinen Neffen und seinen Stiefbruder getroffen.

Im Laufe der Untersuchung wurde festgestellt, dass Herr Franz Berger kurz vor dem Mordtag eine Browning mit dem Kaliber 6,35 erworben hatte, dazu 25 Patronen. Laut Gutachter stammten die im Körper der Ermordeten gefundenen Geschosse aus einer Pistole mit diesem Kaliber. Auf die Frage nach dem Verbleib dieser Browning antwortete der Beschuldigte, dass er sie einem unbekannten Mann geschenkt habe. Dann gab er an, dass er sie in einen Teich des Wiener Stadtparks geworfen habe, nachdem er ursprünglich Selbstmord begehen wollte.

Bei der Befragung der Putzfrau von Franz Berger bekundete diese, das bei der Leiche aufgefundene Benzinfläschchen zu kennen, es habe stets im Badezimmer der Wohnung in der Spiegelgasse gestanden. Nach dem 17. Juli sei es zu ihrer Überraschung verschwunden gewesen. In Sachen Trockenspiritus gab der Beschuldigte an, er habe ein Reisebügeleisen mit Trockenspiritus und einer Spiritusstange gekauft, in Berlin oder in Triest oder sonst wo, doch er habe alles am 10. Juli der Frau Alice Decker geschenkt. Später widerrief er diese Aussage.

Geklärt war offenbar der Verkauf der Pelze. Ein Pelzhändler namens Salomon Rosenberger gab an, besagte Pelze erworben zu haben, er identifizierte Herrn Franz Berger als Verkäufer der Pelze.

Nach all den aufgezählten Ereignissen, Begebenheiten und Vorkommnissen schloss die Staatsanwaltschaft einen Affektmord aus und legte sich auf Raubmord fest.

Die Anklage erwähnte des Öfteren besagte Frau Alice Decker, Prokuristin bei Decker & Kudelnich. Der Beschuldigte hatte befürchtet, dass Luzzy Pelzer seine Beziehung zu eben jener Dame aufdecken und so für einen eklatanten Gesellschaftsskandal in der Donaumetropole sorgen könnte. Sie habe ihn mit dieser Enthüllung sogar erpresst, gab Franz Berger an. Und sie habe stets eine Browning mit sich herumgetragen, nach der nach dem Mord keiner gesucht habe.

Außerdem tauchte plötzlich eine weitere Dame auf, mit der der Beschuldigte ein Verhältnis unterhalten hatte: eine Kellnerin namens Agathe Maier. Trotz ihres Berufsstandes verfügte sie über beträchtliche Barmittel: 30.000 Schillinge. Der Angeklagte habe ihr kurz vor dem 17. Juli einen Heiratsantrag gemacht. Bei Abweisung seines Antrages »wird passieren«, so hatte er ihr geschrieben, »dass ich mir eine Kugel in den Kopf jagen muss«. Also doch Hinweise auf Selbstmordgedanken.

Die Anklage vertrat die Ansicht, dass sein dringendes Geldbedürfnis den Beschuldigten zu diesem Heiratsantrag veranlasst hatte. Jedoch wurde nicht geprüft, wie die finanzielle Lage Bergers im Juli 1928 tatsächlich beschaffen gewesen war.

Im Verlauf der Verhandlung gab Franz Berger zu Protokoll, dass er Luzzy Pelzer am Südbahnhof abgeholt und in seine Wohnung gebracht habe. Sie habe sich im Badezimmer gewaschen und ihre materielle Notlage erwähnt. Franz Berger verwies auch auf ihre sexuelle Notlage. Sie sei bereit gewesen, sofort mit ihm wieder eine Beziehung einzugehen, was er als Mann von Ehre jedoch strikt abgelehnt habe. Hingegen überreichte sie ihm in einer Segeltuchrolle versteckte Pelze, für die er ihr 1.500 Schillinge bezahlt habe. Über den dafür erhaltenen Beleg und seine Vernichtung machte er verschiedene Angaben. Dafür war er, Franz Berger, sicher, dass Frau Luzzy Pelzer um 13 Uhr seine Wohnung verlassen hatte und in einen Mietwagen gestiegen war, den er, Franz Berger, per Fernsprecher geordert hatte. Er beschwor beim Leben seiner Mutter und beim Leben der Frau Alice Decker, dies sei die Wahrheit, die reine Wahrheit und so weiter …

Kurz darauf widerrief er all diese Aussagen und interpretierte sie als Notlüge, zu der er greifen musste, um Frau Alice Decker zu schützen.

Schlussendlich wurde noch festgestellt, dass der Beschuldigte während seiner Untersuchungshaft mehrere Kassiber an seinen Anwalt Doktor Hugo Schönbrunn geschmuggelt hatte, der gleichzeitig ein enger Verwandter, nämlich sein Schwager war. Der Kriminalpolizei war es gelungen, den Chiffrierschlüssel zu knacken, weshalb sie mit dem Inhalt der geschmuggelten Briefe vertraut war: Franz Berger hatte mehrere seiner Verwandten aufgefordert, ihm für die Tatzeit ein brauchbares Alibi zu verschaffen.

Die Gerichtsärzte kamen zu der Erkenntnis, dass der Beschuldigte »durch Intelligenz und ein hervorragend entwickeltes Gedächtnis ausgezeichnet« sei.

Womit wir das Ende der Anklageschrift erreicht haben: »Die Staatsanwaltschaft, vertreten von Doktor Wotawa, erhebt … deshalb gegen Franz Berger die Anklage wegen des Verbrechens des Raubmordes.«

Am nächsten Tag startete der Untersuchungsrichter im Schwurgerichtssaal den tatsächlichen Prozess, der sich über mehrere Tage erstreckte. Da die Identität der Ermordeten geklärt war, ging es nun vor allem um das Alibi von Franz Berger. Mit dem Alibi stand oder fiel die vorgebrachte Anklage wegen Raubmordes.

Am zweiten Tag rief die Anwaltschaft Herrn Sebastian Singer in den Zeugenstand. Sebastian Singer war Eigentümer einer Mietwagenfirma. Er berichtete, am 17. Juli 1928 Herrn Franz Berger und Frau Alice Decker zum Weinhaus Doll bei der Mauer des Lainzer Tiergartens chauffiert zu haben.

»Alles Lüge!«, so der bislang eher stille Angeklagte.

Der Staatsanwalt: »Wieso? Mit der notierten Kilometerzahl – sie lautete 26 – und mit der hier vorliegenden Taxe ist die Fahrt eindeutig bewiesen.«

»Alles Lüge, alles ein Irrtum!«, brüllte Franz Berger. Auf die Mahnung des Untersuchungsrichters hin bremste er sich und agierte wieder als sanftmütiger Gentleman. »Wenn ich mich erregt habe, so bitte ich um Entschuldigung. Das ist den Umständen geschuldet.«

Sodann wurden jene Hilfsarbeiter aufgerufen, die die Leiche im Saulackenmais entdeckt hatten. Einer der beiden erzählte ausführlich über jene halb nackte Gestalt, die er am Saulackenmais am anderen Ende der Lichtung erblickt hatte. Er konnte sich klar an den Schnauzer und die braunen Haare mit Mittelscheitel erinnern. Auf die Frage, ob die Person mit dem heutigen Angeklagten identisch sei, antwortete er, dass solche Vergleiche äußerst schwierig seien, weil die Person damals mehr oder weniger unbekleidet gewesen sei. Das wüste Gelächter im Publikum wurde vom Vorsitzenden sofort unterbunden.

Am dritten Tag ward Herr Emmerich Pelzer geladen. Nach seiner Vereidigung und der Feststellung seiner Identität wurde er mit seinem unpassenden und inadäquaten Vorleben konfrontiert. Emmerich Pelzer gab sein Fehlverhalten zu. Auch verwies er auf die dauernden Vorwürfe seiner krankhaft eifersüchtigen und hysterischen Frau und sagte, dass er freiwillig aus Italien zu dem Prozess nach Wien gereist sei. Den von der Polizei ausgehändigten Reisevorschuss von 150 Schilling erwähnte er nicht. Er hätte sich längst zu einer Scheidung durchgerungen, in die jedoch seine Ehefrau, also Ex-Ehefrau, nicht eingewilligt hatte. Zudem beschwerte er sich über unseren Oberkommissar Max Mitschek. Er berichtete, dass er in Triest bei der ersten Einvernahme von besagtem Kriminalbeamten sofort als Mörder hingestellt worden war. »Raubmord oder gewöhnlicher Mord? Gestehen Sie endlich!« Mit diesen Worten sei er von diesem Kommissar in die Enge des Triestiner Verhörraumes getrieben worden. Nach einer Reihe von sich wiederholenden Vorwürfen des Oberkommissars habe er endlich das Datum des Mordes an seiner ehemaligen Ehefrau erfahren. Der 17. Juli. Und für den 17. Juli hatte er ein einwandfreies Alibi: jenen Autounfall in der Nähe von Treviso.

»Doch dieser Max Mitschek hat weiterhin gebrüllt, dass ich der Täter sei! Dabei hätte er nur die zwei Stunden von Triest nach Treviso fahren müssen, dort hätte er vom Mechaniker die Antwort bekommen. Hat er aber nicht gemacht! Für ihn war ich hundertprozentig der Mörder!« Die Angaben des Emmerich Pelzer wurden bestätigt durch die Rechnung des Automechanikers und durch eine im Laufe der Untersuchung eingeholte Aussage des behandelnden Arztes. Emmerich Pelzer schimpfte weiter über die schikanierende Art der Behandlung im Gefängnis zu Triest und erwähnte kokett, dass er wegen der haltlosen Vorwürfe sieben Tage unschuldig in der Zelle verbracht hatte. Sein ungarisch gefärbtes Deutsch erregte bei einigen der Kiebitze mehrmals verhaltenes oder auch ausuferndes Gelächter, das jedoch vom Gericht mit der Aufforderung zur Ruhe stets unterbunden wurde.

Nach der Frage des Staatsanwaltes, ob seine Frau, von der er bekannterweise seit dem Jahr 1927 getrennt gelebt habe, mit anderen Männern Beziehungen gehabt hätte, zeigte Herr Pelzer sofort auf den Angeklagten. »Ja, mit dem Franzl Berger!«

Einen Augenblick lang starrten die beiden einander an, sodass man bis in die hinterste Sitzreihe das Funkeln der Blitze sehen konnte. Hier der jetzt stille und zurückhaltende Franz Berger, der mit zusammengekniffenen Augen auf den falschen ungarischen Grafen stierte, und dort sein Kontrahent Emmerich Pelzer, der sogar seine obligatorischen Hustenanfälle vergessen hatte. Er biss auf seine Unterlippe, dass er vor Schmerz seine Fingerspitzen zusammenballte. Mit letzter Kraft schaffte er es, dem etwa fünf Meter entfernten Franz Berger nicht an die Gurgel zu springen und selbige kräftig zuzudrücken. Da lagen zwei Todfeinde gegenseitig auf der Lauer.

Beinahe hätte Emmerich Pelzer die nächste Frage überhört. Wie die Beziehung zu Franz Berger nach Karlsbad ausgesehen habe? Enerviert gab er zur Antwort, sie habe in dessen Unternehmen Geld und Ware hineingesteckt und hineingesteckt, aber von diesem Gauner nie etwas zurückbekommen.

Welch ein Geschenk für den Verteidiger Doktor Schönbrunn, der geschickt nachfragte, woher Emmerich Pelzer denn über die Finanzflüsse so gut Bescheid wisse, wo er Luzzy doch angeblich seit 1927 nicht mehr gesehen habe.

Franz Berger verwies auf briefliche Auskünfte seiner ehemaligen Frau. Diese Briefe habe er in der Zwischenzeit vernichtet.

Doktor Schönbrunn gelang außerdem folgender Nachweis: Ein Ohrgehänge aus Korallen sowie eine Standuhr, die Franz Berger Alice Decker geschenkt hatte, stammten nicht – wie die Staatsanwaltschaft irrtümlich behauptete – aus dem Besitz der Frau Pelzer. Die Raubmordthese geriet immer mehr ins Wanken.

Doktor Schönbrunn wiederholte die bekannten zeitlichen Abläufe um die Mittagszeit des 17. Juli. »Nach der Verabschiedung von Frau Pelzer ging der Angeklagte in sein Geschäft, danach besuchte er seinen Bruder Leo im

Allgemeinen Krankenhaus. Anfänglich verweilten sie im Park des Krankenhauses. Als nach 16 Uhr ein starkes Gewitter aufkam, wechselten sie ins Krankenzimmer des Bruders. Dessen Bettnachbar kann dies bezeugen. Hiermit ist vollkommen klar, dass der Angeklagte nicht der Mörder ist! Er hat ein astreines Alibi! Denn der Mord passierte um halb vier dieses Tages!«

Herr Leo Berger, Bruder des Angeklagten, bestätigte den Besuch. Allerdings könne er sich nicht mehr an das genaue Datum erinnern. Der Stiefbruder des Angeklagten behauptete hingegen, dass er am Tage des Mordes, also am 17. Juli, und zwar am Nachmittag, Herrn Leo Berger im Spital besucht habe, jedoch den Angeklagten mit Sicherheit nicht im Krankenzimmer gesehen habe.

Am vierten Tag passierte etwas Überraschendes: Erst wurde unser Oberst Max Mitschek als Zeuge vorgeladen. Er konnte nichts Erhellendes zur Klärung des Tatbestandes beitragen, doch im Gang vor dem Schwurgerichtssaal traf er auf Herrn Emmerich Pelzer. Dieser beschimpfte unseren Oberst auf unflätigste Weise.

Nach Oberst Mitschek wurde Doktor Hugo Schönbrunn, der Verteidiger des Angeklagten, in den Zeugenstand gerufen, da Herr Schönbrunn der Schwager von Franz Berger war. Als Entgegenkommen unter Berufskollegen verzichtete der Richter auf seine Vereidigung. Über die Beziehung von Luzzy Pelzer und Franz Berger befragt, erwähnte er den äußerst lasterhaften Charakter der Frau Pelzer. Zudem sei sie mit einem Zuhälter –

dabei blickte er auf Emmerich Pelzer – verheiratet gewesen, ehe sie seinen Schwager kennengelernt habe. Ihre krankhafte Eifersucht habe zu ihrer nervlichen Behandlung bei einem Arzt geführt, wahrscheinlich wegen Hysterie. »Ich verstehe deinen Geschmack nicht«, so habe er seinen Schwager des Öfteren vor der Pelzer gewarnt. Dieser habe nur geantwortet: »Geschmäcker sind eben verschieden.« Im Übrigen hätte sein Schwager, wie er ihm mehrmals versichert habe, sofort Alice Decker geheiratet, wenn diese frei gewesen wäre. Er wurde vom Richter nicht um Zurückhaltung ersucht, als er mehrmals ausrief: »Pelzer ist der Schuldige! Pelzer ist der Schuldige!«

Nun wurden wieder die Positionen gewechselt. Doktor Schönbrunn nahm hinter dem Tischerl mit den zwei Mappen Platz und Frau Alice Decker wurde in den Zeugenstand gerufen. Die Zeitungen berichteten mehrere Zeilen lang über ihr elegantes Aussehen sowie über ihr spürbares Verlangen, im Mittelpunkt des Interesses zu stehen. Alice Decker, die unbedingt vermeiden wollte, als Gspusi eines Mörders bezeichnet zu werden, bekundete, zum Zeitpunkt der Tat gar nicht in Wien gewesen zu sein, sondern in Paris. Diese Reise wies sie durch den Stempel in ihrem Reisepass nach. Allerdings sei sie an anderen Tagen, vor allem im Sommer, öfter mit dem Angeklagten im Weinhaus Doll gewesen. Auch seien sie das eine oder andere Mal über die Mauer des Tiergartens geklettert, um dahinter ungezwungen ihren nicht näher erwähnten Vergnügungen nachzugehen.

So. Nun existierte nicht eine Wahrheit, sondern zwei oder gar drei. Was zur Folge hatte, dass das Gericht den Prozess gegen Franz Berger vertagte. Weil »… der Gerichtshof zur Überzeugung gelangte, dass nach dem gegenwärtigen Stand des Beweisverfahrens ein verlässlicher Spruch der Geschworenen nicht getätigt werden kann.«

Frustriert war am Ende der ersten Prozessreihe auf jeden Fall einer, der ebenfalls als Zeuge geladen war, jedoch zur Klärung des Falles nicht viel beitragen konnte, da er nur seiner Pflicht als österreichischer Beamter nachgekommen war: Oberkommissar Max Mitschek. Sein Ärger hing dabei nicht mit der Kälte und dem gefrierenden Regen zusammen, der zu Beginn des Monats April die Bundeshauptstadt in tiefwinterliche Zustände versetzte. Nach Dienstschluss setzte er sich am 5. April 1929 ins Café Museum. Draußen am Karlsplatz nahm er zwischen den Straßen manche hartnäckige Schneebänke wahr. Er bestellte beim Herrn Franz seinen Kaffee und blätterte in den Zeitungen.

An Tagen wie heute bedauerte er, sein Leben als Fleisch gewordener Junggeselle zu verbringen. Einer Ehefrau hätte er in der Wohnung am Margaretenplatz sein Leid klagen können. Unter anderem über diese Schmierfinken von den Zeitungen. Doch es gab keine Ehefrau. Deshalb wollte er sich später mit Doktor Madrowetz vom Erkennungsdienst treffen, um entweder eine Flasche Rotwein zu leeren oder unten im Terrassencafé eine Partie Schach zu spielen. Schade, dass es keinen Polizisten als Spielfigur gab, sondern nur elende Rösser und Türme. Mit dem Polizisten wäre er heute über das Feld gestürmt und hätte so manche der gegnerischen Figuren mit Bravour geschlagen!

Laut den Zeitungsberichten war er schuld an der schleppenden und zu keinen Ergebnissen führenden Vorgangsweise beim Prozess. Der »Abend« erwähnte Gott sei Dank nicht seinen Namen, sondern schrieb lakonisch: »Jedoch ist erwiesen, dass die Polizei schwere Versäumnisse begangen hat und die Schuld trägt, dass es zu keiner reibungslosen Aufklärung kam.« Aha! Und wer hatte ihn damals nach Triest gehetzt, um den als schuldig geltenden Emmerich Pelzer zu verhaften? Wer? Der Herr Polizeipräsident! Der schnell einen überführten Täter brauchte, um seine Karriere zum Bundeskanzler der Republik nicht zu gefährden. Und der bislang noch immer nicht zum Bundeskanzler avanciert war.

Der Oberinspektor blätterte weiter. Es kam noch schlimmer. Himmelherrgott, die Schmierfinken schmierten, dass die Herren von der Presse mehr über Franz Berger ermittelt hätten als die Kripo! So ein Blödsinn! Wer war denn diesem Franz Berger auf die Spur gekommen? Wer, wenn nicht er, Oberinspektor Max Mitschek? Weil er damals in Piran in der Wohnung der Ermordeten herumgeschnüffelt und die Liebesbriefe von diesem Franz Berger gefunden hatte. Zu allem Überdruss – unser Kriminalbeamter legte den »Abend« weg und griff nach der Kronenzeitung –, zu allem Überdruss hatte sein Freund Doktor Madrowetz bei den Moulagen ein wenig gepfuscht. Ein Fachmann wie der Doktor hätte doch an den Gesichtspartien, an der Haut und an den Muskeln der Ermordeten erkennen müssen, ob man es mit einem 40-jährigen oder einem 20-jährigen Opfer zu tun hatte.

Voll Ärger bestellte Mitschek gegen seine sonstige Angewohnheit um sechs am Abend einen großen Cognac. Und dann einen zweiten.

Weiter in der Kronenzeitung. Ein 22-jähriger Wachbeamter namens Josef Forstner war bei der Friedensbrücke von einem Unbekannten angegriffen worden, beide waren in das eisig kalte Wasser des Donaukanals gestürzt und hatten dort um ihr Leben gerungen. Der Kollege Forstner hatte sich retten können, von dem Strolch fehlte hingegen jede Spur. Und auf der nächsten Seite: In dem ihm unbekannten Ort Weizenkirchen bei Linz war der Revierinspektor Josef Latzl, ein Junggeselle so wie er, von einem tobenden Distriktsarzt, der entmündigt werden sollte, mit über 30 Revolverschüssen getötet worden.

Max Mitschek schlug die Zeitung zu. Er wollte von dieser Welt, in der Polizisten entweder die wehrlosen Opfer oder die bösen Schuldigen sind, heute nichts mehr wissen. Er zahlte, schlüpfte in seinen Wintermantel, zog den Kragen hoch und beeilte sich, um die Haltestelle des 63ers zu erreichen. Wahrscheinlich hatte er in seiner Kommode noch eine Flasche Refosco. Für 20 Uhr hatte sich Madrowetz angekündigt.

22. KAPITEL
MONTAG, 17. JUNI 1929

*Das Schlussplädoyer * Der Spruch der Geschworenen * Die Proteste vor dem Landesgericht*

Der zweite Anlauf des Prozesses geriet nicht zur Farce, so wie der erste nicht zur Tragödie verkam. Die Tragödie sollte erst im Nachspiel nach dem Prozess über die Bühne gehen. Die Platzkarten für die etwa 200 Sitzplätze waren schnell vergeben. Wie in Wien üblich wurden jene bevorzugt, die aus den Reihen der Beamten oder der Interessensvertretungen kamen. Vor der Tür zum Landesgericht wurden die Platzkarten um zehn Schillinge im Schleich gehandelt. Später rechtfertigte sich das Gericht, dass es verhindern wollte, was beim ersten Teil des Prozesses passiert sei: Sensationslüsterne Kiebitze hätten mit ihren Operngucker die Abläufe des Prozesses verfolgt und nach Lust und Laune mit heftigem Applaus oder mit wüsten Pfiffen reagiert.

Heute nun startete der zweite Anlauf. Obwohl neue Zeugen auftraten und auf neues Beweismaterial gehofft wurde, gab es kaum neue Fakten.

Die Verteidigung, also Doktor Schönbrunn, rief einen neuen Zeugen auf, der sowohl Franz Berger als auch Luzzy Pelzer am Tag des Mordes im »Meissl & Schadn« beim Soupieren gesichtet hatte. Im Magen der Leiche war eine erdbeerhaltige Flüssigkeit gefunden worden, doch konnte diese nicht mehr eindeutig dem Nobelrestaurant zugeordnet werden.

Der nächste Zeuge war Leo Berger, der damals im Allgemeinen Krankenhaus lag. Bei seiner erneuten Befragung konnte er sich auf einmal mit hundertprozentiger Genauigkeit erinnern, dass ihn sein Bruder am Nachmittag des 17. Juli im Spital besucht hatte. Er erwähnte auch den Wind und das aufkommende Gewitter, das sie zum Verlassen des Krankenhausparkes zwang.

Doktor Schönbrunn galt nicht umsonst als gefinkelter und trickreicher Verteidiger. Nach Leo Berger präsentierte er einen Überraschungszeugen: Herrn Josef Woiwoda, Geschäftsführer des Cafés Mariahilf in der Mariahilfer Straße. Dieser Josef Woiwoda wirkte wie das perfekte Double des Angeklagten: Er glich ihm, zumindest bei einer Entfernung von etwa zehn Metern, nach Haut und Haar. Mit Schnurrer, Stupsnase und braunem Haar mit Mittelscheitel. Der neue Entlastungszeuge besaß einen Schrebergarten an der Mauer des Lainzer Tiergartens, nicht weit vom Tatort entfernt. Er pflegte in seiner Freizeit kleine Wanderungen im Tiergarten zu unternehmen. Manchmal auch in einer Badehose.

»Auch am Tag des Mordes?«

»Ich gehe jeden Tag, außer es schüttet oder es schneit!«

»An diesem Tag hat es geschüttet, es gab ein Gewitter!«

»Ja, das hat mich während meines Spaziergangs überrascht. Vorher war es noch sehr heiß.«

Somit war fraglich, wer die Gestalt in Badehose war, die einer der Hilfsarbeiter am Ende der Lichtung im Saulackenmais gesehen hatte, gleich nach der Entdeckung der Leiche.

Alice Decker wiederholte ihre Aussage vom ersten Prozess, dass sie bereits am 12. Juli 1928 aus Wien abgereist sei und daher nicht mit dem Angeklagten im Lainzer Tiergarten gewesen sein konnte. War also jene Person, mit der Franz Berger ins Weinhaus Doll gefahren war, gar nicht Frau Decker, Prokuristin von Decker & Kudelnich, gewesen? Hatte er mit einer anderen Dame im Ausflugsrestaurant an der Mauer zum Tiergarten gespeist? Haben auch wir uns geirrt, als wir die begleitende Dame als Alice Decker identifizierten? War die mit einem Strohhut sich gegen die Hitze schützende Begleiterin in Wirklichkeit die Luzzy Pelzer gewesen? Und stieg Franz Berger mit Luzzy Pelzer über die Mauer, um dort … Ja, was? Und die halb nackte Person am Saulackenmais, um die sich bislang kaum jemand kümmerte: War diese Person der Juwelier Franz Berger? Oder doch der aus der Versenkung aufgetauchte Cafébesitzer Josef Woiwoda?

Zwei Tage später, bei Temperaturen knapp über 30 Grad, führte das um Klärung bemühte Gericht einen Lokalaugenschein durch. Punkt 12 Uhr wurden der Gerichtshof und die Geschworenen in zwei Überfallautos der Polizeidirektion verfrachtet, die zur Annehmlichkeit der Truppe über Sitzbänke verfügten. Der Angeklagte musste in einem Zellenwagen Platz nehmen. Beim anschließenden Fußmarsch wurde er von zwei Polizisten und drei Kriminalbeamten eskortiert. Die Herren von der Presse fuhren mit eigenen Automobilen oder Motorrädern. Diese elegante Kolonne fuhr über die Hietzinger Hauptstraße bis zum uns schon bekannten Weinhaus Doll. Die Richter und der Staatsanwalt Doktor Wotawa hatten ihre Talare abgelegt. Zur Erheiterung seiner Kollegen schlüpfte der Staatsanwalt in Knickerbocker und Nagerlschuhe, als müsste er auf einen alpinen Berg wie die Rax kraxeln.

Beim Weinhaus Doll forderte der Vorsitzende den Angeklagten auf: »Zeigen Sie uns den Platz, an dem Sie sich mit Alice Decker vergnügten!«

Die gesamte Partie kroch schwitzend und keuchend den Hügel hinauf und kletterte über die defekte Stelle der Tiergartenmauer. Am meisten litt dabei unser Angeklagter. Laut Zeitungsberichten – die Herren von der Presse überboten sich bei ihren Schilderungen – waren seine Augen rot gerändert, die Pupillen glasig, das aschfahle Gesicht durchzogen von tiefen Furchen.

Nach zehn Minuten blieb Franz Berger stehen und zeigte auf eine kleine Wiese, umgeben von Eichen und Kastanien.

Nun wollte der Untersuchungsrichter seinen Trumpf ausspielen und den ohnehin durch die Hatscherei beeinträchtigten Beschuldigten übertölpeln. Er sagte: »Führen Sie uns zum Tatort!«

»Den kenne ich nicht«, stammelte Franz Berger mit gepresster Stimme.

»Sie waren doch schon dort!«

»Von hier weg kenne ich mich nicht mehr aus«, so der Angeklagte.

Der vielleicht zu billige Trick war misslungen.

Oberst Mitschek musste die Truppe zum fünf Minuten entfernten Tatort führen, zum Saulackenmais. Seine Erläuterungen des Tatvorganges führten zu keinen neuen Ergebnissen.

Franz Berger schwieg am Tatort – man möge den Ausdruck verzeihen – wie eine Leiche.

Damit wurde die Tatortbegehung offiziell für beendet erklärt, die einzelnen Mitglieder der Truppe keuchten oder wankten oder schlichen zurück zu ihren Fahrzeugen, die sie am Parkplatz des Weinhauses Doll bestiegen.

Am nächsten Tag wandte sich der Vorsitzende mit der Schuldfrage an die zwölf Geschworenen: »Hat Franz Berger am 17. Juli 1928 im Lainzer Tiergarten bei Wien auf Luzzy Pelzer geschossen in der Absicht, sie zu töten?«

Nun wurde sie endgültig gestellt, die zentrale Frage, die die Geschworenen mit Ja oder Nein zu beantworten hatten. Hinzu kamen ein paar Folgefragen zur räuberischen Absicht des Beschuldigten.

Danach hielt Staatsanwalt Doktor Wotawa sein Schlussplädoyer, in dem er anfangs betonte, der vorliegende Fall habe nichts mit Weltanschauungs- und »Rassenkonflikten« zu tun. Pfeifen im Publikum, das der Vorsitzende erst nach einiger Zeit unterbinden konnte. Ein Teil der Kiebitze und ein Teil der Journalisten hielten den Beschuldigten aufgrund seiner jüdischen Herkunft automatisch für schuldig. Sie stellten sogar Verschwörungstheorien auf, denen die Theorie fehlte, also eher Verschwörungshumbug: Das gesamte Verfahren werde von jüdischer Seite gelenkt und kontrolliert, und sollte jemand – wie ein paar der Geschworenen – Widerstand leisten, so würden sie so lange bezahlt, bis sie die Quertreiberei des Systems unterstützen und dessen Machenschaften billigen.

Dann kam Doktor Wotawa zur Sache. Der Angeklagte habe sich in ein Geflecht von Lügen verstrickt. Er verwendete sogar das Wort »Lügengewitter«. Die Verteidigung habe stets völlig obskure Zeugen geladen, deren einziger Zweck darin bestanden habe, den Fall zu verkomplizieren und von einer Aufklärung wegzuführen. Zusammenfassend zählte er die Indizien auf, die gegen Franz Berger sprachen, und schloss mit der Erkenntnis, dass der Angeklagte entgegen seinen gestrigen Angaben den Tatort sehr wohl kenne. Allein deshalb, weil im Rahmen der Vorverhandlung die Kriminalbeamten mehrere Male den Tatort mit ihm visitiert hatten.

Daraufhin folgte das Schlussplädoyer des Verteidigers Doktor Schönbrunn. Erst referierte er eine halbe Stunde auf akademische Art über den prinzipiellen Unterschied zwischen Indizien und Fakten. Sodann widerlegte er die wichtigsten der vorgebrachten Indizien: Er zerpflückte sie, als wären sie Disteln in der Wiese des Saulackenmaises.

Um 21 Uhr zogen sich die zwölf Geschworenen – nein, keine biblischen Vergleiche, die zwölf Apostel mussten nie abstimmen oder über Schuld und Unschuld von vermeintlichen Gaunern entscheiden – in den Beratungsraum zurück.

Im Saal des Schwurgerichtes herrschte ein unterdrücktes Raunen. Es wurde aufgeladen durch die allseitige nervöse Spannung und unterdrückt durch die Ernsthaftigkeit, die sich beim Warten auf stringente Urteile regelmäßig einstellt. Draußen im Gang wurden in den Ecken still und heimlich Wetten abgeschlossen, fast alle Beteiligten tippten auf »schuldig«. Andere wiederum wetterten weniger still und noch weniger heimlich gegen die »Herrschaft der Juden«.

Nach zwei Stunden der geheimen Beratung ging alles – im Gegensatz zum bisherigen Prozess – sehr schnell. Nach der Rückkehr der Geschworenen verkündete deren Obmann den Spruch: sieben Stimmen für »schuldig«, fünf Stimmen für »unschuldig«. Da aber eine Zweidrittelmehrheit benötigt wurde, um den Angeklagten für schuldig zu erklären, fehlte eine Stimme.

Im Schwurgerichtssaal herrschte überraschte Stille, wir vermeiden den Ausdruck Totenstille. Der Staatsanwalt behielt sich vor, gegen diese Entscheidung Rechtsmittel zu ergreifen. Der Verteidiger verzichtete auf eine Wortmeldung. Daraufhin verkündete der Vorsitzende des Richterkollegiums den Freispruch des Angeklagten Franz Berger.

Franz Berger entschlüpfte seinen Bewachern, die ihn nicht mehr bewachen und zurückhalten durften, und schritt schwankend zu den Geschworenen. »Meine Herren Geschworenen, gestatten Sie mir, Ihnen innigst zu danken.«

Der Vorsitzende fuhr ihn scharf an: »Sie haben hier nichts zu danken, die Verhandlung ist geschlossen.«

Szenenwechsel. Draußen vor dem Landesgericht auf der Alser Straße versammelten sich wütende Zeitgenossen, deren Zahl von Minute zu Minute wuchs. Ein Wachkordon musste den Verkehr abriegeln, die Straßenbahn wurde angehalten, andere Polizisten postierten sich schützend vor dem Tor und vor den Fenstern des Gerichtsgebäudes.

Immer lauter wurden die Rufe, das Geschrei der aufgebrachten Menge: »Juden raus! Schandjustiz!« Sie pfiffen und drohten mit den Fäusten, und hätten sie Steine oder Messer gehabt, dann …

Die Geschworenen, unter denen tatsächlich zwei oder drei mit jüdischer Abstammung waren, wurden geschützt von über 20 Wachleuten durch die tobende Menge geschleust. Erst gegen halb zwei in der Früh schafften es die Polizisten, die Gruppe wütender Randalierer zu zerstreuen.

Zu seiner eigenen Sicherheit wurde Herrn Franz Berger das Verlassen des Landesgerichtes nicht gestattet. Trotz des erfolgten Freispruches musste er wie ein Inhaftierter die Nacht in seiner Zelle verbringen. Um 5 Uhr war es dann so weit. Irgendjemand hatte ein Taxi gerufen, Franz Berger schlüpfte durch das Tor des Gerichtes, sprang ins Taxi und betrat um halb sechs seine Wohnung in der Spiegelgasse. Seine 73-jährige Mutter schlief noch, als er vorsichtig ihr Zimmer betrat.

23. KAPITEL
MITTWOCH 17. JULI 1929

*Das alte Kipferl * Der Fund am Türstock * Der letzte Brief*

Nach der Verhaftung von Franz Berger war sein Ladengeschäft liquidiert und seine Beteiligungen und Anteilscheine amtlicherseits konfisziert worden. Das Gericht hatte ihm einen Betrag von 32.000 Schilling zur Verfügung gestellt, oder auch nicht, weil ihm nämlich die Auszahlung gesperrt wurde. Aus diesem Betrag sollten alle anfallenden Gerichtskosten bezahlt werden. Man war also mit einer fast hundertprozentigen Gewissheit auf einen Schuldspruch vorbereitet gewesen.

Doch dann verließ Herr Franz Berger das Landesgericht als freier Mann. Der ehemalige Schmugglerkönig war von den Beschuldigungen und der Haft schwer gezeichnet. Er hielt sich die meiste Zeit mit seiner alten Mutter in der großen Wohnung in der Spiegelgasse auf. Er verfiel in Depressionen und unternahm keinerlei Anstrengungen, sein Geschäft am Rabensteig wiederzuerlangen. Zudem hatte der langwierige Prozess auch seinen Anwalt Doktor Hugo Schönbrunn erschöpft, sodass dieser seinem Klienten kaum helfen konnte.

Und ein höheres Wesen, eine Art Gottheit, von deren Existenz Franz Berger früher manchmal überzeugt gewesen war, hatte sich längst von ihm abgewandt und wies andere Zeitgenossen auf den richtigen Weg.

Franz lebte fortan von der Pension seiner Mutter, die durch die Arbeit seines Vaters als Eskompteur mehr als ausreichend war.

In seiner krankhaften Unfähigkeit, aktiv zu werden, gelang es Franz Berger nicht einmal, von dem für ihn reservierten Betrag von 32.000 Schilling ein paar Tausender zu erhalten, da angeblich die Berechnungen des Gerichtes noch nicht abgeschlossen waren. Er speiste nicht mehr im »Meissl & Schadn«, er mied die feschen Damen der Saison, er hatte Angst, als Jude beschimpft zu werden.

Das Einzige, zu dem er sich hin und wieder aufraffen konnte, war, seiner Mutter Lieder auf dem Klavier vorzuspielen, die er in der Haft komponiert hatte. Auch die Liedtexte hatte er selbst geschrieben. Eines der Lieder handelte von einem Wiener Dandy, der seine Geliebte im Wald verführt. Jede Strophe endete mit dem ins Ohr gehenden Refrain: »Und dann hat er sie umgebracht, umgebracht, umgebracht.«

Und am 17. Juli 1929 schloss sich jener Kreis, der vor genau einem Jahr mit dem Sängerfest im Wiener Prater begonnen hatte. Am Morgen dieses Tages war Leopoldine Berger wieder schwer verstimmt. Die Zugehfrau hatte ihr ein Kipferl serviert, das sicher schon ein paar Tage auf dem Kipferlrücken hatte. »Haben Sie meinen Sohn heute schon gesehen?«, fauchte sie die Zugehfrau an.

Die schüttelte nur verängstigt den Kopf.

Mutter Berger seufzte dreimal über das Ungemach der Welt und die Ungeschicklichkeit der Dienstboten. Ohne ins Kipferl zu beißen, griff sie zu ihrem Gehstock und humpelte zur Tür im Vorraum. Dort blickte sie zu jener Tür, die zum Privatzimmer ihres Sohnes führte, und erstarrte.

Die Tür stand offen, im Türstock hing Franz. Sie näherte sich der Tür mit drei zitternden Schritten. Ihr Sohn hatte sich mit einem Verlängerungskabel aufgehängt.

Leopoldine Berger klammerte sich mit beiden Händen an ihren Gehstock und schrie um Hilfe. Die Zugehfrau eilte herbei und stieß einen Schrei aus. Dann verständigte sie die Polizei.

Eine halbe Stunde später überreichten die Polizisten Frau Berger nach der Durchsuchung des Zimmers einen Zettel, den sie auf dem Arbeitstisch des Erhängten gefunden hatten. Darauf stand:

An meine Mutter.
Ich wurde freigesprochen, aber man hält mich für den Mörder. Solch ein Leben kann ich mit meiner Ehre nicht vereinen. Deshalb bleibt mir

nichts anderes über, als freiwillig dieses Leben zu verlassen. Liebe Mutter, es grüßen dich die Schatten der Nacht.

Aus Frau Poldi Bergers Hand flatterte der Zettel sachte zu Boden. Sie schien kurz davor, ihren Halt zu verlieren. Deshalb schob einer der Polizisten einen Sessel an ihr Hinterteil, auf dem sie sich stumm niederließ. Sie schlug die Augen auf und raunte: »Das hab ich nun von seiner Ehre!«

24. KAPITEL
MONTAG, 29. JULI 1929

*In Triest * In Piran * Bei der Chiesa di San Giorgio*

Heute trat Oberinspektor Max Mitschek seinen, wie man zu sagen pflegt, wohlverdienten Urlaub an. In Wien war trotz der sommerlichen Hitze – oder wegen ihr – nicht viel los. Der Wiener Polizeichef hatte es noch immer nicht zum Bundeskanzler gebracht, nur die Selbstmörder ließen sich von den Temperaturen nicht abhalten und schlugen unerbittlich zu. In der Albrechtskaserne in der Engerthstraße hatte sich ein Stabswachtmeister des Infanterieregiments Nummer 5 wegen einer Familienfehde erschossen, und am »Roten Pressetag« im Casino Baumgarten hatte sich ein arbeitsloser Kommunist die Pulsadern aufgeschnitten. Das war's auch schon, also konnte Max Mitschek mit reinem Gewissen mit der Südbahn wieder einmal nach Triest fahren, wo er in der Albergo an der Piazza Oberdan, ehedem Kasernenplatz, ein Zimmer reserviert hatte. Schließlich hatte er noch eine Rechnung offen. Da er selbst im Urlaub nicht abschalten konnte, von wegen retroaktive

Perseveration oder wie das heißt, hatte er nun Zeit und Muße, selbige Rechnung zu begleichen. Oder um im ausgefuchsten Jargon der internationalen Finanzwelt zu bleiben: endlich reinen Tisch zu machen. Dazu hatte er in seiner Wohnung am Margaretenplatz die Steyr M1905 Pieper samt Magazin in die Wiener Zeitung des Vortages gepresst und die Zeitung zwischen der Unterwäsche in seinem Reisekoffer verstaut. Schließlich muss man zu seinen Prinzipien stehen.

Nun fuhr er von der Anlegestelle an der Mole mit dem Linienschiff nach Piran. Die Steyr hatte er links in den Hosenbund gesteckt und war in das leichte Sommersakko geschlüpft. Von der Mole im Piraner Hafen blickte er auf den Felsen mit der Chiesa di San Giorgio. Die Sonne brannte ohne Unterlass. Unser Oberst außer Dienst hängte sich seinen Rock leger über die linke Schulter und wischte sich mit seinem Stecktuch den Schweiß von der Stirn. Er überquerte die Piazza Tartini mit dem Denkmal des Teufelsgeigers in der Mitte, achtete nicht auf die slowenischen Öl- und Weinverkäufer, sondern schnaufte die Stiegen hinauf. Alle zwei Minuten legte er eine Pause ein, um im Winkelwerk der Gassen nach dem kürzesten Weg Ausschau zu halten. Freilich war sein Ziel vorerst nicht der Dom mit den herrlichen Blicken bis zu den schneebedeckten Alpen, sondern das ihm bekannte Haus neben dem Pfarrhaus. Hier hatte er vor Monaten in der Wohnung der Luzzy Pelzer herumgeschnüffelt und die Liebesbriefe von Franzl Berger gefunden. Wer wohl jetzt in dieser Wohnung hauste?

Kaum hatte er ein paarmal durchgeatmet, öffnete sich das Tor und der impertinente Hausdrachen von damals positionierte sich einer Furie gleich auf der obersten Stufe, um den Eindringling wie eine Mücke wegzuscheuchen.

Doch der konterte und fiel ihr in den langatmigen Wortschwall. »Uno momento! Uno momento! Halten Sie endlich Ihr gottverdammtes Maul! Max Mitschek mein Name, Max Mitschek, ich war vor ein paar Monaten schon hier!«

Sie musterte ihn eindringlich, dann kam ihr offensichtlich die Erleuchtung. »Oh, der Herr Commissario! Jetzt weiß ich es, Sie haben sich die Wohnung der armen Frau angeschaut.«

»Ich hab es gewusst, gnädige Frau, dass Sie sich an mich erinnern können.«

Vielleicht war das »gnädige Frau« das Zauberwort, jedenfalls war die Furie mit einem Male besänftigt und fragte höflich: »Herr Commissario, was kann ich heute für Sie tun?«

»Ach, gnädige Frau, ich bin auf dem Weg zum Dom, und wenn ich schon hier vorbeigehe, da wollte ich Sie fragen: Was ist denn mit der Wohnung von Frau Pelzer passiert?«

Der Hausdrachen schaute hinauf zum ersten Stock, als ob der Blick Decken und Wände durchdringen könnte. »In der Wohnung der armen Luzzy Pelzer wohnt jetzt ihr Mann, der Herr Emmerich Pelzer. Ein fescher Herr, sag ich Ihnen.«

Die Überraschung für unseren Oberst hielt sich in Grenzen, er hatte damit gerechnet. Dennoch kam er bei der Antwort leicht ins Stottern. »Soso, ihr Mann, der Herr Pelzer, sagen Sie.«

»Ja, Herr von Pelzer. Ist ungarischer Graf. Herr von Pelzer schaut aus wie der Filmstar – wie heißt er noch gleich?«

»Rudolph Valentino.«

»Richtig, Rudolph Valentino. Er hat eine ganz hübsche neue Frau. Ist aber keine Ungarin. Spricht eine Art Deutsch, so wie Sie, Herr Commissario. Und hat mir schon zwei Broschen, no wie sagt man …«

Dass der falsche Graf sich eine neue Frau angeln würde, auch damit hatte er gerechnet. Die dickliche Deutsche mit dem Köter, die ihm damals das Alibi gegeben hatte, die war sicher keine Dauerlösung. Bestimmt verprasste er seinen ihm verbliebenen Reichtum lieber mit einer jungen Feschen ohne Köter. Blieb nur die Frage: Wer war diese Frau?

Unser Oberinspektor schützte seine Augen mit der Hand vor den Sonnenstrahlen und schaute nun ebenfalls hinauf zu den Fenstern der Pelzerischen Wohnung. Die Fensterläden waren geschlossen, er konnte nichts Auffälliges erkennen. Während der Hausdrachen das Verhalten von ungarischen Baronen mit italienischen Grafen verglich, fragte der Oberst außer Dienst nach dem Verbleiben dieses Herrn Pelzer.

Und musste folgende Antwort hören: »In Wirklichkeit wohnt er gar nicht da, die Wohnung dient ihm nur als Lager. Da häufen sich Teppiche und Pelze und Kleinode, genau wie damals, als die gnädige Frau hier wohnte, Gott sei ihrer Seele gnädig. Der feine Herr wohnt mit seiner Frau in einer schönen Villa oberhalb der Stadt.«

»In welcher Villa?«, fragte Max Mitschek.

»In der Villa Berander«, antwortete die Hausbesorgerin.

Max Mitschek frohlockte ein zweites Mal binnen kurzer Zeit. Gleich die Villa Berander? Das übertraf seine kühnsten Erwartungen. Schnell fragte er nach dem Fußweg zu jener Villa.

Zehn Minuten später stand er vor dem Haustor der Villa Berander und drückte auf die Glocke. Emmerich Pelzer selbst öffnete ihm.

Pelzer: »Herr Oberinspektor, welche Überraschung! Wollen Sie mich wieder einmal verhaften?«

Mitschek: »Wie können Sie so schlecht von mir denken! Sie haben mich beim Wiener Prozess mit einem makellosen Alibi überzeugt.«

Pelzer: »Ich hatte damals wirklich eine Wut auf Sie.«

Mitschek: »Sie haben mich auf dem Gang ganz offen als ›Orschloch‹ bezeichnet.«

Pelzer: »Nein, das hab ich nie gesagt! Ehrenwort! Das hab ich mir höchstens gedacht.«

Mitschek: »Gut, aber diesmal bin ich privat hier.«

Pelzer: »Jö! Sie werden lachen: ich auch!« Der fesche Ungar zündete sich eine Zigarette an.

Mitschek: »Schöne Villa haben Sie da. Und so viele Feigenbäume! Man fühlt sich wie an der Adria.«

Pelzer: »Ein schlechter Witz, Sie Nichtorschloch. Wenn Sie mich nicht verhaften wollen, dann kommen Sie rein und testen Sie aus, ob Sie sich wie an der Adria fühlen.«

Mitschek: »Welche Ehre! Das Nichtorschloch dankt.«

Sie betraten den Garten der Villa und nahmen an einem Tisch unter den Feigen Platz.

Pelzer: »Jetzt bin ich aber neugierig. Warum haben Sie den langen Weg von Wien bis zu mir gemacht? Sind Sie sentimental?«

Mitschek: »Aber wo! Ich hab mir gedacht, ich komm her, um Ihnen zu gratulieren.«

Pelzer: »Gratulieren? Mir? Dazu, dass ich die Villa Berander gekauft habe?«

Mitschek: »Nein, das hab ich gar nicht gewusst. Die Haushälterin von der Wohnung bei der Pfarre hat es mir gesagt.«

Pelzer: »No, ich bin gespannt! Warum gratulieren Sie mir?«

Mitschek: »Herr Pelzer, ich gratuliere Ihnen dazu, dass Sie in der gesamten Affäre, um die sich alles gedreht hat in der letzten Zeit, übriggeblieben sind. Und zwar allein.«

Pelzer: »Da irren Sie sich gewaltig. Ich bin nicht alleine. Ich hab eine Frau. No, Sie werden Augen machen, wenn Sie meine Frau sehen. Solche Augen!«

Mitschek: »Nein, ich mein nicht privat. Geschäftlich sind Sie allein übriggeblieben.«

Pelzer: »So? Jetzt sitzen Sie an der Adria und belieben in Rätseln zu sprechen?«

Mitschek: »No, schaun Sie. Die Frau Luzzy ist längst tot, und vor ein paar Tagen ist etwas Schreckliches passiert.«

Pelzer: »Sie ist wiederauferstanden.«

Mitschek: »Nun reißen Sie die blöden Witze. Nein, Franz Berger ist gestorben.«

Pelzer: »Der Franzl? Der Gauner, der vom Gericht fälschlicherweise freigesprochen worden ist?«

Mitschek: »Von den Geschworenen ist er freigesprochen worden. Aber ja, der Herr Berger ist gestorben.«

Pelzer: »Wie Sie sich vorstellen können, hält sich mein Mitleid in Grenzen. Was hat ihm gefehlt?«

Mitschek: »Das Leben.«

Pelzer: »Wer von uns macht die blöderen Witze?«

Mitschek: »Also gut. Er hat sich selbst gerichtet. Er hat Selbstmord verübt.«

Pelzer: »Der Franzl Berger? Selbstmord? Was hat das zu bedeuten?«

Mitschek: »Dass Sie übrig geblieben sind. Mit dem gesamten Geld. Und dazu wollte ich Ihnen gratulieren.«

Pelzer: »Aha. Nett von Ihnen. Aber von welchem Geld reden Sie?«

Max Mitschek betrachtete nachdenklich die im mediterranen Stil errichtete Villa, dann die Feigenbäume, in deren Schatten die Hitze gerade noch zu ertragen war.

Jetzt ist die Stunde gekommen. Er griff mit der Rechten in den Hosenbund und wollte die Pistole herausziehen, da öffnete sich das Haustor und eine junge Dame trat in den Garten. Sie trug ein Tablett, auf dem sie ein paar Gläser mit Refosco balancierte. Unser Oberinspektor schaute sie an. Sie kam ihm bekannt vor, und sein akribisch arbeitendes Gedächtnis setzte ein.

Pelzer: »Darf ich Ihnen meine Frau vorstellen? Wir haben vor Kurzem geheiratet. Vielleicht kennen Sie sie aus Ihren Ermittlungen. Werte Julie, der Herr Oberinspektor aus Wien, der mich seinerzeit als Mörder verhaften wollte.«

Julie: »Julie mein Name. Julie Pelzer, früher Steinlechner.«

Mitschek: »Angenehm, Mitschek, Oberinspektor aus Wien. Das mit Ihrem Mann war leider ein großes Missverständnis, wie der Prozess ausdrücklich bewiesen hat.«

Pelzer: »Aber ich bin Ihretwegen sieben Tage gesessen! In Triest.«

Mitschek zu Julie: »Jetzt fällt mir ein, woher ich Sie kenne. Ich hab Sie auf Fotos gesehen, in den Unterlagen zur Causa Luzzy Pelzer. Das kastanienbraune Haar, der Lockenkopf, die Augenbrauen dezent wie ein Strich.«

Julie: »Ja, das hab ich früher schon so getragen. Ich hab meinen Mann über den Franzl Berger kennengelernt, mit dem ich eine Zeitlang liiert war. Er hat mit meinem Vater ein paar Geschäfte abgewickelt. Der

Franzl hat recht gut verdient dabei, aber die Treue war damals in der Spiegelgasse ein Fremdwort für ihn. Und so ist es passiert.«

Mitschek: »Franz Berger ist vor ein paar Tagen verstorben. Er hat sich selbst gerichtet.«

Julie: »Der Franzl ist tot? Er hat sich umgebracht? Wie mein Vater?«

Mitschek: »Ja, wie Ihr Herr Vater. Nur etwas bescheidener und mit anderen Mitteln. Mit einem Verlängerungskabel.«

Pelzer: »Julie, weißt du, was das heißt? Wir kriegen die Wohnung in der Spiegelgasse zurück! Wissen Sie, Herr Oberinspektor, wir führen seit einer Weile einen Prozess gegen Franzl. Wegen der Wohnung in der Spiegelgasse. Wenn der jetzt tot ist ... Wir sind nämlich der Meinung, dass Franzl sich die Wohnung nach dem Hinscheiden von Herrn Steinlechner widerrechtlich angeeignet hat und sie in Wirklichkeit meiner Gattin gehört.«

Julie: »Warum hat er sich umgebracht?«

Mitschek: »Eigentlich dürfte ich Ihnen nichts sagen. Von wegen Amtsgeheimnis. Aber wir sind hier ja nicht in Österreich.«

Julie: »Was dürfen Sie uns nicht sagen?«

Mitschek: »Er hat einen Abschiedsbrief geschrieben. Besser gesagt nur einen Zettel. Dort steht, er halte das nicht mehr aus. Denn trotz seines Freispruchs würden alle glauben, dass er der Mörder sei.«

Julie: »Wer war denn der Mörder, wenn nicht er?«

Mitschek stand auf und trank den Refosco leer. Dann schaute er Emmo an und sagte: »Es bleibt immer einer über, Herr Pelzer.«

Pelzer: »Wollen Sie damit schon wieder mich als Mörder bezichtigen?«

Mitschek: »Nein, ich wollte Ihnen nur gratulieren. Hab ich ja schon gesagt. Herr Emmerich Pelzer, Frau Julie Pelzer, danke für die Einladung und das nette Gespräch. Nun will ich das traute Glück nicht weiter stören. Ich wünsche Ihnen noch viel Vergnügen hier in der schönen Villa in Piran. Danke, ich finde den Weg alleine hinaus.«

Max Mitschek hatte genug gehört. Er hätte zwei Personen erschießen müssen, und eine davon wäre unschuldig gewesen. Das entsprach nicht seinen Prinzipien. Möglicherweise herrschte über den Wolken eine allmächtige Instanz, die es auf ihre Weise richten und Gerechtigkeit herstellen würde.

Ohne sich noch einmal umzudrehen, verließ er die Villa Berander und tappte vorsichtig über den Saumpfad auf der Oberkante des Steilhanges zurück in die Altstadt. Jetzt ja kein Blick auf das Meer nach Grado hinüber. Bei dieser Hitze hätte er in der Villa Berander den Refosco verweigern sollen. Aber was macht man nicht aus alter Freundschaft. Oder Feindschaft. Er taumelte, doch es gab keine Griffe, an denen er sich festhalten konnte. Am Ende verliere ich den Halt und purzel da hinunter! Mit einer Steyr im Hosenbund! Das wär dann schon makaber! Er hielt an, zählte konzentriert bis zehn und kraxelte hilflos die Stufen hinunter.

Unten angekommen ließ er nach ein paar Schnaufern für kurze Zeit die venezianische Atmosphäre auf sich wirken, ehe er in einem der zahlreichen Obst- und Gemüseläden ein paar Mandarinen kaufte. Die Verkäuferin wog sie, kassierte das Geld und füllte die Mandarinen in ein Sackerl, das sie unserem Oberinspektor überreichte. Obwohl ihm bei diesen exotischen Früchten das Wasser im Mund zusammenlief, wollte er sich das Vergnügen nicht in den engen, ein wenig stinkenden Gassen der Altstadt gönnen. Beim Denkmal des Meisters Tartini bog er wieder ab und stieg zum zweiten Male am heutigen Tag die Stufen zum Felsen hinauf, auf dem der mächtige und weit sichtbare Dom thronte. Schnell vorbei am Haus gegenüber der Pfarrei, nur kein weiterer Zusammenprall mit dem Hausdrachen.

Am Kirchenplatz auf des Felsens Spitze verschnaufte er ein wenig beim Campaníle, beim Glockenturm. Zwischen den Schnaufern blickte er auf die gefestigten Ziegeldächer der sich an den Felsen anschmiegenden Häuser, zwischen denen er das weite Oval des Tartini-Platzes auszunehmen vermochte. Ohne den Dom zu betreten, wandte er sich zur einen Meter hohen Steinmauer, die den Kirchenplatz abgrenzte und deren senkrechte Verlängerung felsig hinunter ins Meer glitt. Die einzelnen Steine der Mauer waren wie visionäre Fratzen mit dämonischer Zugkraft modelliert. Auf einmal fiel unserem Oberinspektor ein, dass an dieser Stelle Frau Luzzy Pelzer sich dereinst umbringen wollte.

Nun war es so weit: Der Oberst schälte eine Mandarine, legte die Schale auf die Steinmauer und zog eine halbierte Hälfte ein wenig in die Breite, dann schob er sie wieder zusammen. Vielleicht wollte er mit der Mandarine Ziehharmonika spielen, Töne konnte er ihr jedoch nicht entlocken. Als er die Schale hinunter ins Meer warf, schwand sie nach fünf Sekunden aus seinem Blick. Für ein paar Augenblicke starrte er auf die imaginäre Fallkurve der Mandarinenschale, dann schob er hurtig die gesamte Mandarinenhälfte in seinen Mund.

Die Pistole in seinem Hosenbund hatte er ganz vergessen.

NACHWORT

Der Mord im Lainzer Tiergarten fand tatsächlich statt, auch das Datum, der 17. Juli 1928, stimmt mit der Realität überein. Allerdings besteht die Vorgeschichte zu diesem Mord aus einer Mischung von Realität und Fiktion, wobei freilich die Fiktion überwiegt. Deshalb habe ich die Namen der Protagonisten geändert. In Wirklichkeit hieß die Dame, die im Saulackenmais erschossen wurde, Katharina Schäfter, verehelichte Fellner. Ihr Ehemann Andreas Fellner lebte zur Tatzeit in Abbazia, dem heutigen Opatija. Der reale Name ihres Ex-Liebhabers, der sie auch in der Wirklichkeit vom Wiener Südbahnhof abgeholt hatte, war Gustav – im Wienerischen Gustl – Bauer. Die Figur des ermittelnden Max Mitschek ist von mir erfunden.

Auch beim Handlungsstrang nach dem Mord vermischte ich Fakt und Fiktion. In Wirklichkeit dauerte es ein Jahr, bis die Wiener Polizei die Identität der Ermordeten enthüllen konnte, und noch einmal ein Jahr, ehe der Prozess gegen Gustav Bauer im Wiener Landesgericht begann.

Beim Prozess orientierte ich mich zumeist an den in der Tagespresse überlieferten Berichten.

Der Mord im Lainzer Tiergarten fand eine sehr große mediale Beachtung über drei Jahre hinweg. Seitenlange Artikel erschienen unmittelbar nach dem Mord, in der Zeit nach der Identifizierung und während des Prozesses in zahlreichen Zeitungen. Gustav Bauer wurde, wie im Roman auch, freigesprochen. Doch sein Leben war ruiniert, Selbstmord die Konsequenz auch in der Realität.

Zehn Jahre später nutzten die Nationalsozialisten den Fall, um ihren kranken Hass auf Juden zu schüren. Der Mord im Lainzer Tiergarten samt Prozess wurde noch einmal medial aufbereitet, dieses Mal zu propagandistischen Zwecken. Im »Völkischen Beobachter« hieß es: »Welchen unheimlichen Einfluss die Juden in den Jahren der Systemzeit in Wien hatten und wie skrupellos sie diesen Einfluss ausübten, zeigt nachstehender Prozess. Er lief vor über zehn Jahren in der Donaustadt und endete mit dem Freispruch eines jüdischen Mörders.«

Nicht erfunden sind die historischen Ereignisse, die im Text angeschnitten werden, so die Demonstrationen am 15. Juli 1927 auf der Wiener Ringstraße, die zum Brand des Justizpalastes führten. Keine Fiktion ist das Prominentenlokal und Hotel Meissl & Schadn, Neuer Markt 2, im 1. Wiener Gemeindebezirk. Es wurde im ausgehenden 19. Jahrhundert durch Karl Hofmeier im neugotisch-germanischen Stil neu errichtet. Von Zeitgenossen wurde es als »Mekka der Rindfleischesser« bezeichnet. Hier erschoss Friedrich Adler, Sohn des Gründers der

Sozialdemokratischen Arbeiterpartei Victor Adler, am 21. Oktober 1916 im ersten Stock des Hotels den k. k. Ministerpräsidenten Karl Graf Stürgkh. Das Gebäude brannte 1945 im Zweiten Weltkrieg ab. Die Seite zum Neuen Markt wurde neu aufgebaut und beherbergt das Hotel Europa.

Auch das bereits im 1. Kapitel erwähnte »Weinhaus Doll« gibt es noch, heute allerdings als »Lindwurm« bekannt. Man erreicht es über die Ghelengasse im 13. Wiener Gemeindebezirk. Den hohen Dachgiebel und das gemauerte Erdgeschoß kann man von Weitem nicht mehr klar erkennen, die Fichten und Eichen sind in der Zwischenzeit gehörig gewachsen und verstellen nunmehr die Blicke. Dafür verkauft der heutige »Lindwurm« an die Durstenden ausgezeichnete böhmische Biere.

Fahren wir kurz in den slowenischen Badeort Portorož, einen Ortsteil der Gemeinde Piran. Die Bahnverbindung nach Piran gab es tatsächlich. Im Jahre 1911 – damals gehörten beide Orte zur österreichischen Monarchie – wurde der Straßenbahnbau von den Wiener Behörden genehmigt. Ab 1912 fuhr die Bahn auf bosnischer Spur (Spurweite 760 mm) im Halbstundentakt zwischen Piran und dem in der Bucht von Portorož liegenden Lucija, die Umkehrschleife in Piran lag am Tartini-Platz. Die Bahn fuhr mit fünf Wagen und zwei Beiwagen. Nachdem 1935 die Bahnverbindung von Portorož nach Triest – die Parenzana – eingestellt wurde, sank die Passagierzahl deutlich. Die endgültige Einstellung der Verbindung Piran–Lucija erfolgte jedoch erst im Jahr 1953. Die Wagen wurden nach Sarajevo verkauft.

Jedem Besucher von Portorož fällt das Palace-Hotel auf, das heute der Kempinski-Gruppe gehört. Die Entstehung des Prachthotels in der Rosenbucht hing mit einem steirischen Bier zusammen! Um genauer zu sein: mit dem Reininghaus-Bier aus Graz. Also Prost! Johann (Hans) Reininghaus, der Sohn des Brauereichefs, wurde am 15. April 1867 in Graz geboren. Da er sich jedoch mehr für den aufstrebenden Automobilismus interessierte als für die Kunst des Brauens, wurde er von seinem gestrengen Vater enterbt. Zusammen mit seiner aus Triest stammenden Frau Gina Agujari fand er schließlich in der Rosenbucht eine Kompensation für das ihm entglittene Geschäft mit dem Grazer Bier. Für seine Pläne gewann er den Architekten Johann Eustacchio, mit dem er 1910 das Paradehotel an der österreichischen Riviera errichtete: Ein imposanter Mitteltrakt steht nach vorne versetzt zu den Seitentrakten, die wiederum von rechtwinklig angebauten Flügeln begrenzt werden. Welch ein Hotelkomplex! Die Anlage sollte dem modernsten Stand der Technik entsprechen: Sie verfügte über Strom, Warmwasser, Telefon, sportliche Möglichkeiten, Salzbäder. Und im breit angelegten Garten ließ der Bierspross in der Rosenbucht – Portorož – 100 Rosenstöcke setzen, dazu eine nicht mehr bekannte Anzahl von Zedern. Von der Mole ließ er Postkarten anfertigen, die ihn mit seiner geliebten Gina zeigten, im Hintergrund selbstverständlich das Palace-Hotel.

Kein Wunder, dass die alljährlich stattfindende Automobilrallye des österreichischen Automobilclubs im »Haus Reininghaus« in der Rosenbucht endete. Bei der zelebrierten Einfahrt in die Zielrunde vor dem Hotel wurde jedem Fahrer ein Strauß Rosen in den Wagen geworfen. Es lebe die Rosenbucht!

Doch es kam, wie es kommen musste. Ausgerechnet der heftigste Kriegstreiber der Monarchie, der Leiter des Generalstabes Franz Conrad von Hötzendorf, verliebte sich in die hübsche Gina Reininghaus. Tagsüber träumte der überzeugte Bellizist von blutigen Präventivkriegen seiner Truppen gegen die »bösen« Serben und gegen die »nichtsnutzigen« und »verräterischen« Italiener, nachts schrieb er heiße und sehnsuchtsvolle Liebesbriefe an seine Gina. 3.000 Briefe fand sie nach seinem Tode, die er nicht abgeschickt, sondern fein säuberlich in versteckten Kassetten aufbewahrt hatte.

Anfänglich schaute Hans Reininghaus dem Treiben noch zu, er erweiterte demonstrativ seine Besitzungen in der Rosenbucht, errichtete ein Casino und ein paar Villen. Doch im Kriegsjahr 1915 reichte es ihm, zudem war der erlauchte Kreis um seine allerhöchste Majestät – wir sprechen vom Kaiser – mit der ungeklärten privaten Situation ihres Generalstabschefs unzufrieden. Herr Reininghaus reichte zur allgemeinen Zufriedenheit aller Beteiligten die Scheidung ein. Und der Kriegshetzer heiratete seine Gina, die dann zu Gina Conrad von Hötzendorf wurde.

Hans Reininghaus verlor das Interesse am Palace-Hotel, er interessierte sich bis zu seinem späten Tode im Jahr 1963 nurmehr für den Automobilistenclub. Und Franz Conrad von Hötzendorf hetzte die Monarchie in einen Krieg, den Ersten Weltkrieg. In dessen Folge wurde die Rosenbucht von Österreich abgetrennt und von der Siegermacht Italien inkorporiert.

In der vorliegenden Geschichte besuchte Oberinspektor Max Mitschek in Triest die Bar Tivoli. Sie liegt gleich bei der Piazza Oberdan, benannt nach Guglielmo Oberdan. Der war Sohn eines Österreichers und einer Slowenin und hieß eigentlich Wilhelm Oberdank. Im Jahre 1878 desertierte er mit 20 Jahren aus Habsburgs Armee, weil er die Gemetzel bei der Okkupation von Bosnien und Herzegowina nicht ertragen konnte. Er floh aus der Monarchie nach Italien, genauer nach Rom, wo er sich dem irredentistischen Kreis »Circolo Garibaldi« anschloss und für die Befreiung der Stadt Triest vom österreichischen Joch agitierte.

Der Kaiser von Österreich-Ungarn, Franz-Joseph I., besuchte die Hafenstadt am 17. September 1882. Es galt, die 500-jährige Zugehörigkeit der Hafenstadt zum Hause Habsburg mit Pomp und Glorie zu feiern. Diesen Aufenthalt des Kaisers wollte der Willi Oberdank – der sich in der Zwischenzeit Guglielmo Oberdan nannte, weil er mit Willi Oberdank in Italien schwer reüssieren konnte –

für einen furiosen Auftritt in der schnelllebigen Weltgeschichte nutzen. Am 16. September 1882 überschritt er mit drei weiteren Verschwörern illegal die Grenze zur Monarchie, wurde aber von österreichischen Gendarmen aufgegriffen. Die Verschwörer wehrten sich und verletzten einen der Gendarmen an der Hand. Zwei konnten fliehen, Willi Oberdank, also Guglielmo Oberdan, wurde jedoch erwischt und in Triest in ein Gefängnis gesperrt. Zu ihrer eigenen Überraschung fanden die österreichischen Gendarmen in seinem Rucksack eine Bombe, manche berichten sogar von zwei Bomben. Auf die Frage der Gendarmen, was er mit der Bombe vorgehabt habe, antwortete der Oberdank ein bisschen zu übermütig und keck: »Den Kaiser von Österreich begrüßen.«

Das war's dann. Die Delikte lauteten: Desertion, versuchter Mord an Seiner Majestät dem Kaiser von Österreich-Ungarn und Hochverrat. Das Gnadengesuch seiner ledigen Mutter Josepha Maria Oberdank beim Ministerpräsidenten der Monarchie, Herrn Eduard Taaffe, blieb vergeblich. Am 20. Dezember 1882 wurde Wilhelm Oberdank – oder Guglielmo Oberdan – durch den Strang hingerichtet.

Zur Zeit der Monarchie hieß der Platz mit der Kaserne, in welcher er hingerichtet wurde, Kasernenplatz, Piazza della Caserma. Aber im bald nach dem Krieg einsetzenden italienischen Faschismus wurde der das Bomberl im Rucksack herumschleppende Willi als Märtyrer verherrlicht, Wallfahrten wurden von den italienischen Nationalisten zur Todeszelle organisiert, und der geräumige

Platz vor der Kaserne erhielt seinen bis heute gebräuchlichen Namen: Piazza Oberdan.

Noch einige Bemerkungen zu Karlovy Vary, zum damaligen Karlsbad.

Heute ist von der historischen Konstruktion des Sprudels nichts mehr zu sehen. Die Nazis rissen die neoklassizistische gusseiserne Kolonnade im Jahre 1939 ab, um mit dem Material ihre Kriege zu unterstützen. Der Neubau, ein verglaster Stahlbetonbau, erfolgte im Jahre 1975 und wurde damals in der Tschechoslowakei nach dem sowjetischen Fliegerstar und Frauenheld Juri Gagarin benannt. Heute wird der Stahlbetonbau äußerst kontrovers diskutiert. Manche votieren sogar für einen Neubau der alten Konstruktion, die von den Wiener Spezialisten für Theaterbauten stammte, von Ferdinand Fellner und Hermann Helmer.

Auch vom Grandhotel Pupp führen Spuren zu besagtem Architektenduo. Von ihnen stammen die Pläne zu dem im Jahr 1907 begonnen Umbau der Anlagen, das so entstandene Ensemble im Neo-Barock-Stil ist bis heute vorhanden. Die Renovierungsarbeiten dauerten übrigens drei Jahre. Und wer 1927 aus dem Pupp trat und den davor positionierten Zeitungskiosk ansteuerte, der erblickte auch in der Realität Frau Emilie Procházková. Sie hatte gemäß meinem Text bereits einen gewissen Josef Beyerl geheiratet. Auch diese Heirat entspricht der Wahrheit, Emilie Procházková war meine Großmutter.

Werte Leserin, werter Leser, das war unsere Tour durch die Städte Wien, Piran und Karlsbad, und ich hoffe, dass Sie dieser Tour mit Spannung und Interesse gefolgt sind.

Ihr Beppo Beyerl

LITERATUR

ANNO – Historische Zeitungen und Zeitschriften. http://anno.onb.ac.at

Bertschik, Julia; Kucher, Primus-Heinz; Polt-Heinzl, Evellyne; Unterberger, Rebecca: 1928 – Ein Jahr wird besichtigt. Wien 2014.

Habe, Hans: Leben für den Journalismus. Band 1. München/Zürich 1976.

Imperial-Hotel Karlsbad, Almanach 1928–1929, Karlsbad 1928.

Kudrnofsky, Wolfgang: Marek, Matuschka & Co. – Kriminalfälle der Ersten Republik. Wien 1998.

Pohanka, Reinhard: Räuber, Mörder, Kindsverderber. Wien 1991.

Seyrl, Harald; Edelbacher, Max: Verbrechen in Wien. Berlin 2019.

Sinkovič, Ljudmila; Šuligoj, Metod: Travelling in the northern Adriatic until the World War II. University of Primorska 2007.

Verkehrsbuch österr. Eisenbahnen, Krain und Küstenland, Herausgeber: k. k. Eisenbahnministerium, ohne Jahresangabe.